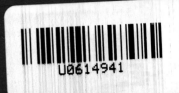

德里特洛·阿果里

阿尔巴尼亚当代文坛最著名、最具影响力的作家、诗人、文艺批评家和政论家。

代表作主要有：诗歌《德沃利，德沃利》、《母亲阿尔巴尼亚》，其中《德沃利，德沃利》一经发表即震动阿尔巴尼亚诗坛，荣获共和国一等奖；《母亲阿尔巴尼亚》是迄今为止阿尔巴尼亚诗歌史上最长的叙事-抒情诗，是阿果里乃至整个阿尔巴尼亚当代文学中最重要的作品。长篇小说《梅茂政委》（后来改编成中国人家喻户晓的电影《第八个是铜像》）、《居辽同志兴衰记》、《藏炮的人》、《魔鬼的箱子》。杂感随笔集《自由的喷嚏》等。

郑恩波

著名学者、作家、诗人、阿尔巴尼亚语翻译专家。中国艺术研究院原当代文艺研究室主任，研究员，享受国务院特殊津贴。

代表作主要有：翻译作品《亡军的将领》、《居辽同志兴衰记》等12部；学术著作《阿尔巴尼亚文学史》、《新时期文艺主潮论》（荣获文化部第二届文化艺术科学优秀成果二等奖）、《中国文学》等；文学作品《我与阿尔巴尼亚的情缘》等。

中国—阿尔巴尼亚经典图书互译出版项目

NJERIU ME TOP
藏炮的人

[阿尔巴尼亚] 德里特洛·阿果里　著
郑恩波　译

外语教学与研究出版社
北京

出版说明

2013年9月和10月，习近平主席分别提出建设“丝绸之路经济带”和“21世纪海上丝绸之路”，即“一带一路”倡议。这一倡议得到了国际社会的广泛响应。“一带一路”倡议赋予古老的丝绸之路精神以新的时代内涵，提出在沿线国家之间实现“互联互通”，即政策沟通、设施联通、贸易畅通、资金融通和民心相通。“国之交在于民相亲”，民心相通是实现“互联互通”的基础，而民心相通的前提是语言相通和不同文化间的相互理解。

“一带一路”倡议的提出，有力地推动了中国与世界各国之间的人文交流。为落实《中国—中东欧国家合作贝尔格莱德纲要》，2015年4月，中国新闻出版代表团访问阿尔巴尼亚，双方共同签署了《中阿经典图书互译出版项目合作协议》。协议约定，中阿双方将在今后五年内相互翻译出版对方国家的25部作品，共50部作品，并启动出版领域内的多项合作。2015年秋，在国家新闻出版广电总局的指导和支持下，我社组织中国和阿尔巴尼亚两国专家调研论证，启动了“中国—阿尔巴尼亚经典图书互译出版项目”。这一项目的实施无疑将成为加深两国人民相互了解的桥梁，也为中国读者较为系统地了解阿尔巴尼亚社会文化提供了契机。

阿尔巴尼亚地处巴尔干半岛西南部，素有“山鹰之国”之称。作为伊利里亚人后裔，阿尔巴尼亚人既汲取了东西方文明的养分，也保留了其古老的语言和文化。在其丰富多彩的历史人文画卷上，既有歌颂民族精神的古代英雄史诗和近代浪漫诗歌，也有伊·卡达莱集历史与想象于一体、充满民族特质的小说佳作。我们本着经典性、人文性和时代性的原则，撷取其中最具代表性的25部著作翻译出版，涉及历史、文化、文学、艺术等各个领域，反映了阿尔巴尼亚历史文化的总体风貌和文学艺术创作的最高成就。

虽经中外专家反复遴选，但要在“山鹰之国”浩瀚的人文经典中选出25部，其过程恰似文海撷贝，或许挂一漏万。失当之处，敬请方家指正。我们相信在中阿双方的共同努力下，这套丛书的出版将有力地促进两国人民加深理解，开启两国文化交流的新篇章。

外语教学与研究出版社

2016年7月

前言

反法西斯民族解放战争胜利之前，阿尔巴尼亚是一个半封建的农业国，几百年的封建宗法制度在阿尔巴尼亚广大农村残酷地压迫、奴役农民，使他们喘不过气来。其中野蛮、残忍的“血仇”，是套在农民身上最可怕、最凶残的枷锁。

长篇小说《藏炮的人》正是在这样的背景下发生的故事，在阿尔巴尼亚有非常高的文学地位。小说以崭新的角度反映战争，展现阿尔巴尼亚前后两代人与武器的关系，其中夹杂着对血仇、战争和民族大义的理解。由小说改编的同名电影是阿尔巴尼亚解放后影坛上最著名的艺术片之一，其中对多种人物形象的塑造以及对反法西斯民族解放战争的反映均在阿尔巴尼亚文艺界产生了巨大的影响。

小说作者是阿尔巴尼亚当代文坛艺苑里最著名、最具影响力的诗人、小说家、社会活动家、电影剧作家德里特洛·阿果里，根据他的小说《梅茂政委》改编的电影《第八个是铜像》和电影《广阔的地平线》早在二十世纪六七十年代就在我国发行，引起国内观众的广泛关注和一致好评。阿尔巴尼亚著名评论家基乔·布留西评价阿果里是“最阿尔巴尼亚民族化的作家”。本书译者三年前翻译出版的阿果里的诗集《母亲阿尔巴尼亚》也在我国产生了较大反响。

《藏炮的人》描写的是在阿尔巴尼亚东南部的科卡勒山坡上，一个有着上百户人家的阿龙村。村中有四个较大的家族，家族之间有的有着结怨几代的深仇大恨，其中格鲁达和梅雷两个家族之间的“血仇”听来让人毛骨悚然，不寒而栗。

意大利法西斯 1939 年 4 月 7 日武装占领了阿尔巴尼亚，在骁勇果敢的阿尔巴尼亚军民顽强地抵抗下，意军很快就以失败而告终。有不少意军士兵当了俘虏后，自愿加入阿尔巴尼亚游击队，同他们并肩作战，一起抗击德国希特勒法西斯侵略军。当时意军兵败的时候，把不少枪支弹药，甚至大炮和炮弹扔在了战场上。而阿龙村农民马托·格鲁达，一天在田地里劳动时，就捡到了一门意军扔下的大炮和几箱炮弹。他非常兴奋，喜出望外，决定把它们拉回到自己家里。接下来，围绕着这门大炮，展开了一场荡气回肠的反抗法西斯的斗争。

此次翻译出版《藏炮的人》，不仅能让读者了解到小说中复杂的人物个性，而且能让读者领略到战争年代阿尔巴尼亚独特的社会风貌，这将成为中阿互译项目中的经典之作之一。

郑恩波

2019年6月10日

目录

第一章 / 1
第二章 / 10
第三章 / 22
第四章 / 26
第五章 / 40
第六章 / 49
第七章 / 58
第八章 / 71
第九章 / 80
第十章 / 88
第十一章 / 103
第十二章 / 112
第十三章 / 127
第十四章 / 144
第十五章 / 159
第十六章 / 182

第十七章 / 190
第十八章 / 198
第十九章 / 214
第二十章 / 226
第二十一章 / 238
第二十二章 / 268
第二十三章 / 284
第二十四章 / 295
第二十五章 / 311

第一章

当山洞的洞口不再传来隆隆的炮声和嗒嗒的枪声的时候，马托·格鲁达觉得，意大利军人可能从山头撤走了。他站起来，走出山洞。在一棵高大的橡树下，有一堆被砍下来的树枝，他的骡子正用力地蹬腿尥蹄，一看见它的主人，便开始摇头晃脑，用前腿刨起地来。骡子安然无恙，他放心了。虽然成千上万颗子弹从树丛中飞过，但任何一颗也没打着它。如果骡子出了事，他就要痛苦一辈子。那一天，在意大利军人的战壕旁边，纷飞的战火简直要烧毁整个树林。

刚刚砍完木头，游击队员就从山上冲了下来，于是战斗便开始了。幸好有一个山洞，因为不是这样的话，他就可能牺牲在树丛当中了。

战争期间，这个山洞是村民的第二个家，人们进到洞里，不仅要把弹药而且还要把几吨重的炮弹放在洞的顶部。“我们离不了这个山洞啊。”马托·格鲁达思忖着。

他慢步走到骡子跟前，骡子明亮的眼睛望向主人，一动也不动，直愣愣地瞅了他一会儿。

“你害怕了，好动的调皮蛋？啊，你以为我走了，把你孤零零地扔在这里了吗？马托怎么能扔下你啊，我说小可怜儿！没有你，马托可怎么办呢？”

骡子突然打了个喷嚏。

“身体好！”马托·格鲁达说道。

他坐下来，把骡子放开，朝那堆木头瞥了一眼，想把东西放到受惊的骡子身上。但是，他有两种想法：要不当天就把木头取走；要不放在那儿，明天再来取走。他心里想着此事时，眼睛望着山坡上的战壕。三个意大利人推着一门炮，时不时地跌倒在被九月里提前降下的雨水泡得湿漉漉的土地上。那门炮被艰难地挪动着。“这些用在山地的炮都很小，可是依然难推，这些该受到诅咒的家伙。”马托·格鲁达手里牵着骡子的缰绳思量着。

这时候，传来一连串嗒嗒嗒的枪声，意大利人把这门炮丢在一边不管了。于是，马托将手指放进嘴里吹起口哨来。然后，他大声喊叫，仿佛要吓唬一条恶狼似的，意大利兵撒腿逃跑了。大炮往山下滑去，撞在一棵被砍倒的橡树上。“哈哈，他们不会回来了，跑掉了。”马托自言自语地说。

从马托·格鲁达待的山洞处往远看，大炮很难显现出自身的面貌。如果没看见意大利军人往前推炮的情况，他就不会想到大炮会跟高大的橡树树干撞在一起。“我得过去看看它是个什么东西，怎么样？”他琢磨着。

在山洞洞口，还看得到两座双胞胎一样的山崖，它们矗立在离大道挺远的山坡上。在相互傍立的山崖中间，有一块小小的草地。他是在那里第一次碰见扎拉的。“他们把大炮撂在草地上嘛，这些傻瓜蛋！草地是一个战壕，在那里，连大道你都能尽收眼底，同样，科卡勒山的山脚也能看得清清楚楚！这些意大利兵真不聪明。”马托·格鲁达思量着。

他重新把骡子拴到橡树上，在那堆木头上坐下来。这会儿，他的心思都集中在大炮上了，忘记了骡子，也忘记了木头，一个巨大的愿望攫取了他的心。由于这一愿望的萌发，他感觉脸色都变红了。“不可想象，在这种混乱中，人们还想去寻找被撞的大炮。只有我知道它在哪里，而且还要拿到它……”

骡子喘着粗气，用蹄子刨着地。马托·格鲁达继续坐在木头堆上。从这里可以看到他家的烟囱冒着袅袅的炊烟；稍远一点的地方，在小河的出口处，在橡树的树干中间，菲泽家的房舍亮出白光。只有这两户人家数十年前定居在山丘的这一侧，每家都过着各自独立的生活。这两户人家彼此没有任何联系，因为是世仇，老死不相往来。这一血仇开始不断加深，波及到老翁和年轻的小伙子。

在树丛里，天色开始慢慢地变暗，已经有些时候，听不见任何枪声特别是机关枪的声音了。马托·格鲁达又把骡子松开，牵着骡子顺坡朝下边的柞树丛走去。骡子跟着他，蹄子在湿漉漉的石路上奋力前行。

走到河边，他听到了洋槐树周围的喧闹声，脑子里闪过一个不好的念头：会不会留下了一个意大利人？他牵着骡子，躲到一棵橡树后面。可是片刻过后，一个灰色的东西跑到了他的跟前。

“是你，真见鬼，吓了我一跳！”马托·格鲁达喊道。

他的爱犬巴洛站在离他两步远的地方，看得出来，它感觉到了主人的晚归，跑出来到树丛里寻找他。这只狗，是他在一天夜里从那块小小的田地里归来时，在一个壕沟里捡到的。它小得很，当时就像一只老鼠那么大，在沟底下颤抖着，发出一种有气无力、令人揪心的叫声。是农民把它跟另外三四只狗一起扔到沟里的。其他那几只都太小，全死掉了。马托·格鲁达捡起它，用上衣的一角包着，带回到家里。这只狗很幸运，那些日子正好母牛生了牛犊，它是靠喝牛奶长大的。也许，这就是巴洛爱上母牛和公牛的原因，它甚至都不让一只寒鸦靠近它们跟前。但是，它更加热爱的还是马托·格鲁达。

马托·格鲁达牵着骡子，领着狗，下了坡，走到河边，就开始向丘坡上登去。黄昏的余晖还没有给树木和洋槐披上淡淡的薄纱，因此可以自由地在树丛中活动，狗走在马托·格鲁达的前面。

“巴洛，是这样的，”马托·格鲁达对狗说，“当你看到我们找到了什么东西时，你也会感到奇怪的。巴洛，你说呢，它不是一支小小的那干枪[①]，那种小手枪只有一块火石那么大，枪筒就像一个手指头那么粗……这个东西的筒子，你整个身子都可以钻进去，里面完全装得下你。可你只有一个拳头大的脑子，这些事你不懂……”

狗站住了，好像要弄明白主人说的话似的。

也许它是习惯了主人说话的音调，路上每当马托说话时，巴洛就感觉到这些话是跟自己说的，因此它就养成了站住并洗耳恭听的习惯。

柞树变得稀少起来，大炮就挺立在马托·格鲁达前面六七步远的地方。一个轮子高高地扬了起来，靠在橡树的树干上，而炮口杵到了地上，似乎想要在树丛的草地上吃草呢。

马托·格鲁达撂下骡子，走到大炮跟前，蹲下身子，把两个手掌伸进冷冰冰的炮筒里，然后抽回一只手，将它放在炮口。巴洛卷起尾

---

① 那干枪：二十世纪三四十年代世界上流行的一种很小的手枪。

巴坐在主人身后，注视着大炮的出口。它也像主人一样，将前爪伸到炮口里。

“这个家伙不大，我说巴洛！再说了，山炮不应该很大，这个我知道，是这样，是这样！”

他挺身从大炮底下钻出来，又坐在炮的尾部，开始打量着大炮的底部。“哼，这玩意儿就像牛车的车身似的。那么说，这东西可以连接在汽车上，用车拽。我看见过人家把轮子放在骡子身上，炮筒放在骡子身上，让骡子拉。宝贝儿，人家还能用汽车拽。宝贝儿，那是在大道上，在大道上。没有大道，就用骡子拽……”马托·格鲁达瞥了骡子一眼。

马托·格鲁达不用手把大炮的每个部分摸一摸，他是待不住的。他展开双臂向扬起的轮子扑去，竭力要把它降下来。大炮活动了一下。他再次使劲拽轮子，慢慢地把它降到湿漉漉的土地上。这会儿，大炮如同牛车一般，挺立在两个轮子上。它的长筒被抬了起来，向树丛上面指去。马托·格鲁达站在大炮前面，宛如一个非同一般的炮手，独自一人停立在丘坡的地面上。此时此刻，他对着狗笑了一声。一开始，笑声是轻轻的，后来，慢慢地大起来，像打雷似的响彻丛林……在这里，狗按捺不住了，大声地叫起来。马托·格鲁达来了精神头儿。

“傻瓜，”他自言自语道，“好像你没见过大炮似的！闭上嘴！”

这一阵笑声过后，马托·格鲁达心里产生了一种痛苦的感悟。他用手抓了一把未刮的胡须，沉浸在深深的静默之中。瞧，捡到了这门大炮，可以后怎么办？自己一个人能把它弄到家里吗？假如是一挺机枪，可以扛在肩上，把它弄走，不仅能运到家里，而且还能拉到阴凉处。如果把大炮扔在丛林里，别的人就会把它拉走。

“我要是砍几个柞树枝，把它遮盖住藏起来呢？宝贝儿，我得把它盖上。”马托·格鲁达心里琢磨着。

可是，这一想法他觉得也不妥当。大炮旁边的橡树枝和柞树枝很稀少，东西盖在大炮上，连最普通的过路者都会产生怀疑。

他这么思量着，又想起了什么，于是发出了笑声，狗又开始汪汪地叫起来。

“巴洛，我对你讲过了，闭上嘴！”马托·格鲁达威吓着爱犬，“这个宝物，我们要拖着它穿过树林，再把它掩藏起来。”

马托·格鲁达抓住骡子的缰绳，吞吞吐吐地说了点什么，准备回家。他累了，决定骑到骡子身上。突然，他又想起来什么，用手掌拍着额头，说：“傻瓜蛋，你把炮弹给忘了。”

他把牲口撂在一边，登坡跑到战壕里。“那里肯定有炮弹。没有炮弹，大炮有什么用？大炮万岁！”他在想这个事。

第一道战壕的底下全是黄黄的烂泥，双脚踩下去，烂泥没到了膝盖，全身凉得起鸡皮疙瘩。当他迈出第二步的时候，山民鞋[①]尖儿碰到了一个硬东西。他想那是一颗炮弹，于是把一只胳膊伸进烂泥汤里。手指头碰到了一个光滑的东西，把它举起来一看，明白了，他找到的东西不是炮弹，而是一个壳。

马托·格鲁达腿脚和双臂全都糊上了烂泥，他从第一道战壕里走出来，在草地上跺脚，用力甩掉黄黄的烂泥，嘴里含糊地说着脏话。与此同时，狗用一种哭咧咧的声音悲叫起来，似乎它感觉到发生了莫大的丧事，于是，它从战壕上端猛地跳了过去。马托·格鲁达明白了，那狗应该是发现了什么。他准备跟随在它后面去寻找，可是，当

---

① 山民鞋：阿尔巴尼亚农民自己制作的简易的鞋，通常用羊皮或胶皮缝制。

他一怀疑是一个意大利伤兵留在了丛林里，而且还可能吃了一颗哑巴子弹时，他就打消了这个念头。

“这狗好像走在葡萄园里。”他在想。

也许是凄惨可怜的叫声促使马托·格鲁达后悔走了到达大炮跟前的这段路。

“说到底，我要大炮干什么？它就是一块铁！”

然后，他对自己笑了笑：“我怎能不喜爱它呢？用这个炮筒我要做我们家族任何人也没干过的事！糟糕的是，我找不到炮弹。”

狗从洋槐树边跳到主人的脚跟前，然后将头转向柞树丛，再次汪汪汪地叫起来，朝着来的方向走去。

马托·格鲁达一会儿向右，一会儿向左，仔细地听着动静，慢慢地走着，像个小偷一样，一点一点地走进了丛林。狗走一走，停一停，仿佛是害怕，也不想把主人丢在洋槐林里。

相隔两步远有一个坑，狗走过一棵橡树，在其后面蹲坐下来，又开始汪汪叫唤。马托·格鲁达浑身发抖，在他前面倒着一个阵亡的意大利士兵。士兵仿佛是在睡觉，他侧着身子，压着一个胳膊，头枕在一只手掌上。马托·格鲁达对着意大利兵蹲下身子，把手伸到他的腰上，慢慢地给这个士兵解开皮带，并且用力将它抽下来。皮带上挂着一个手枪，马托·格鲁达这个汉子打开手枪匣子，从里边抽出武器，如同一个迷恋罕见物品的收藏家一般，开始专心地端详起来。他拿着手枪，爱不释手，然后又把它重新装进匣子里。

马托·格鲁达站在死去的意大利人面前，眼睛盯着他的草绿色夹克衫。

“你爱这件夹克衫干什么，你这个命运不佳的人！你既感觉不到冷，也感觉不到热！”

马托·格鲁达又弯下腰来，脱掉意大利人身上被雨水和血水打湿了的夹克衫。

这时候，他觉得意大利人活动了一下枕在头下的胳膊，马托感觉到他好像要起死回生。

给他脱了夹克衫，马托又看了看这个意大利士兵的皮鞋和裤子。同自己的山民鞋和用粗糙的生羊毛料制作的打补丁的裤子比起来，他觉得意大利兵的衣着好像一种王子的服装似的。

“因为冷也好，暖和也好，你全都感觉不到了，还因为我既能感觉到冷，也能感觉到温暖，所以我要把你的皮鞋和裤子也拿走，但衬衣和裤衩给你留下，我不愿意看到你赤身裸体的样子。”马托·格鲁达对着士兵的尸体说道。

当开始去脱士兵的一只鞋的时候，马托·格鲁达觉得心里很乱，胃里好像有一团苦溜溜的东西。他从来也没干过从一个死人的脚上脱鞋的事情，因此，他觉得开始干的事很肮脏。不管他多么努力地安慰自己，对于这个死去的意大利人来说，穿鞋、不穿鞋都是一样的，但是，集聚在胸膛里的焦躁不安，却让他十个手指头直发抖。他连鞋带都没有解开，就站了起来，挥了挥手，把士兵的胳膊翻动了一下，只把夹克衫脱下来归了自己。

“皮鞋我给你留下，你要把夹克衫送给我，噢，孤苦伶仃的人！”马托·格鲁达对尸体说。

当马托·格鲁达准备走开的时候，发现在战壕的旁边有三四个大箱子。“这应该是炮弹！”他思忖着，走到一个箱子跟前。箱子是打开的，箱子底下的炮弹都变黄了。

他又把目光投向另外几个箱子，那几个全都封着。他伸手试着把其中的一个箱子举起来。“嗬，”他说，“应该在最空闲的时候来干这个活儿，我要用柞树枝把它们盖起来。”马托·格鲁达心里打着主意。

如同灰色的狐狸一般，这会儿，黄昏淡淡的光亮爬上了柞树和洋槐树，让人感觉到了凉丝丝的夜风。马托·格鲁达砍下不少的柞树枝，把它们堆在一起。他不时地将树枝用手折断，以免传出斧子砍树枝发出的啷啷的响声。

最后，他把折断的树枝盖在炮弹箱上面。然后，他用另一只胳膊夹着一些树枝，向士兵的尸体走去。他蹲下身子，开始在死者身上有序地摆上柞树枝。此刻，意大利士兵的整个身子都隐藏在树枝下面了，唯独皮鞋露在外面。马托·格鲁达站起身，在盖着树枝的士兵前面站了片刻。眼睛又向皮鞋瞟了一下。

“说到底……”马托·格鲁达说，“你是个死人，你已经死了，为什么死人穿皮鞋，活人穿山民鞋，你需要皮鞋干什么？”

他再次坐下来，从兜里掏出刀，将一只鞋的鞋带割断，接着又割断了另一只鞋的鞋带。然后，便慢慢地扒下了第一只鞋，接着第二只鞋也给扒了下来……

“就这样！”马托·格鲁达自言自语地说。他还开始察看皮鞋是否是新的。

“你没常穿这双鞋，可怜的人！”他对尸体说。

他又拿了两根树枝，盖在士兵赤裸的脚上，然后离开了。

骡子在大炮跟前等待着。

“我们走吧！”他对骡子说，手上牵着缰绳。

他又一次望了望大炮，然后便顺坡向丛林走去。

第二章

马托·格鲁达把骡子牵进黑乎乎的牲口圈里，将它拴在牲口槽上。黑暗中，他听到了他唯一的一头公牛反刍的声音。公牛一感觉到主人的呼吸，就开始在槽上蹭头，并开始哞哞地叫唤。主人懂得它的意思，它吃草的时间到了。主人走到公牛跟前，把手放在它的背上，摩挲起来，并对它说：

"卡齐尔，你是饿了吧？别犯愁闹情绪，大叔给你苜蓿草吃。"马托·格鲁达说着从牲口圈里出去了。

在草屋里，他用一只胳膊夹了一捆苜蓿草，又回到牲口圈里，一半放在骡子槽里，一半放进他的公牛卡齐尔的槽里。

"卡齐尔，你说这事，我稍微晚回来一会儿，因为事情就是那样，你要是知道我在丛林里见到了什么，那你是要感到惊奇的。对命运给我们带来的这件喜事，我们要做些什么呢？以后你会知道，我们将要跟在丛林中等待我们的那个宝贝儿干些什么。这会儿，你要吃草，吃啊！"

公牛抬起头，马托·格鲁达感觉到牲口粗糙的舌头舔到了他的手上，卡齐尔在舔他。公牛这一突如其来的亲近，在马托·格鲁达的胸膛里掀起爱的波澜。他把脸贴在卡齐尔的脊背上，闭上双眼，就那么一动不动地站着。鲜活的、甜甜的、生命的暖流，涌上了他的面颊。在公牛肚子里，它反刍的食物在蠕动，马托・格鲁达体会到了这一点。卡齐尔在吃苜蓿草。

“你给我养大了两个孩子，卡齐尔！我弄到你那年，你还是条小牛犊，我给你吃，给你喝，每天早晨为你梳洗打扮，于是你长大了。后来，我给你套上牛鞅子，一起耕耘土地，干的活儿多着哩。我们俩正儿八经地在一起生活了，很光荣，卡齐尔。为了让我们获得更多的荣光，我们应该把放在丛林里的那个东西也拿到手……”马托・格鲁达说，面颊没离开牛脊背。

在墙的那边，他觉察到了他的母牛拉拉的咳嗽声。他又夹了一捆苜蓿草，放到母牛的槽子里。母牛从他手里把草夺过去，开始嚼起来。

“拉拉，你应该吃啊，因为你要给我们生一头漂漂亮亮的小公牛。拉拉，你也有功，你用你的奶水给我养大了两个孩子。我把你的孩子——几头小公牛卖了，因为我不知道该怎么办。那几头小公牛可漂亮、可帅了。我要是留下它们，圈里就被挤得满满当当的了，你将像个太太似的待在它们中间。我能养得了吗？拉拉？吃草，吃！因为你正怀孕。吃，拉拉，你吃！”

在牲口圈里，他又转悠了一两圈，然后到了院子里。这是一个黑蒙蒙的、安静的夜晚，在低矮的房屋窗户上看不到灯光。

他在院子边上的一根原木上坐下来，掏出烟盒，卷了一支烟。火石的味道在院子里扩散开来。他嘴里叼着烟，思考着大炮的事情：

“如果有时间，噢，宝贝蛋儿，有时间！今天晚上我就去把你取回来，带到这里，因为待到明天，谁知道会发生什么事！”

抽完烟，他站了起来，又进到牲口圈里，拿起意大利人的手枪。这支手枪，他是和夹克衫、皮鞋一起放在一个角落里的。

在院子里，他把狗喊到跟前。

“巴洛，你成什么样子了，噢，你这个小坏蛋儿！”

还没把最后的话说完，狗就蹿到他的跟前，马托・格鲁达用手摩挲它的脑袋。

“走，我们到穆拉特那儿去。”

他轻轻地打开大门，上街了。

“我们不会晚回来的，我们借他的公牛使一使，很快就回来。我们没办法，怎么办，噢，我说巴洛！我们不能把那个宝贝儿扔在丛林里，你明白吗？”

穆拉特是马托・格鲁达在村里最亲密的朋友，马托・格鲁达很喜欢他，因为他是一个老老实实、心地善良而美好的人。他俩各自有一头公牛，干农活儿时互相帮忙，这一周一个人使唤两头牛，下一周另一个人使唤。他们是要好的伙伴，从来没说过彼此一句坏话。

但是，最近，他在他的伙伴那里发现了一件叫他不喜欢的事情。穆拉特虽然与菲泽家族有血仇之恨，可是，却开始与这个家族的人来往了。马托・格鲁达不喜欢菲泽家族的人，尤其是不喜欢梅雷老头。对梅雷的十个重孙子，他也是记恨在心。他觉得这些重孙子的生活像井一般黑咕隆咚。根据马托・格鲁达的看法，这个“井”里头正在策划着许多坏事。然而，穆拉特・什塔加并不把这些坏事看在眼里。他想把菲泽家族的人变成自己人，也把他们介绍到游击队去，就像他对马托・格鲁达做的那样。

另外还有一件事也让马托·格鲁达不开心。他已经听说了，穆拉特·什塔加常跟菲泽家族的一个叫谢加的姑娘偷偷幽会，这姑娘是个美人，高高的身材，一对俊俏的凤眼，两片嘴唇犹如一对水灵灵的让你想尝一尝的红樱桃。人们甚至说，是谢加让穆拉特与菲泽家族的人接近的。他进进出出菲泽家族的人家，更多的原因是为了谢加姑娘，而不是为了游击队作战的事情。但是，马托·格鲁达不愿意相信这一点。

马托·格鲁达对此人感到惊诧，他有孩子般的想法，却没有做学问的思维……对于我们来说，共产主义是那么正确，它是怎样进入到菲泽家族的呢？你跟我说说，好心肠的人，这个穆拉特·什塔加带着什么样的思想立身行事？他对我讲着与他对菲泽家族人讲的同样的事情。穆拉特·什塔加撂下了犁铧，也撂下了骡子、牲畜，从事共产主义事业。

马托·格鲁达一路上就是这么思考的。当他停止思考时，感到双膝很累，像折断了一样。然后看看狗，说道：

“你没有我累，噢，巴洛！你也累，宝贝蛋儿，累，可是没有我累！”

最后，总算靠近了穆拉特的家，所有的窗户都闪烁着明亮的光。

“这个人家里有不少客人哪！”马托·格鲁达思量着。

他在大门前捡起一块石头，在门上敲了敲，没人应答。他又敲了敲，还是鸦雀无声。他又敲了一次，并且开始喊道：

“喂，穆拉特，喂，穆拉特！”

“是谁呀？”传出穆拉特妻子的声音。

“我是马托·格鲁达！叫穆拉特出来。”

稍过片刻，院子里响起脚步声，穆拉特开了门。

“进来，马托！”

“我不进去了，穆拉特，你有客人？”

“游击队员，”穆拉特说道，“他们还要到你家，可你家太远，而且孤零零地在村子外边，真是见鬼。全村到处都有游击队员，就是你家和菲泽家族的人家没去了！”

马托·格鲁达迅速地朝心口窝看了看，可心思已经飞到大炮那里了。

“假如今天晚上我不把它从丛林里取走，明天他们那些人就要把它拿走了。”马托心里一直在想。

“进屋喝杯咖啡。”穆拉特邀请他。

“我不去了。人多吗？”

“在我家大约有十个人。”

穆拉特沉默不语，直到院子里响起客人们的歌声，好像是在举行婚礼。马托·格鲁达倚着一扇门，聆听歌唱。

“他们在唱歌。”马托·格鲁达若有所思地说。

“你听说了吗？”穆拉特问道，“意大利垮台了。”

“怎么垮台的？”

“缴械了，投降了，整整一个意大利营向游击队缴械了。”

“所以他们把大炮也扔了。”马托·格鲁达思量着。过了一会儿，他慢条斯理地说：

“坏蛋，我们解放了！”

“我们解放什么了，马托兄弟！德国人又向我们开战了……”

“你说什么？”马托·格鲁达说道，仿佛遭到巨大的灾难性消息的沉重一击。他听说过德国人很凶残，他们能一边笑一边把你杀死。

“我们和这些投降的意大利人在一起，也是倒霉的事。假如德国人抓到他们，当场就会把他们杀死。”

“你跟我们说过，意大利人跟德国人是朋友。”马托·格鲁达说。

“意大利没垮台的时候是朋友，现在德国人就要杀戮他们，不愿意把他们作为包袱背在后背上。刽子手，真是刽子手。还有，希特勒对意大利人很恼火，因为在战争中他们都是些胆小鬼，而且还有很多开小差儿的逃兵。”

说完这些话，他们沉默了一会儿，马托·格鲁达觉得这些事情真是混乱不清。现在，无论是大炮，还是公牛，他全都忘了，处于一种从未有过的乱糟糟的心境中。

“有几个意大利人，我们要把他们留在我们村里，给他们穿上我们的服装，还要给他们每人头上戴一顶白毡帽，让他们和我们在一起。我们要把他们和牲畜一起打发到山上去，还要给他们犁杖，要他们和我们一起耕地。战争结束时，我们再把他们送回意大利……”穆拉特讲道。然后补充说：“有几个人同游击队员一起走了。”

“怪事！”

“为什么是怪事？”穆拉特问道。

“还有意大利的游击队员？”马托·格鲁达问道。

穆拉特笑着说：

“还可能有德国人呢……”

“这是真的，真的……可谁对你说的，我们要把几个意大利人留在村里？”马托·格鲁达问道。

“特派员扎比尔告诉我们的。”穆拉特说道。

马托·格鲁达端详着穆拉特，好像是要询问他特派员扎比尔是否在屋子里参加这个晚宴。他曾经听说过关于这个特派员扎比尔的事情，甚至有一回他还看到扎比尔与穆拉特在一起。这个特派员是个身材高大的人，有一对犹如熄灭的火炭一般浓黑的眉毛。

“扎比尔特派员还跟我们讲了有关德国人的事情。他还说要把意大利人的全部武器都搜集起来，需要骑马和骡子上山去……”穆拉特说道。

“是这样？”马托·格鲁达问道。

“意大利人我们留下，管理起来，武器我们将送走！明天你也骑骡子去。”

马托·格鲁达左手抓着山羊胡，开始捋起来，似乎是在问自己是不是没刮胡子。此刻，他的心思都集中到凭自己的想象塑造的一个意大利人身上了。“意大利人，”他在想，“进到我的牲口圈，我去掉一些秸秆，从这些秸秆中间露出炮口。”

“你看看这个宝贝儿，我对它说，我要跟它算几笔账，嘿嘿！以后我还要给它晋衔，升高、降低炮筒。”

马托·格鲁达突然笑了，连他自己也不明白为什么笑了。

“你为什么笑？”穆拉特问他。

“我觉得这些黑乎乎的意大利人可笑[①]，好家伙，我们还将给他们戴上白毡帽……穆拉特，你听着，我来到这儿是要牵牛使使。明天一大早天不亮我就要起来，要翻那块向阳的斜坡地。”他说。

“可我们要去归置意大利人的武器，送给山上的游击队员……”

---

① 第二次世界大战期间，进犯阿尔巴尼亚的意大利军人着黑色服装。

穆拉特·什塔加说。

“我老早就要起来，因为要翻地。”马托·格鲁达撒起谎来。

“哼！那就是说你不跟我们一起去归置武器？”穆拉特说。

马托·格鲁达沉思了片刻。

“不去！我要去翻地。”他说。

穆拉特沉默片刻，他为自己的同伴感到遗憾，因为在这种困难的时候，他只去想田地和牛的事。穆拉特觉得马托·格鲁达有精神病。经历了那些事情，他还要去翻地。“人们都在想，德国人明天或者后天就可能下山来，他们怎样去对抗德国人，而这个人却要求牵着公牛去翻地。行了，马托，行了！”穆拉特对自己说。

“你是不给我使唤？”马托·格鲁达问道。

“你说的是公牛吗？你想用就牵去，还有骡子。”穆拉特回答道，从他的话音里能听得出生气的味道。

穆拉特转身向牲口圈走去。

马托·格鲁达倚着一扇大门，聆听着自己同伴的客人们唱的歌。歌中的“伊索”[①]拖得很长，不时地为大声的“噢伊，噢伊”[②]所打断。“他们在唱歌。”马托自言自语地说，喘了一口粗气。

院子里响起牛蹄声。

“稍给添点苜蓿草，马托，它饿了。”穆拉特冷淡地说。

马托·格鲁达跟在牛后头往外走着，用手拍着牛屁股，迈出了大门槛。公牛慢腾腾、迷迷瞪瞪地走着，不时地摇晃长着一对长角的

①②阿尔巴尼亚民歌中，常常夹着拖得很长的“伊索”（iso）和“噢伊”（oi, oi），没有什么意思，只是为了吸引听众的注意力，听起来虽然比较单调，但阿尔巴尼亚人都很喜欢听。

脑袋。这一点马托·格鲁达早就记在心里了。穆拉特曾经到地拉那[①]一个叫"普里切利"公司的公路建设工地打工，从地拉那回来时，用积攒的几个钱，从科卡勒山那边的一个农民手里买下了这头公牛。马托喜欢这对牛角，因为那时这对牛角长得又长又锋利，就像两把尖刀一样。可是，现在它老了。哎，有什么事情能不与这条公牛联系在一起哟！有一次，他和穆拉特两个人一起翻地，他们的犁杖碰上了一个硬东西，这头牛第一个站住了。马托·格鲁达去拽犁杖，可是它出不来。于是，他便拿镐在犁铧附近挖土。铧子碰上了一个管子形状生了锈的铁块，他们把它取了出来。穆拉特说那是最古老的大炮的一个炮口。然后，他补充说，从这些大炮的炮口往里面装铁球。"有多少人践踏了这块土地！"穆拉特对他说过，"人们生下来，又死去了。我们的犁铧有时能碰上硬邦邦的东西，翻出来扔在田地上的有一个个盆、一把把剑、一个个钵。有谁用钵子吃过饭？有谁用剑劈过东西？你看我们怎么取出大炮的炮口？"马托·格鲁达一边跟随在穆拉特的公牛后边往前走，一边回想大炮的那个炮口。"我在丛林中捡到的那个东西，作为炮筒，它比较短，也比较宽。谁知道呢！即使把我捡到的大炮撂在丛林里，别人也不将它取走，由于雨水的浇淋，它也会生锈；泥土的滑坡，会使它被淹没。千百年后，当人们要耕作处女地的时候，会发现它长了锈，就像我在丛林中捡到它时一样。事情就是如此！"马托·格鲁达对自己说。

马托·格鲁达赶着穆拉特家的公牛回到家里，将它牵进牲口圈里，拴在牛槽上，接着又给它半堆苜蓿草。然后走进屋里，他要稍微

① 地拉那：阿尔巴尼亚首都。

睡会儿觉。

因为等的时间太长，他回家见到老婆时，她的脸色都变白了。

“我有多担心啊！你走时鸡都叫头遍了！”他老婆扎拉说道。

“我晚回来了一会儿。”他说着，把大儿子的被子往上提了一下，这孩子正在睡觉，被子蹬在脚底下了。这个调皮鬼把身子露在外面，过后就要咳嗽了。

“你可叫我们受苦了。我们说，丛林中可不要出什么事，所有的枪都被扔下了。”

“是几支枪……”马托·格鲁达说道。

“你要吃饭吗？”妻子问他。

“我不饿，路上吃了穆拉特给我放进包里的面包。最好是去睡觉，我累了。”马托·格鲁达说，开始脱衣裳。

扎拉颇感奇怪地看着丈夫，他很少有不吃晚饭就睡觉的时候，难道是有病了？她用针挑了一下灯芯，以便更清楚地看看他的脸。

“你干吗这么看我？”马托·格鲁达说。

“你是不是不舒服了？”扎拉问道。

“我不是不舒服，我是累了。”马托·格鲁达说着就倒在床垫上了。

扎拉在丈夫的头旁边坐下来，把手心放到他的额头上，用她那粗糙的手指慢慢地按他的太阳穴。

“我觉得你好像是在发烧！”

“走在路上我就发烧了，老婆，你给我稍微按一按太阳穴，我觉得挺好。”

妻子摩挲着他的额头，他有如羊羔一般软绵绵地蜷缩在被子下面。此刻，他觉得血往下流，一直流到脚趾甲，而且还往上涌，一直涌到手指甲。好像从扎拉的手上流淌出一种少有的温柔之情，从他理智的深处闪现出一种想法：“那门鬼炮对我有什么用？是谁开始干这种叫人心烦意乱、很不情愿的事情？”

“姑姑出去到丛林里寻找，一直走到壕沟那边。”扎拉一边按着太阳穴一边说。

马托·格鲁达霍地坐了起来。

“在壕沟那边她找到炮了吗？”

扎拉惊奇地注视着他。

“这门炮是个什么东西？”

“不，我说过了。不要到意大利人那边去。”马托·格鲁达说完又躺下了。

“既没有意大利人，也没有炮。”妻子说。

“那就好，现在睡觉去！”

扎拉吹灭了小油灯，在丈夫身边躺下了。黑黑的夜色笼罩着房间，只能听到他们的两个儿子齐古里和萨迪库呼吸的声音。马托把妻子的后腰推了一下，竭力去睡觉，但是，由于过度疲劳和白天的幻梦，他没有睡着。心思沿着丛林飞翔，飞到了大炮旁边，他的眼前还浮现出那个他用柞树枝遮掩的意大利人……

不管是大炮，还是从死亡的意大利人身上拿到的东西，他统统都没对老婆说，因为他不想打扰她，让她睡不了觉。“让她去睡好喽，不要知道我在看什么，做什么。”

马托·格鲁达又翻个身，仰面躺着，但是，即使这样，照样还是睡不着。妻子感觉到了他的焦躁不安，但没有跟他说话。最后，还是她对他开了腔：

“你干吗不睡？莫非是有什么秘密？”

“没有秘密，因为太累，实在太累，所以睡不着。”马托·格鲁达说。

“你不睡觉是因为在丛林里你看到了吓人的事。”

“不睡觉也是因为那个……”

“如果你看到了吓人的事，可不要告诉我，因为我害怕。”扎拉说道。然后她沉默下来，不再说话了。

马托·格鲁达立刻笑了。他知道每次他准备要讲述一件可怕的或丑恶的事情时，她都用手捂住耳朵。马托·格鲁达弄不明白，扎拉有着那么柔软又那么敏锐的心肠，是像谁了。她的父母亲曾经都是比较厉害的人，而且在山边生活过。关于扎拉的母亲，人们经常讲述她是如何从石楼二层小小的窗口向仇人射击的。真是件大怪事！扎拉为什么会是这样温柔？

他的眼皮变得沉重了，深深的睡意占据了他。睡梦中，在一棵高大的橡树下，在积满了黄黄的污泥浊水的壕沟上面，他看见了扎拉、丛林、大炮和意大利人赤裸的双脚。在梦中，他还看到了穆拉特，听到了特派员扎比尔的声音和客人们唱的那些歌……

第三章

他在睡梦中喊叫。梦中，菲泽家族的梅雷老头仿佛走进了丛林里，在大炮周围转悠。梅雷老头拿了有榔头那么大的一个大锤子，在炮筒子上捶打，要把它锤碎……“梅雷老人家，不要把炮筒子给我锤碎了！”马托·格鲁达喊道。老头在丛林里，在柞树林和云杉林中消失了。这时，马托·格鲁达从睡梦中醒来，出了一身汗。

扎拉还在睡，孩子们也在睡。马托慢慢地起来，打开炉子，取出一块火炭，吹了吹，把小油灯点着了。

油灯的亮光照在扎拉的脸上，马托·格鲁达要叫醒她，心里很不是个滋味儿。他套上夹克衫，穿上袜子，双手叉在胸前，站在屋子中间。“我单独一个人去丛林不行，需要一点帮助。”他望着妻子思量着，走到她跟前，用食指小心地杵着她说：

“扎拉，起来吧，天都亮了……扎拉！……”

扎拉睁开眼睛，还不明白丈夫为什么突然间那么早就起来。但是，她还是把被子蹬在一边，噌的一声站了起来。她个子高高的，两条修长的腿很秀美。奇怪得很，她身上各部位的线条都很细腻，很俊美，似乎她不是一个普通的家庭妇女，而是一位在城市里优越条件下长大的女郎。马托·格鲁达凝视着她，像当初那样，有一种被融化的感觉。“你，扎拉，”他对自己说，“你给我生了两个男孩，但是，生了两个男孩也好，辛苦劳累也好，统统都没伤害、破坏你的美。我让你身材保持得很好。假设我以前让你担惊受怕过，那么，今天晚上就会叫你重新尝尝惊恐不安的滋味……”

“你要到哪儿去？”扎拉问道。

“我们俩去，还要把齐古里也带上，叫他也帮帮我们。”马托·格鲁达说道。

妻子看了丈夫一眼。

“这是一件糟糕的事情，还是一件吉祥的事情，马托？”

“一件吉祥的事情，扎拉。我们到丛林里，取一件我事先藏起来的东西。这是一件我们需要，能给我们荣誉的事情。”

“它是一个什么样的东西？”

“我解释不了，因为需要你自己去看，去搞清楚。”马托·格鲁达说道。

他掀开了齐古里的被窝，摇了摇孩子的肩，可是，孩子还在睡梦里，正用手找盖的东西。

“齐古里，起来，爸爸的好儿子！”

孩子不听叫唤。

“放下齐古里，别管他，马托！我不觉得你开始干的这件事是吉祥的事，因为假如它是一件吉祥的事情，你会在阳光照在科卡勒山顶上的时候开始干。”扎拉说道。

“是吉祥的事，所以我想在太阳光还没照在科卡勒山上的时候就开始干。”马托·格鲁达说，向儿子那边转过身去，“齐古里，起来！”

齐古里用手擦擦眼睛，起来了。他很像他母亲，十二岁的男孩，却有着高高的个子和一张男子汉的脸，是村子里最帅的小伙子，扎拉为她的儿子感到体面。从他父亲那里，他只是继承了下嘴唇中间的那道小沟，这道小沟给了他一种更为动人的美感。

“穿衣服，齐古里，穿衣服。”他妈妈说着，把耷拉在他额头上的一绺头发梳理好。

“我们要去哪儿？”齐古里问道。

“你父亲在丛林里有事干，我们去那儿帮他的忙。”扎拉说道。

这时候，埃斯玛娅姑姑拿着散落的毛线，嘴里含着烟卷儿进到屋里。

“这是怎么了？像鬼一样起来了！往哪儿去？”

“我们到丛林里取一件东西，还要套上两头公牛，因为用肩扛我们运不回来，扎拉和齐古里帮我一起干。你，埃斯玛娅姑姑，同萨迪库留在家里，不要让他醒来害怕。”马托·格鲁达说道。

“意大利人在丛林里扔下东西了？”埃斯玛娅姑姑问道。

“是扔下东西了。”

“对于家庭来说是好东西吗？”埃斯玛娅姑姑又问。

“是好东西。”

“我怀疑，是一件不祥之事来到我们面前了，他们会不会知道我们，到我们家里检查。”姑姑说。

“他们不知道我们。”

“你是男子汉大丈夫，这事你知道。你要注意，可不要给家里造成什么伤害，因为我们家受过许多伤，好不容易这些伤疤才愈合了。我辛辛苦苦把你抚养大。在这些年里，菲泽家族的人杀死并用泥土埋了你爸爸、妈妈、叔叔、伯父、兄弟，不管家里还有没有人，反正他们是发了疯地杀。假如我衣服上有纽扣，当我解扣子的时候，由于艰难困苦的煎熬，扣子也要现出黑色。”[①] 埃斯玛娅姑姑说道。她黑黑的头发耷拉着，好像乌鸦的羽毛似的，一丝白发都没有，尽管她已经是八十几岁的人了。马托·格鲁达和妻子、儿子听着她讲，默不作声。扎拉搓弄着手指头，马托·格鲁达摆弄着夹克衫领子，齐古里不时地系上、解开上衣扣子。

“一点都不要怀疑，埃斯玛娅姑姑。”马托·格鲁达说，“东西是好的。”

“但愿上帝多保佑！噢，我全身怎么这么疼哟！我所有的关节都疼。我不知道我有什么病，我是不是得了关节炎。”埃斯玛娅姑姑说道。她坐在了萨迪库的床垫上。

马托·格鲁达笑了，说道：

“埃斯玛娅姑姑，你知道吗？一个僧人得了关节炎，他想起来用过的一种药。他拿来无花果，往里面填了红胡椒，再拿来茶，把它烧好，然后吃填了红胡椒的无花果，喝茶，早晨他就健康地站起来了。事情就是这样，正像你说的。”

“让僧人给我排除苦难吧！”埃斯玛娅姑姑说道。她在萨迪库身后躺下了。

马托·格鲁达与扎拉、齐古里离开了屋子。

院子里黑黝黝的，但是，天空中的星星却闪烁着亮光。连风都没有，真是万籁俱寂的世界。他们默不作声地牵着两头公牛出去了……

---

① 阿尔巴尼亚人的一种隐晦的说法，比喻生活的艰难。

第四章

整个路上他们都没说话，只有走近目的地时，马托·格鲁达才说要拉走的物件是个铁东西，很重。扎拉以为丈夫是要使用军队里那些人扔下的铁制物品干点什么，她对自己嘀咕，家中的房檐完全可以用原木做得很漂亮，拿那么个铁东西能有什么用！但是，她没把这个话说出来，而是沉默不语。齐古里赶着牛，琢磨着这个铁东西会是什么。跟母亲不一样，他以为这个东西会是一个钢制的大箱子，好像粮仓似的。

当他们走近一棵橡树时，马托·格鲁达说道：

“就在这儿！”

两头公牛停下了，马托·格鲁达朝前迈了三四步，然后停下来，把手搭在炮筒子上。在浓重的半明半暗的夜色中，扎拉听到了铁器的响声。她和齐古里靠近她丈夫。一开始，她注意到了炮口，然后看见了炮轮子。扎拉从来没这么近看到过一门大炮，但是根据男人们讲述的内容，她想象过它是个啥样子。跟母亲相反，齐古里在路上，在意大利人那里，见到过这种武器，甚至他还用手摸过它。

“就是这个！”马托·格鲁达手扶炮筒说。

“就是这个”这句话，在黑漆漆的夜色里，响彻丛林。风儿把它吹送到菲泽家族人的小河边，一直吹到克拉克河。这句话也一直被吹到阿龙村，但是，任何人也没听到，而且在很长时间里，任何人也不会听得到。这句话之后，大炮就来了……在橡树前，马托·格鲁达站了一会儿，又将手重新放到冰凉的炮口上，这是一个无声的宣誓。

扎拉呆呆地站在那里，好像冻僵了似的。她浑身起鸡皮疙瘩，用仿佛说悄悄话那么低的声音说道：

“大炮！”

“大炮！”齐古里也说，不过他的声音如同小孩子做游戏时那么天真幼稚。在黑乎乎的夜色里，他的眼睛闪闪发光。

“爸爸，我们要把它拉走吗？”他高兴地问道。

“马托，你自己哭去吧，我要走，离开这儿！放弃这个鬼东西！”扎拉对他说，几乎都要喊叫了。

马托·格鲁达从炮口处把手收了回来，走到妻子旁边，把这只手又放到她的肩上，感觉到她的身体在发抖。他为扎拉感到遗憾、难为情，但与此同时，他的心情又有些沉重、痛苦。扎拉不像她妈妈。因为一门大炮，扎拉感到恐惧，扎拉看不了武器。哎，她妈妈曾用武器射击，阻击过敌人。假如能找到一门大炮，她也能用这门大炮射击敌人……马托希望能有这样一个妻子。在一只母鸡的心里，哪还能有什么美好可找呢？

“莫非扎拉惊恐不安是因为她觉察到了我需要大炮的原因？她不愿意我用大炮干那个事……很清楚，她已经觉察到了。”马托·格鲁达琢磨着。

“我们走，马托！我们不需要这个铁玩意儿。”扎拉请求道。

“我们需要，老婆，我们需要。”马托·格鲁达一边把手从妻子的肩膀上拿下来，一边说道。

“只把轮子取下来，然后安在牛车上。马托，你将有一辆村里最好的牛车，永远也坏不了。”扎拉说道，“我们用这辆车从地里往家中运小麦和玉米，不再因为使用骡子拉东西而让我们感到疲劳。然后我们再买一头公牛，叫它拉车拉犁。有了公牛和牛车，我们还可以从丛林里拉柴火，冬天家中总是暖暖和和的，你也再不用因为使唤骡子装卸东西而受苦受累了。”

马托·格鲁达哈哈大笑起来，说道：

“噢，我说扎拉哟！你想到哪儿去了！我从来就没想过大炮的轮子能变成牛车轮子。噢，我说扎拉哟！”

此时此地，齐古里也细声细气地笑了起来，说道：

“爸爸，我们做牛车吗？”

这么一问，马托·格鲁达不语了，既没再讲多余的话，也没再说笑话。他拿着鞭子走到牛后边，坐在炮身上驾驭着它们。一开始，它们惊恐不定，不听驾驭。可是，在这件事情上，还有齐古里帮忙，他在后边用一根细树枝赶着牛往前走。当牲口走到马托·格鲁达要去的地方时，他慢慢地抬起炮的底座，用绳子把底座的最后部分与牛鞅子上的铁环连接起来。这时候，大炮真就像个牛车了，只不过它是铁制的，还有一个被称作炮筒的铁管。

马托·格鲁达驾驭着两头公牛，这辆异乎寻常的牛车出发了，行走在丛林里，发出咯吱咯吱的响声。

扎拉不讲话，疲惫且不痛快地走在大炮的后面。

丛林完全沉浸在黑魆魆的夜色里。在窄窄的丛林小路上，马托·格鲁达慢慢地、胆怯地走在牛前边，妻子和儿子踩着轮子印儿朝前走。远处，在河口和科卡勒山的山脚下，传来菲泽家族的狗叫声，从一个小小的窗户上，闪耀出一道淡淡的亮光。齐古里走在大炮后边，马托·格鲁达回头看了看他。马托·格鲁达有自言自语的习惯，当他对自己说话的时候，别人都一声不响。他们没听到他的话，但是都明白，他是在说点什么。牛拉着大炮往前走着，他说道：

“梅雷老头还活着，噢，我的儿子齐古里，他活着！夜里他总是点着灯。时间过去一百年还是二百年了，你上哪儿知道？找不到知道这个事的人，知道科卡勒山脚控制着什么，克拉克河冲洗着什么。梅雷老头腰上挂着铁作坊的钥匙和柜子钥匙，以及各个屋子的钥匙。梅雷老头总是躺着，很少起来，起来的时候就背着手，拿着念珠，在屋里踱步。梅雷老头用这些念珠搞了很多阴谋诡计，这些念珠特别古老，就像他的十字架上的珠子那样。人们说他的念珠是骨头做的，还说是他小时候自己做的。可是，谁也记不得他小时候是个什么模样，因为他所有的同龄人，都被他送到另外的世界去了。那些念珠是他用刀刻出来的。用灼热的铁棍儿在珠子顶上钻孔，以便让线绳穿过去，把它们穿成串儿。埃斯玛娅姑姑是这样说的。娜菲亚奶奶讲给埃斯玛娅姑姑；娜菲亚的母亲达菲娜讲给娜菲亚；而达菲娜是从她姨母增吉奈娅那里听到的……记不得是什么时候有了梅雷老头！人们说他的牙都掉了，过后又长出了新牙，然而，新长出的牙又都掉了，然后又长出如同念珠上一颗颗珠子一样的新牙。人们说有真主，又说根本没有！如果有真主，那梅雷老头早就被真主带走了！但是，他活着，窗台上还放着灯。人们说，白天灯还点着，可我们没看见，因为太阳光让我们看不见。人们说，他点着灯，是因为灯里有灵魂。在科卡勒山上，在山尖上，没有草，没有树，没有苔藓植物，只有一座石崖。在那里不把灯撞坏，人就不死……人们是这么说的。在睡梦中，人们看到了梅雷老头。在梦里，人们还能看得到梅雷老头。”

人们讲，梅雷老头死了一次，后来他又活了。人们发誓说，在阿龙村传说的这件事不是童话，而是真的，跟夜晚一样真实。他死了，他的亲属聚在一起哭，用白布把他包裹起来，放进棺材里；人们抬起他，准备把他送到坟墓里。天降大雪，很是寒冷，半路上，从棺材里传出一种声音：

“真主啊，真是不幸啊！这是怎样的灾难哟！这种寒冷有多吓人啊！真主呀，把辛姆伯尔·耶齐特·辛姆伯尔拉尔[①]从我身边赶走！”

抬着灵柩的人听到了死者的声音，一个个惊恐万分，扔下他，逃跑了。唯独捷拉丁·杜尔巴利亚村医穿着一件大蓑衣，站在那里没动。

“噢，你这个最伟大的人物中的大人物，滑稽鬼姆拉希米和耶齐特[②]，跟我搞了什么鬼名堂？”梅雷老头喊叫着，一边撕掉白布，一边站了起来。

在白茫茫的雪地里，他的眼睛滴溜溜地转来转去，只注意到了双脚死死地站在雪地里的捷拉丁·杜尔巴利亚村医。

“噢，这仇恨大了！这个人是谁？是捷拉丁·杜尔巴利亚村医，还是姆拉希米滑稽鬼本人？”

“我是村医捷拉丁·杜尔巴利亚，捷瓦特的儿子，阿布迪雷苏拉弗齐的孙子。”村医说道，跑过去把蓑衣给他披在肩上。

---

① 辛姆伯尔·耶齐特·辛姆伯尔拉尔是土耳其神话中的魔鬼。
② 这两个人是起了穆斯林人名的阿龙村村民。

就这样，村医给梅雷老头披上蓑衣，把他一直送到家，给他穿上了他活着的时候穿的衣服。点着了灯，把他放到床垫上，以便让他复生于世。家里的人都相继离开，留下来的只是那些老头和老太太，因为他们以为伟大的祖父变成了鬼，只有捷拉丁·杜尔巴利亚村医伺候他。村医把那些来到家中，不管是不是慰问他的人，也都向他做了介绍。

“好哇，某某人，某某人不喜欢我！”梅雷老头把脑袋从枕头上抬起来说道。

“是这样。”捷拉丁·杜尔巴利亚村医说道。

“谁对我的死感到高兴？”梅雷老头问道。

“某某人，某某人。”捷拉丁·杜尔巴利亚村医说道。

“噢，好大的仇！除掉他们，慢慢除掉他们，往他们脸上钻孔，要给那些不喜欢我的人留下孔洞！噢，这个仇大了！”梅雷老头咒骂道。

人们如此讲述着，这些都不是童话，而像夜晚一般真实！

整个阿龙村，整个这一带地区，克拉克河都得到了什么，克拉克河又占有了什么。人们为这一从未听说过的事情感到惊奇，并且说，现在，世界末日将要到来了。后来，人们习惯了，因为梅雷老头还带着发亮的油灯活着。大家公认世界末日不成为一个事！因此，人们便唱出一首不知道作者是谁的歌曲，也不知道是谁第一个演唱的这首歌。歌曲中说：

梅雷老汉，
人们把你放进棺材里，
灾难的星期五，

他们又送你到墓地。

你幸运地站立起，
从棺材里叫喊，众人感到诧异，
千万要小心，要小心，
不能随随便便不在意。

人们把你扔在棺材里，
双脚没法挤进去，
是捷拉丁医生
给你披上了蓑衣。

捷拉丁村医，
要让我的手免受雪水洗，
不要叫梅雷老汉
去用雪充饥。

捷拉丁村医，
捷拉丁村医，
你带来个什么鬼东西，
要让我的胳膊免受雪水洗！

牛拉着大炮沿着丛林颠簸，一个丈夫，一个妻子，还有一个小男孩，三个人一声不响地往前走。阿龙村在睡觉，菲泽家族的一大家子除了梅雷老头，也在睡觉。梅雷老头全身的骨头疼，像刀子剜似的。他醒着，作为一切事件伟大的见证者待在家里。他老早就是一个见证者。在梅雷老头待着的屋子里，还有他的重孙女杜达。在这个房间里，从前突然绽放出一簇爱情之花。或者说，它不是花，而是一团绿叶，刚刚从一些暗暗的东西中间钻出来。这些暗暗的东西相互紧紧地挤靠着，纤小的一簇绿叶在艰难地生长。这一小簇绿叶就是杜达，她是菲泽家族的一个俊俏的姑娘，她与马托·格鲁达父亲的弟弟拉米兹陷于爱河之中。这个拉米兹长得很帅，以摆弄书本为生。他自己学会了读和写，在阿龙村的聪明人当中，他数第一，是最有智慧的人。所有来来往往的信，都是由他来念和写。杜达与这个奇特的人相爱，她从一些写给他的信中，从一些犹如她在家中编织的那些地毯一般精美的信中，学到了很多东西。梅雷老头不喜欢这个人，说什么滑稽鬼姆拉希米钻进了他的肚子里，并且在险恶之心的帮助之下，也选取了信中写的想法。

拉米兹追求杜达姑娘，但是人家没把姑娘给他。于是，在一个黑黢黢的夜晚，他和姑娘幽会了，得到她之后，离开了阿龙村。人们说，他是到凯尔门迪山里去了。梅雷老头把两个重孙子和村医捷拉丁·杜尔巴利亚派到凯尔门迪山里，目的是要杀死这个拉米兹。梅雷老头的重孙子为了不被人认出来，打扮得褴褛不堪，仿佛两个乞丐。捷拉丁·杜尔巴利亚村医带上了刀片和氯化铵，在凯尔门迪山他们转悠了整整两年，但是，既没找到杜达，也没找到拉米兹。

同一时间里，在凯尔门迪山那边，寻找拉米兹和杜达，而在这边爆发了争斗，菲泽家族与格鲁达家族陷入了家族的世仇争斗之中。梅雷老头把他的重孙子们召集到他的油灯旁边，一边数着念珠，一边说："格鲁达家族念珠上的一个珠子要掉下来，梦告诉我，一个叫苏拉的珠子要掉下来，因为苏拉把杜达推到了错路上，是苏拉通知杜达与拉米兹幽会的。"

梅雷老头的四个重孙子对苏拉进行狙击，这个苏拉是马托·格鲁达爸爸的二弟。苏拉在田地里撒种时，梅雷老头的四个重孙子将他杀害了。在阿龙村，这是两个家族之间的第一次开枪。在此之后，听到了另外一些更恐怖的枪声。总的来说，在阿龙村，人们为了两件事开枪杀人：女人和田地。他们热爱田地，想夺取田地，因此就杀人。他们爱女人，为女人而互相残杀。在阿龙村，田地和女人早已变成了传奇，为了这两件事情，编织了许多故事，吟唱出许多歌曲。这些故事和歌曲中的多数都是震撼人心的，但也有的是欢快有趣的。当田地被抢占和女人被别的男人所爱而出走时，它们就震撼人心；当田地给予人们多多的小麦，女人很漂亮并且偷偷地恋爱时，它们就令人欢畅，心绪昂扬……阿龙村是这一带最奇特的一个村子。大炮在黑洞洞的夜里进到村中，也使它奇妙不凡。这门大炮进村是人们见所未见、闻所未闻的怪事。马托·格鲁达走在大炮的前面，他用手捏了一下额头，感叹道：

"梅雷老头的灯亮着，亮着，梅雷老头不死。是一百年还是二百年了，谁也不知道。"他对自己说。

他没有注意到路上的一个坑，牛走过去了，但是，一个轮子掉了进去，大炮偏斜了。扎拉喊叫起来，因为她以为大炮要陷下去被毁掉，要爆炸……她向儿子扑过去，伸展双臂抱住他，把他搂在怀里。

"马托，要爆炸！"她喊道。

她丈夫生气了，说道：

"傻瓜！炮膛里没有炮弹！"

然后，他命令儿子走到牛旁边去，他自己走在后边，点头对扎拉说：

"过来，让我们一起推！"

他沉着稳健地将双手放到偏斜的炮身上，把整个身子往前探。扎拉也挺起胸膛，使劲推这个冷冰冰的铁家伙。牛在往前拉，大炮一点一点地离开了土坑。马托·格鲁达拍了拍手掌，要把湿漉漉的泥巴甩掉。

"这个万恶的东西真是把我们折磨死了！"扎拉哭咧咧地叫骂着。

人带着炮迅速地朝丛林下边走去，柞树叶飒飒的响声让他的心跳动得更加激烈。唯独这个夜晚他不愿意见到人，不愿意有什么人躲在柞树林后边偷听。他心情不错，离清晨还远，夜色还浓着呢。"在这个世界上难道还有另外一个人，在这个夜晚，像我这样拉着一门大炮，仿佛拉着牛车似的朝前赶路？什么是真理，有推大炮的人？有，但没有像我这样与妻子、儿子一起推炮的人……哼……可菲泽家族的人却在睡觉，真是的！……噢，菲泽家族的人，听听在这里说话的人！……"马托·格鲁达对自己说。

当他们下了坡，走到丛林的尽头，快到家的时候，公鸡开始啼鸣了。"我的这些公鸡哟！"马托·格鲁达对自己说，"这会儿，你们在唱，这个心眼儿好的大善人也向你们走来，噢，我说公鸡哟！你们要飞到炮筒子上，对它唱歌！"

但是，马托·格鲁达还没干完活儿，把大炮送回家里之后，他还要再回到丛林里用骡子运炮弹。连这个，事先他也没对扎拉说。他有一个习惯，不是把全部事情一次性都告诉给妻子，而是慢慢地、一件一件地跟她说。对一些复杂的可怕的事情，他也是这么干，像对炮弹的事就是这样。

牛拉大炮开始攀爬离家不远的土丘，他自家的牛卡齐尔和穆拉特家的牛巴拉什慢慢地往前拽。“拽呀，弟兄们，拽呀！你们给我播种很多次，一向是勤快的，从不偷懒。我也很喜爱你们。今天晚上你们给我干了一件无论是你们还是我从来都没想过的事情！”马托·格鲁达一边奔向家里，一边思忖着。

在离家几步远的地方，土丘越来越陡，为了减轻两头牛的负担，马托·格鲁达开始推炮。默不作声的扎拉弯下腰，把双手放在炮筒上。大炮慢慢地在土丘上攀登，两头牛绷紧绳套使劲拉，垂弯的脊背好像拱桥。大炮在土丘上攀爬，扎拉的心情也变得焦躁。家里正进来一个妖怪，它要搅得全家人睡不好、静不了。它更多的是要使两个儿子受到威吓，叫他们害怕。这两个儿子是何等的美好，又是何等的英俊。扎拉保护了他们免受疾病的伤害——保护好他们俩并将他们养大。他们躺下睡觉时，她穿着衣服，躺在他们的垫子边上，使劲唱一些古老的歌曲，直到他们进入梦乡。瞧，现在进入这个世界的还有一个妖怪！她想象着，马托·格鲁达将用这个该诅咒的东西干点儿事情，干点儿可怕的、没听说过的事情……怎么，难道她不能说服他不把它带到家里吗？

扎拉没觉得担子有所减轻，继续推炮。

“松手吧，你还推什么！”马托·格鲁达说，“你没看见我们把它推到头儿了吗？”

真的，大炮已经来到牲口圈门口了。扎拉把手从炮筒子上放下来，两头牛疲惫不堪地站在那里。

马托·格鲁达把绳套从牛鞅子的铁环上和炮身底座的后端解下来，扔到地上。于是，炮筒提升起来，似乎在做准备，向远处某地发射一颗炮弹。马托·格鲁达用手掌抚摸着炮筒，说道：

“大炮有一个漂亮的炮筒！”

扎拉第一次用轻蔑的眼神看了看她的丈夫，走到儿子跟前，拥抱他，摩挲着他的头发。

“马托，你从来没有爱抚过孩子，你不爱孩子……”她突然说道。

这句话犹如雷电一般击在马托身上，“宝贝，小孩子到这儿来干什么？”

“你是心不在焉。”他说道，“你不想一想你在说什么！”

妻子没有回答丈夫的话，但是，却转身对儿子说：

“齐古里，睡觉去，妈妈的小宝贝！”

“别走，不是睡觉的时候，我们把大炮弄到草屋子里去！”马托·格鲁达说。

他把大炮底座的尾部抬起来，转到草屋门那边。

“现在推吧！”马托命令说。

大炮慢慢地被推到宽宽的门前。

“再稍推进去点！推到墙下边。”

轮子发出咯吱咯吱的响声，大炮在一面薄墙下面停住了。马托·格鲁达用一只胳膊抱了些秸秆，扔在大炮上面，要把它掩盖起来。齐古里帮着父亲忙活。

“我们要把炮筒露在外面吗？”齐古里问道。

“不，儿子，我们要把它盖上，不要露出炮筒的样子。你还要记住，关于大炮的事，一句话都不要说……任何人也不应该知道……”

"那埃斯玛娅姑奶奶呢？"

"她也不应该知道……只有我们三个人应该知道。你现在是男子汉了，能够知道……"

"姑奶奶要问我们从丛林里带来了什么，我们对她说什么呢？"

"在小屋里我有一双皮鞋、一件夹克衫和一支手枪，是从一个死亡的意大利人那里拿到的。你拿这些东西对姑奶奶说，我们从丛林里拿到的是些衣物。"马托·格鲁达说。

听到了关于枪的事情，齐古里的眼睛为之一亮，而扎拉却变了脸色。

"你从一个死人身上剥了衣服？"

"我为什么要给他脱光？为什么连衣服也要跟他的肌肉一起腐烂掉？嗯？"

"有多脏，马托，有多脏！"扎拉说道。

"我管它这个呢！"马托·格鲁达挺生气，转身对他儿子说，"这会儿去圈里把骡子牵来，我还要再去丛林……"

扎拉吓了一跳：

"到丛林里干什么？"

"要去拉几个箱子。"马托·格鲁达说。

"那是些什么箱子？"

"武器……炮弹……你见过没有炮弹的大炮开火射击吗？"马托·格鲁达说道。

"哎哟哟！"扎拉吃惊地说，"马托，马托，你要把我们家变成武器库！……"

"啊，好家伙，你是想叫我们家里装满肉丸子、大葱、牲口肚子、牲畜粪！但我要让家里装满手枪、炮弹、弹药、大炮。”马托·格鲁达喊道，呼吸也紧张起来，犹如一个被火药味刺激得发了疯的战士。

“如果草屋里着了火，我们往哪儿去？炮弹将把我们烧成灰烬。”扎拉惊恐不安地说。

“没法跟你把话说通！”马托·格鲁达说完就到院子里去了。

齐古里把骡子牵来了，马托·格鲁达叫他骑到鞍子上，因为会很累。可是，这个孩子没接受指令。

“你骑上去吧，爸爸，我不累。”

“那好吧，路上我们看情形做事吧……”

父子俩出发了。清晨还没透出亮光，科卡勒山尖上还是黑乎乎的。

扎拉用目光送走了她的丈夫和儿子，然后，疲倦地向屋里走去。在台阶上，她听到了姑姑的声音：

“媳妇，做什么了？”

扎拉不声不响地登上台阶，到处都是一片黑咕隆咚的浓浓的夜色。

第五章

马托·格鲁达手里拿着一把尖锹在园子里干活儿。扎拉正在墙倒了的地方，编织一道篱笆墙。她的对面，就是喂养牲口的草屋。每当她抬起头看到草屋的时候，心里就像被刀刺了一般的难受。在秸秆下面，藏着它，藏着箱子。然后，她抬起头看看烟囱。烟囱离草屋挺远，但是，她对随便一个火星都感到害怕。现在她往壁炉里放的木柴还不多，因此，一天晚上，马托·格鲁达同她争执起来：

“你为什么不往火里放木柴？”马托·格鲁达问道。

“因为它在草屋里……”她说道。

“哪一个在草屋里？”马托·格鲁达问道。

此刻，他把它给忘了。可是，扎拉心里倒是觉得不错，她喜欢她丈夫把它给忘掉。

“我说的是火！”马托·格鲁达不带好气地大声说道。

“火足够了……再说了，迸出一个火星，落到草屋里……”扎拉说道。

这时候，马托·格鲁达明白过来了，他凝视了一下妻子：妻子浓浓的眉毛下边有一对漂亮的深深凹陷的眼睛，她摇晃着脑袋。这是怎么回事？因草屋子里隐藏的东西人们要忍冷受寒？这是一种什么样的灾难落在了家里？人们不像从前那样说说笑笑，不再讲故事。唯独埃斯玛娅姑姑经常笑一笑，她没有变。但是，她不知道它藏在草屋里。

扎拉一边编织篱笆墙，一边思虑着家庭，思虑着她的两个孩子齐古里和萨迪库。在他们中间挺立起炮筒，它真的被盖上了秸秆，可是，她却看得出来下面有东西。它吐出烟、烟、烟……让她丈夫拥有了二十支手枪、二十支步枪、二十颗炮弹，唯独就是不要有这门大炮。比如说吧，马托·格鲁达要上山当游击队员，在山上喜欢大炮有什么用？在阿龙村，她没见过哪个游击队员带炮。哪里能知道他为什么喜欢大炮，莫非是他要把它弄到山上送给游击队的炮手们？那就提前一小时或更早给他们送去吧，从这里把它给拿走。

“扎拉，你为什么不说话？”马托·格鲁达手里拿着锹，问道。

扎拉把拿在手里的一根木条编织在篱笆墙上，冲着她丈夫抬起头，说道：

“我要跟你说什么，马托？”

“姑姑说什么了？”马托·格鲁达问道。

“她看见你从被打死的人那里拿到的那些东西，说三个人到丛林里就是为了这么少一点东西吗？”

“那你跟她说什么了？”他问道。

“我跟她说，我们去那里是为了看看意大利人的战壕，也为了能捡点什么东西。”

马托·格鲁达笑了，然后嘱咐她要当心，关于大炮的事要她闭嘴，什么都不要说。妻子走到丈夫跟前，双手搂住他的脖子，用她整个身子重重地压住他。他用手抚摸着她柔软的头发，夫妻二人默默地待了一会儿。在他们周围，菜园散发出湿漉漉的泥土的清香。尖锹插在他们身边的园地里。从破裂的云彩缝里露出的阳光，把磨得光溜溜的锹把儿照得闪闪发亮。扎拉从丈夫的胸前抬起头来，用她那充满痛楚的大眼睛凝视着他。

"马托，"她说，"你干吗从丛林里带回来那么个东西？对我们有什么用？"

"让它待在那里吧！"马托·格鲁达说道。

"干吗让它待在那儿？你也不是在部队里，非有一门大炮不可。穆拉特、佩尔泰菲、奈弗扎蒂他们家里都没有大炮。他们跟游击队员们在一起，但没有大炮……我不明白，马托，为什么你应该有……"

"应该有。"马托·格鲁达若有所思地说。

这时候，齐古里跑进园子里。

"你怎么了？"马托·格鲁达问道。

"阿德南·平召亚在地里杀死了阿利·马鲁卡的弟弟。他们是为地界打起来的……阿德南·平召亚把分界石向阿利家的田里移动了三步远，于是就打起来了……"齐古里说道。

"他的妈妈可真是不幸啊！"扎拉说道。

"唉！还发生了一次恶斗！"马托·格鲁达感叹地说。

是的，在阿龙村，为报家族世仇，还开枪动过武，这些枪声停息几个月了。人们有别的困难事，看样子他们把报世仇的事情给忘了。

马托·格鲁达沉浸在思考中，他默不作声。可是，扎拉和齐古里都明白，他是在对自己说话，因为他不看任何人，只是慢慢地动弹动弹嘴唇。

"阿利若是有了我在草屋里有的那个东西，阿德南·平召亚得到消息，可如何是好！”这些话马托·格鲁达是用大嗓门讲出来的。扎拉和齐古里你看看我，我看看你，没有说话。

“平召亚家族的那些人很坏。”扎拉说。

“他们把分界石往别人家的地上挪。没几年，他们成了大富翁。他们还是贪得无厌的商人。什么是真理，连那个店铺也大发横财。”马托·格鲁达在思考。

“我们应当到阿利家去慰问。”扎拉说道。

“那是，一定得去。”丈夫回答妻子说。

这会儿，他们在园子里干不下去活儿了。

过了一会儿，他们回到屋里，把不幸的事情告诉了埃斯玛娅姑姑。她一听，就展开双臂，开始拍起巴掌，反复插起手指又松开，就像遇到不幸之事时老太太们习惯做的那样。

“不幸啊，阿利！他有一个最好的兄弟！最勇敢和最简朴的兄弟啊！”

埃斯玛娅姑姑开始穿她的黑色衣服，往头上披了一个新头巾。扎拉也往头上戴了一个黑头巾，虽然她不愿意去发生不幸之事的人家，但还是要去，因为她觉得大灾大难的日子就要来到了。

马托·格鲁达和姑姑、妻子三人出发去阿利·马鲁卡家，差不多要走一个小时的路。

快到发生了巨大灾难的人家时，他们听到了恐怖的震天动地的哭声和喊叫声：“噢，遭受大灾大难的人家，噢！倒大霉的人，噢！……”

院子里人声喧闹，男人们默默地待在一边，女人们放声大哭，声音令人心惊胆战。死尸停在女人们待的屋子里，从那里传出死者母亲碎碎叨叨的唱词：

三颗灼热的子弹击中了你的胸膛，
妈妈的儿子卡姆贝尔，你像白鸽一样漂亮，
妈妈举着蜡烛，姐妹们为你哭丧，
阿德南们害你遭祸殃，
你未能报仇，因为你的手枪没打响，
妈妈用红头巾收拾你的血，以后有用场……

马托·格鲁达同姑姑和妻子分开了，走进男人们待的屋子里。根据民间习俗，他拥抱了阿利及他的兄弟，然后如同大家一样，坐在了垫子上。在男人们中间，他还看见了穆拉特·什塔加。他两眼瞅着地，思考着什么。

“到处都能看到这个穆拉特。”马托·格鲁达对自己说。

“弟兄们，对于你们家来说，这是一个极大的灾难。”穆拉特·什塔加说，“对于我们村来说，也是一样。发生这种事情是耻辱的。我们只有一个敌人，占领者是我们的敌人！”

阿利痛苦不堪地盘腿坐在大屋子的前面，他旁边是排行居中的弟弟塞费尔·马鲁卡，表情像烟囱一般忧郁，愁眉不展。他的眼眉又黑又长，汗毛也挺重。挨着他坐着的是第一亲属和第二亲属[①]：阿斯兰·马鲁卡、阿贝丁·马鲁卡和佩尔泰菲·马鲁卡。他们一言不发，默默地坐在那里，抽着装在挺大的烟盒里粗大的自己卷的味道很冲的

① 第一亲属、第二亲属：在阿尔巴尼亚，姑姑、舅舅以及他们的孩子为第一亲属，其他人为第二亲属。

烟卷儿。穆拉特·什塔加的话满屋飞，但似乎没引起什么反应，因为在男人们的脸上，任何一块肌肉都没抽搐一下，让人觉得他们不愿意听任何抚慰的话。再说了，在这种灾难的时刻，马鲁卡们对穆拉特·什塔加的宣传不感兴趣。“我们有一个共同的敌人，那就是占领者。”还有一些别的话。就连马托·格鲁达听到他讲的这些不管是不是合适的话，也觉得不舒服。还有“okupator”这个词是什么意思？他为什么不说“侵略者”，我上哪儿知道？他思考着。简单说，马托·格鲁达及同伴们希望穆拉特·什塔加只咒骂阿德南·平召亚和为马鲁卡们争得一个公道，现在他甩掉“占领者们”才好……

“谁播种风，谁就收获风暴！”阿利·马鲁卡的弟弟塞费尔说道。

别的人低下了头，这时候，穆拉特·什塔加下意识地活动了一下右肩膀。他害怕阿利，但更害怕塞费尔。塞费尔能挑拨，在马鲁卡们和平召亚们中间，能点燃永不熄灭的杀人复仇之火。

“既不应当播种风，也不要收获风暴。”穆拉特·什塔加说道。

塞费尔·马鲁卡深深地吸了一口烟，在烟灰缸上把灰弹掉。

“我们要叫阿德南·平召亚尝尝这滋味怎么样？今天杀死了卡姆贝尔，明天就杀死阿利，后天就要杀死我，杀这个，杀那个……”他一边点头数着阿斯兰、阿贝丁、佩尔泰菲这些人，一边说道。他一边说着话，一边抖动两个夹着粗烟卷儿的手指，一团发白的烟灰掉在地毯上。

“应当灭火！”穆拉特·什塔加一边说，一边看着男人们的脸，寻找某种支持。但是，任何人都不看他一眼。

从女人们待着的停放尸体的屋子里，传出碎碎叨叨的哭声：

妈妈的儿子卡姆贝尔，你像白鸽一样漂亮，

妈妈举着蜡烛，姐妹们为你哭丧！

两三个男子发出感叹声，马托·格鲁达咬着大拇指，直到咬疼了才放开。他现在把自己放在阿利和塞费尔的位置上。假如他处于他们的位置上，他就去把阿德南·平召亚的肠子掏出来，叫它流淌在院子里。他既不去听穆拉特的话，也不听从真主。

"阿德南·平召亚是我们村脸上很坏的脓疮！"他一边从嘴里吐出大拇指，一边说道。

"我要对这块脓疮动刀！如果用刀除不了它，那我就杀死他的兄弟们，从最小的到最大的全杀掉……"塞费尔·马鲁卡抢着说。

穆拉特·什塔加忧郁而痛心地站起来，说道：

"停停，停停！"

男人们抬起头来，把他们疲惫的目光投到穆拉特·什塔加的脸上。

"我们前面有德国人！"

"我们前面还有阿德南·平召亚……谁来对付他？没有政府，没有国家……谁来惩处他？嗯？……你，穆拉特，你不是政府……"阿利·马鲁卡突然说。

马托·格鲁达的心扑通扑通直跳。这些马鲁卡哥们儿并不是心肠软的人！他心里思量着。甚至他们现在就要行动起来，这样做很好嘛，他们犹如抓老鼠一样，把阿德南·平召亚抓起来，在村里挖两座坟，一座是为卡姆贝尔挖的，另一座是为阿德南·平召亚挖的！哎，马鲁卡们假如有了我的这门大炮，该会怎样呢！他无意地笑了，竟然忘记了屋子里有好多人。

穆拉特·什塔加站在那儿，感觉到要保持安静是很难的，但是，双手叉着也不能站住不动。

“你，阿利，你说我不是政府的人？你忘了吗？我是村民族解放会议[①]的人……而且你也是……”穆拉特·什塔加一边说，一边朝着阿利转过身去。

“嗨，是什么政府！”阿利挥着手说。

“我们要咒骂阿德南·平召亚，我们要事先通知他，如果他追随一条错误的道路，我们就把他逐出村，并且灭火以求讲和。我要到阿德南·平召亚那里，为了把他家族的人都召集在一起，你们当中一个人也跟着我一起去……”穆拉特·什塔加说道，站在那里等着人回应。

此时屋子里鸦雀无声，气氛沉重，几乎所有人都是紧锁眉头，一声不吭。在他们看来，穆拉特·什塔加不在理儿。

“有人跟我去吗？”穆拉特·什塔加问道，目光把宽宽的屋子环视了一下。

“算了吧。穆拉特！”塞费尔挥了挥手，克制住自己不生气。

“好吧，穆拉特，我去！”佩尔泰菲说，他是阿利和塞费尔的亲戚。

马鲁卡家族的另外一些人，用鄙视的眼神看着佩尔泰菲。他是穆拉特·什塔加缺乏忍耐性的助手，奈弗扎蒂的弟弟，阿龙村唯一的游击队员。

---

① 阿尔巴尼亚反法西斯民族解放战争时期，各级的“民族解放会议”相当于临时革命政府。

“马托，那你呢？”穆拉特·什塔加问道。

马托·格鲁达用手掌拍了一下膝盖。

“你要是带我去杀阿德南，我完全愿意！”他语气很重地说道。

这些男子汉都笑了，忘了在另一间屋子里还躺着一具死尸。

穆拉特·什塔加和佩尔泰菲走出屋子，没和任何男人握手。

他们慢慢地离开了，没有打扰女人们的哭叫和男人们的沉默。哭叫声这会儿最为凄惨，因为是妈妈对着死者的面哭诉：

> 一根柞树枝被折断，
> 大火烧死平召亚家族的人才心甘，
> 卡姆贝尔儿子啊，噢，你是长翅膀的勇士，英勇果敢，
> 可怜的妈妈要钻到哪里才得安全！

在这一时刻，阿利·马鲁卡从泪水中解脱出来，把脸转到旁边，擦着眼泪。

“哭吧，不幸的妈妈，哭吧！”他说道，“不要担心，我也要让那个家庭的母亲、姐妹和兄弟的心受到煎熬！”

穆拉特·什塔加准备要离开，但又停下脚步，把脸转向阿利：

“那事情是不该发生的！”他说完就出了门。

马托·格鲁达一直待到晚些时候，他还去参加了死者的安葬仪式。

第六章

两天以后，雷声隆隆，开始下起叫人窒息的大雨，在人们的记忆中，这样的雨从来就没有过。天空和大地在轰轰作响。许许多多的小溪从丘坡上湍急地流下来，到丘坡底下汇成一条条小河。马托·格鲁达家的院子里也积满了水，宛如一个小湖。马托·格鲁达站在台阶上，看着雨，脑子里浮现出被打死的意大利人。然后，心思又溜到大炮那里，有了一种轻松之感。这场雨过后，大炮轮子的痕迹应当是从地面上被冲洗掉了。任何人也不可能知道，大炮去了什么地方，它成了什么东西。

“这场雨下得真好！”马托·格鲁达大声地说，不过那是对自己说的。

扎拉以为丈夫是对她说的。

“什么下得真好？把地都给我们淹了，大雨干的就是那个！”她说。

“把它的痕迹也盖上了……”马托·格鲁达说。

“盖不上它的痕迹，大雨把轮子的印迹浇得更显眼了。”

“不要说疯话！即使是田里的垅台，也得被淹掉。”马托·格鲁达说。

“我怎么没把它烧掉。我要是把它给烧了，就会把痕迹很好地掩盖起来，不露马脚。”扎拉说。

“把什么掩盖好？”

“大炮，还能是别的什么！”扎拉说。

“这东西可不是木头做的。”马托·格鲁达笑着说。

“马托，你说说，为什么要弄来这门大炮？它对你有什么用？为什么不能像人一样跟我们说话？”

马托·格鲁达没立刻回答。他目不转睛，一直盯着妻子的眼睛，然后低下了头。他既不想回答，也不想说大炮的事情。可是，妻子却要求他做一些回答。

“发生这事也是凑巧了。一个人手上有一件武器，心里就会更踏实，觉得更有把握。这是战争时期，战争需要武器……”他说道，没指任何具体事情。

扎拉不相信他。

“你骗人，马托，骗人。”她说道，叉着两只手，抱在胸前。

“当你自己不相信别人时，你就觉得别人都骗人。”

“穆拉特帮了你，他给你公牛使唤，把那个鬼东西拉回了家。”扎拉说道。

“穆拉特什么都不知道！你睁大眼睛好好瞧瞧，不要胡说八道！”

扎拉走到丈夫跟前，把一只手放到他的肩上，说道：“来，我们到院子里挖个大坑，把它埋起来。”

“妈呀，废话！我们把大炮埋起来……”

“德国人要来，会发现它的，一旦发现，要把我们家全毁掉……”

扎拉说道，下嘴唇直发抖。

“笑话！德国人哪里能想到马托·格鲁达有一门大炮啊！行了，什么脑子，行了！”

“他们要到草屋子里找草喂马……”扎拉说。

“它被盖好了，他们就是进了草屋子，也是拿到苜蓿草就走开……”

“他们要拿的还有秸秆，为的是给马铺地，让它们卧下时，能在松软的东西上面睡觉。假设他们拿秸秆喂马，那也会发现大炮……”扎拉说道。

马托·格鲁达身上发抖，他没有想过会发生像扎拉所想的这种事情。这种事情是有可能发生的。也许这是头一次他为大炮忐忑不安，于是，便开始严肃地思考此事。但是，他又让自己振作起来，弄明白妻子真的是说疯话。

“傻话！”他大声说，“你在什么地方看见过马像牛和绵羊一样卧着睡觉？说傻话！”

扎拉的脸刷的一下子红了起来，她真的是错了，并且生自己的气。一辈子都和牲口打交道，但却不知道马怎样睡觉。

她丈夫站了一会儿，就下了台阶，走到台阶底下。

“你到哪儿去？”扎拉问道。

“去草屋子！我要看看它露出来没有。”他说。

在台阶的末端，马托·格鲁达脱了鞋袜，提起裤腿，以便趟过院子里的雨水。雨在疯狂地下着，为了不被淋湿，他跑步穿过雨水，扎拉在台阶顶上看着在雨中趔趄前行、陷于深深的痛苦之中的丈夫。她觉得现在马托·格鲁达成了另外一个人，用她的想法评说，那就是他把全部注意力和爱都集中到大炮身上了。他几次进入草屋，一待就是几个钟头。他在家里说话很少，总是陷于沉思之中，而且烟也抽得多了。

这时候，马托·格鲁达走进草屋里。由于柴草搭的房檐漏雨，屋子里一块块地方都变得湿漉漉的，滴下的雨水甚至落在盖着秸秆的炮身上。“如果总是这么淋着，就把它给我淋锈了。雨一停，我就爬到房檐上，把漏雨的地方堵住，鬼东西！”马托·格鲁达说道。

他把秸秆从炮筒上扒拉下来，一声不响地站在炮筒前面。从外面传来淅淅沥沥的雨声，马托·格鲁达依偎在灰灰的铁家伙旁边，就像有时候依偎着骡子的脖子那样。

“你还能稍微睡会儿，”他对炮筒子说，“然后醒来。”马托咳嗽了两三声，“你不知道我的不幸的命运。即使那个可怕的夜里，谁也不晓得！你还没准备就绪……”

“那天夜里，我们家人正在睡觉。我和祖母、姑姑埃斯玛娅到舅舅们家里做客去了。那时我很小，但是所有这一切，大人们都告诉我了。菲泽家族的人，带着装得满满的羊皮袋子穿过丛林来到这里。那些羊皮袋子里有什么？有煤油。他们是偷偷摸摸来的，当人们睡觉时，他们把装着煤油的羊皮袋子投进家人的地下室里。然后呢……我能说什么呢……然后……点着了松木，扔进地下室……房屋在烈火之中被烧没了。在这一恐怖的灾难中，我的爸爸齐古里死去了。我的大儿子保留了老爷子的名字，也叫齐古里，愿真主保佑；我的叔叔萨迪库死去了，我的小儿子保留了他的名字，也叫萨迪库，愿真主保佑；我的母亲捷米莉娅死去了，愿真主保佑；我的弟弟泽奈利死去了，愿真主保佑；我的妹妹加尼梅蒂死去了，愿真主保佑；本来我也要被烧死，埃斯玛娅姑姑也要被烧死，可是，我们当时都没在家。我的舅舅们杀死了两个菲泽家族的人。但是，菲泽家族的人又把我的舅舅们全杀死了，因为那些人非常狡诈。村里的老头们看见大火无限地蔓延，商量了处理此事的办法，把火扑灭了。菲泽家族的人想在我还小的时候就把我也杀死，免得我长大了给他们制造麻烦。但是，他们没杀死我。”

从麦秸中伸出来，探出头的炮口，看上去好像立在那里聆听什么。草屋在半黑暗之中。在用柴草编织的篱笆墙周围，风儿在跳跃欢舞。

“噢，宽宏大度的大炮，发生了许多事情，在你到来之前，是那样……”马托·格鲁达没有把话说完，因为草屋的门咯吱响了一声。他回过头，看到扎拉头发湿淋淋地站在面前。

“马托，马托！你在跟……它说话！”

“我在说话？难道说你听到什么了？”

“你说了一个小时的话。开始我以为你是对什么人讲话，可是，你是对大炮讲话……而且说的是吓人的话，极大的灾难将要找到我们。马托！我的儿子们！你在毁灭家庭，马托！”

她倒在丈夫的怀里，几乎都要哭了。房檐上滴下的一滴雨水，打在炮筒上，那铁制的炮筒发出了响声。马托没说话。

“马托，你为什么不说话？你只和大炮说话！”扎拉喊道。

这时候，她从丈夫的怀里挣脱出来，一头向大炮的炮口扑过去。她把两只手攥成两个拳头，使出所有的力气捶打炮筒，也不觉得手疼。马托·格鲁达听着铁筒发出的沉闷的响声掺杂着扎拉的说话声：

“该死的东西，该死的东西！”

最后，她在炮口下面的秸秆上疲倦地躺下了，马托·格鲁达感觉到了她控制不住的激动情绪。

“你在失去理智，扎拉！起来！”

“放开我！是你失去了理智！你要给齐古里和萨迪库造墓，你要给我们所有的人造墓！放开我！”她使劲推开丈夫的手。

晕头转向的马托·格鲁达抓起一点儿秸秆放在炮筒上边，此时此刻他不想去看那个铁炮筒。

扎拉慢慢站起来，抖落裙子上的秸秆，高高地扬着头，走出草屋，连看都不看丈夫一眼。

妻子走后，马托一屁股坐到一个装着秸秆的大筐上，双手捂着脑袋，扎拉吓得他慌了神。由于心情郁闷愁楚，她可能会得上一种不好的病。以前发生过女人由于愁苦而患上精神病的事情。

当他站起来的时候，雨已经停了，院子仍然像一个大水泡子。马托·格鲁达从仓库里取出一把尖锹，去挖水沟，以便叫水流出去。手握着尖锹开始干起活儿来，一切坏事全忘了。天刮着冷飕飕的风，但是，他并不感到冷，因为干活儿使身体热乎起来了。稍过片刻，水顺着院子里水沟的出口开始潺潺地流出来，这让马托·格鲁达回想起夏季里浇地的情景。那时候，地垅沟里满是水，那温乎乎的水流潺潺地流动着，他感觉对田地和炎热的夏天的热爱之情又在心里燃烧起来了。“干活儿，干活儿，然后到一棵李子树的阴凉底下待着歇一会儿，任何事情你都会感到很美、很好。”马托·格鲁达对自己说道。

疏通了一两条水道之后，他走到大门外边，把双手伸到腋下，站了一会儿，望着湿漉漉的道路。这会儿，他看见了把手插进兜里从街上路过的阿利。阿利的个子挺高，背略微有点驼，嘴里叼着烟斗，走在沟旁边，摆动着细细的长腿。他的弟弟被杀害之后，马托·格鲁达很少见到他！

“日子过得好吗，阿利？”马托·格鲁达问道。

“不要让我们叫苦连天！”阿利说道。

“对于你们遭遇的极大的灾难，我感到非常难过和痛心，阿利。”马托·格鲁达说。

“人需要排除坏事。”阿利沉思着说，“不过，卡姆贝尔有九个小孩！……他们如何长大？”

“这个阿德南是个下流无耻的人。”马托·格鲁达说。“卡姆贝尔走了，可是，我怕其他人也得走。我的弟兄们变得非常残酷，他们想报仇雪恨。”

马托·格鲁达注视着自己脚上的皮鞋，他不喜欢阿利讲的话。只是弟兄们要去报仇吗？阿利要做个袖手旁观者吗？“我们是为了一种荣誉而活着！”

“马托，我不愿意继续争斗下去了。那天，穆拉特·什塔加的意思是对的……弟兄们说，假如他们能有一门大炮，他们会把平召亚们的家变成灰烬……”

听到“大炮”这个词，马托·格鲁达颤抖了一下，这个词怎么可能突然击中了他的心灵？这种吻合是什么意思？但是，在日常生活中，存在两个人的想象互相吻合的情况，尽管两个有着这种想象的人彼此毫无任何联系。马托·格鲁达自己有大炮，阿利并不知道此事，却对他提到了这个词……

“大炮，宝贝儿，你没地方可以找到它！”马托·格鲁达说道，仿佛要从他那里得到这样一个否定的答案。

“比如说，”阿利说道。他沉默了一会儿，然后补充说，“不是在我们家的炉子里点火的时候！人们说，德国人正在朝我们开来，是从科尔察[①]那边来的。”

马托·格鲁达想起了穆拉特讲的话，那些话竟然进到阿利的脑子里了！……

“我要把阿德南·平召亚杀死……”马托·格鲁达说。

“他要是和德国人混在一起，我也要把他杀了。”阿利说，嘴里嘟囔着什么离开了，向坑坑洼洼、烂泥遍地的路上走去。

马托·格鲁达怀着沉重的心思站在大门前。这个穆拉特·什塔加无孔不入。这个人用心地观察，孤身一人在村子里活动，挨门逐户访问，在永世的仇敌中间和相互生气闹别扭的人们当中开展了工作。他同他们待在一起，喝咖啡、吸烟、聊天，而且还在本家族的仇敌之间走动，他走进院子里，安安稳稳地坐在屋子里的壁炉旁边烤火。仿佛他随身带着上百桶水，相信能把全部仇恨之火扑灭。

马托·格鲁达在大门前边站了一会儿，目送阿利好长一段时间。然后，又重新回到院子里疏通水道。

当梳理一些想法的时候，他听到一个人的声音：

“噢，马托·格鲁达，把水泡子除掉，除掉，好像你是要播种了！”

是穆拉特来到了面前。

“这个人想要干什么？难道是闻到大炮的气味了？难道是特派员扎比尔探听到了它的情况？”马托·格鲁达心中充满了疑问。

穆拉特站在大门前。

---

①科尔察：阿尔巴尼亚东南部一座著名的城市。

“过来，穆拉特！”他手里握着铁锹说。

“我是为一项紧急的工作来的。”

马托·格鲁达的心里被一点东西刺了一下。“莫非是扎拉把事给说出去了？”

“但愿是件好事！”

“村里的几个男子汉聚在一起，我们要去把死亡的意大利人埋起来。小孩子们在河里见到一具尸体，泡在水里，但没有被埋掉，这会传染某种疾病的。”穆拉特说道。

马托不寒而栗，吓了一跳。我说穆拉特为什么而来呢！他是对的，死人应当被埋掉。小孩子们见到的应当是我给脱掉衣服和鞋子的那个意大利人的尸体。

“我们什么时候去？”

“就现在。”

“我们喝点咖啡吧？”

“不喝了，不喝了，我们晚了，要耽误事的，黑天里我们没法找到死人。”穆拉特说道。

马托·格鲁达去换衣服，齐古里出现在台阶上，他请求父亲，自己也要跟爸爸一起去。但是，他爸爸反对他去：

“这不是你干的事！”

“我们去丛林里拉炮的时候，你跟我说我是男子汉！”齐古里说。

“嘘！”父亲带着火气着急地对儿子嘘了一声，偷偷地往院子里瞟了一眼，咬着嘴唇，生气地对儿子摇了摇头。

父亲没跟儿子说话，径直朝大门走去，穆拉特正在门口等着他。

两个男子汉在草屋的后边消失了。

第七章

晚上，他们清理完从林里死亡的意大利兵，马托·格鲁达和穆拉特就回到了家里。扎拉点着了壁炉里的火，因为天气挺凉。她还在火上面放上了咖啡锅。他们在抽烟，很少交谈什么。

“我以为我们会找到更多的死亡者。”穆拉特说。

“如果他们不缴械投降，被打死的人会更多。”马托·格鲁达回答说。“我们没完成任务。我们喊，叫他们投降，但是，开始他们不愿意。”

“意军要把他们那五六个死亡者也留下来。”马托·格鲁达说。

然后，他们沉默不语了。壁炉里，木头在火中发出噼噼啪啪的响声，火苗舔着炉口。扎拉往杯里加咖啡，然后把杯子放到两个男人面前，自己在一个垫子上坐下来。她拿起织衣长针，开始织袜子。外边狗在叫，还传来了羊群的铃铛声。两个男人喝着咖啡。

“投降者的武器昨天我们就送到地区司令部了，特派员扎比尔也去了。”穆拉特说。

“有很多武器！”

“有。”穆拉特予以肯定，说，“不过，一门大炮，鬼知道，怎么丢失在丛林里了。根据他们长官的说法，应当有五门大炮，但只找到了四门。”

马托·格鲁达皱了一下眉头，妻子垂下眼睛，她觉得握着织针的手指都出汗了。她丈夫到壁炉里夹了一块火炭。

“大炮不是手枪，不是那么容易丢失的。”他一边用火炭点着烟卷儿，一边说。

“我也这么想，也许哪个班没投降，大炮拿去归自己了，以便送到德国人那里。”穆拉特说，“特派员扎比尔也有这一想法。”

“富有想象力的想法。”

穆拉特松开了手枪的皮带，把枪套推到一边，枪筒杵到了羊皮上。这把手枪跟马托·格鲁达从死亡的意大利人身上拿到的手枪是一样的。

他稍微斜着身子躺下了，用手掌托着脸，感叹地说：

“哎，我说马托！”

“你要说什么？”马托·格鲁达问道。

“村里工作开展得不好。”穆拉特说。

“坏村子，”马托·格鲁达说，“是一个坏村子，野蛮的村子。”

穆拉特·什塔加没有回答。

“我们村的家族互相作对，想吃的，没个饱。”马托·格鲁达补充说。

“你说说看，这个村子世世代代都要这样四分五裂吗？”穆拉特·什塔加说道，手一直没离开脸。

“我想……一百年之后……如果还有政府，事情就总要这样没完没了地继续下去……”

穆拉特·什塔加做出仿佛没听马托·格鲁达回答的样子。他躺在那儿，看着燃烧的炉火。“真的，”他在思考，“工作开展得不好！”

阿龙村静卧在科卡勒山下。科卡勒山是一座光秃秃的山，从远处望，好像是一头瘦骨嶙峋的灰色公牛。因此，它便有了“科卡勒”（阿尔巴尼亚语中是“骨头”的意思）这个名字，因为它真的像科卡勒那样，块块骨头都是那么裸露凸起。很多灰灰的岩石和石崖是长期经过秋雨的冲刷和冬季里积雪的吞噬形成的。不过，在科卡勒山下有三片被三条小河隔开的高低起伏的绿油油的高地，阿龙村就分布在这三片高地上。从村里到公路需要走一刻钟，公路盘绕在科卡勒山上。这个村由五个家族组成：菲泽、什塔加、马鲁卡、平召亚和格鲁达。菲泽家族分散在四十户人家之中，在最遥远的第三个高地上，科卡勒山就从那里开始。在菲泽家族的四十户人家中，梅雷·菲泽老汉之家最为显赫，它脱离开其他人家，坐落在一个石崖附近、三条小河的河岸上。孤零零的梅雷·菲泽之家，看上去好似一个披着灰色蓑衣的牧羊女，守护着这个大家族的四十户人家。

菲泽家族人讲的话，在村里和整个地区，一向是举足轻重的，因为他们是一个经济状况很好的家族。但是，渐渐地，他们的很多土地被平召亚家族的人家买去了，因为平召亚家族通过经商，制作钢锯、农具，纺织呢料和罩单，积累了钱财。平召亚家族的几户人家甚至比菲泽家族的首富还要富有。因此，阿德南·平召亚便经常跟梅雷老汉开玩笑：

“愿你家的大门永世长在！现在钱财支撑门户，噢，伟大的老爷子！时光从你门里溜走了，进了我的家门……你还要卖哪块地？！听听，钱在我兜里是如何地当当响？听听，伟大的老爷子，听听吧。”

“伟大的真主，仇恨哟，赶走辛姆伯尔·辛姆伯尔拉尔、耶稣和黄色的吸血鬼[1]！”梅雷老汉一边要着戏法，一边说。

“这一套我也能干。”阿德南·平召亚笑着说。

阿德南·平召亚是个厚颜无耻的人，举止言谈中，狂妄傲慢夹杂着不讲廉耻和玩世不恭。除了金钱之外，他不相信世界上任何事情，从一切事物中榨取钱财：从土地和水中，从木材和石头中，从盐和糖中，从钉子和细小的针线中，他统统都能榨取出钱来。在阿龙村，在人家多的街上，他开了一个商店，售卖人们所需要的一切物品。对那些没有钱的人，或从他们的年收入中结账，或在他厚厚的本子中记账，一旦时候到了，就把他们的田地或丛林拿到手。在那些账本上，还记着穆拉特·什塔加的田地，这块地最终他也弄到手了。穆拉特·什塔加攒钱想把地从阿德南手中再买回来，可是，阿德南要两倍的价钱。于是，他一怒之下就给了两倍的钱，又把田地买了回来。穆拉特·什塔加一边数着拿破仑[2]，一边说：

“会有那么一天的，那时我将拿到所有的田地和商店，不付分文。阿德南·平召亚！”

“我用铁链子把那一天跟科卡勒山锁在一起了，永远也不会来的。”阿德南·平召亚对他说道，同时还抽搐着他那薄薄的毫无血色的嘴唇，淡淡一笑。

穆拉特·什塔加将最后的拿破仑往桌子上一摔，说道：

---

① 见第 30 页注 ①。

② 拿破仑为法国金币，二战之前曾在阿尔巴尼亚流通，当时，一块拿破仑金币相当于二十法郎，或一百个阿尔巴尼亚列克。

“我就在科卡勒山上把铁链子斩断。”说完就走出了商店，头都没回一下。

“嘿嘿！”阿德南·平召亚干巴巴地笑了笑，同时把钱放进抽屉里。然后补充说：“你们所有的人都将进入这个抽屉，没有别的地方可去。我还要把梅雷老头和所有菲泽家族的人都送进这个抽屉，同样，奈弗扎蒂和所有马鲁卡家族的人，马托·格鲁达家族的人，也都要放进去。这个抽屉等待着你们。噢，受苦受难的人！就连你们的妻子，也要进到这里。”

妻子！这是阿德南·平召亚最大的弱点。他结婚以后，只留了妻子一夜，第二天清晨，他就把她赶出了家门。

“我这里出现了小蛆虫，如同被虫子穿了洞的核桃一样，在核桃皮上是看不见虫子的。嘿嘿！我撬核桃，一下子就撬开了，找到了虫子。”当他发现新娘有不贞洁行为时，活动着薄薄的嘴唇便这样说。

他没有再结婚，可是，当女人们来到泉眼打水时，他常常凑到她们跟前，跟她们讲些没味儿的笑话。

“我没有老婆！我是个单身男人！”他常常这样说。

“你为什么对我们讲这些？”女人们说。

“没什么，我给你们说说就是了。”阿德南·平召亚锉着牙齿说。

他想把梅雷老头的重孙女谢加姑娘也弄到手。他梦想和这个姑娘结了婚，就将得到菲泽家族最大的一部分田地。

“再说了，她还很漂亮！嘿嘿！瞧瞧，我还要把梅雷老头最漂亮的重孙女，我心爱的小谢加放进这个钱抽屉，伊斯坦布尔苏丹软糖一般香甜可口的美人哟！嘿嘿。”他搓着汗津津的双手。

整个平召亚家族约有十五户人家，这些人家坐落在第二高地村中间，挨着清真寺。那里还有商店，出售糖、盐、咖啡、大米、油和手工艺品。同平召亚家族的人家一起住在这条街上的，还有马鲁卡家族的人。这个家族共有二十五户人家，总的来说，都挺穷。平召亚和马鲁卡两个家族之间，久已存在世仇，首领不时地更换。

不过，村中最深的世仇存在于菲泽家族和格鲁达、什塔加两个家族之间。格鲁达和什塔加两个家族反对菲泽家族。格鲁达和什塔加家族的人家住在第一高地，在菲泽家族对过儿。什塔加家族总共有十三户人家，而格鲁达家族只有马托·格鲁达一家。就是马托·格鲁达这一家，也住在边沿上，尽管住在一条街上，但离什塔加家族很远。

阿龙村就是这样在科卡勒山下与三条小河一起横卧在三个高地上，分布得很不集中，经常处于纷乱之中。人们很少在清真寺前面的广场上聚会，那里耸立着一棵高大的梧桐树，还有一个泉眼，旁边安装了五个水龙头。这个设有五个水龙头的泉眼，看上去是有意安排的，以便让每个家族都有一个专用的水龙头。

就这样，由五个家族一共九十多户人家组成的阿龙村，在科卡勒山脚下，在克拉克河上边的丘坡上，混乱不堪地生存着。

如果什塔加家族的人与民族解放运动联系在一起，那么，菲泽家族的人，作为他们的对手，就应当干点儿别的事情，投奔到国民阵线[①]的一个司令官托松·巴奇一边。但是，假设菲泽家族的人与托松·巴奇混在一起，那么，平召亚家族的人肯定也将跟随他们而去。平召亚家族的人甚至对穆拉特说过：

“我们在期待梅雷老头将要干什么，梅雷老头往哪儿走，我们也

---

①国民阵线是阿尔巴尼亚民族解放战争时期与游击队对立为敌的反动组织，这个组织的成员被称为“国民阵线分子。”

一起往那儿去。”

平召亚家族中最危险的人是阿德南·平召亚，他经常在自己家里款待托松·巴奇，跟他一起又是喝，又是唱。不过，也没把后来垮台的事对托松说出来，因为还不是完全相信他。

穆拉特·什塔加没有失去希望，他知道，就是在一个家族的内部，也存在误会。一方可能对托松·巴奇有好感，另一方也可能对穆拉特有好感。马鲁卡家族也发生了这种情况。奈弗扎蒂与穆拉特联系在一起了，虽然另外一些马鲁卡家族的人斥责他，并且说穆拉特·什塔加家曾经与他们家有过对立的敌我关系，还说什么奈弗扎蒂与敌人结为同伴，丢了家里的脸。

穆拉特用手掌托着脸，躺在那里，思考着事情。

火在燃烧，马托·格鲁达沉默不语。

“很坏！”穆拉特说道，好像从梦中醒来似的。

“嗬，很坏！”马托·格鲁达说。

穆拉特·什塔加原地活动了一下。

“我们也在观望！我们不是跟德国人作战，而是为了报世仇互相残杀……和你们在一起我累了！我没有力量说服你们……即使耶稣和穆罕默德降临此地，到阿龙村来，也说服不了任何人……是些发了霉的人，脑子发霉的人，心灵发霉的人，身体发霉的人！……你们就是这样的人，噢，阿龙村的居民们！……”他喊着。

马托·格鲁达垂下眼睛，然后掏出烟盒，卷起烟卷儿来。

“我们没给村里这些有冤仇的人报仇雪恨，就无法平静……”马托·格鲁达终于开了口，仿佛是在雾霭之中讲话似的。

“对仇敌怎么做？……”

“为了我们家族的荣誉，我们要报一次仇，然后要为国家的利益而斗争。”

穆拉特·什塔加苦涩地笑了。扎拉望着他，脸刷的一下子红了。她想起了藏在草屋子里的大炮，炮筒上覆盖着秸秆。大炮高高地挺立在那里，而穆拉特却竭力去熄灭坏事之火。穆拉特不知道，一块火炭落在了秸秆上，倾刻都会变成大火，而且其他的人家并不知道这块火炭……

“我们要去报仇吗？”穆拉特·什塔加说：“报仇？马托，这些伤疤害得我们太累了。在五十年中，因为流血报仇，我们村里二百个人被杀死了。现在，我们还在仇杀。阿德南·平召亚杀死了阿利·马鲁卡的弟弟。外国人我们杀，我们的人我们也杀……报仇？一种仇我们应当报，那就是对敌人的仇。你们不听吗？那就见鬼去吧！同伴之间互相挖眼睛……该诅咒的人们……该咒骂的村子。”穆拉特·什塔加突然喊道，站了起来，放松的皮带上挂着手枪。

马托·格鲁达和扎拉睁大眼睛，他们从来没见过穆拉特处于这样一种沮丧和生气的状态。

“停停，穆拉特！”马托·格鲁达一边站起来，一边说。

穆拉特·什塔加脸色苍白，姿势奇怪地站在屋子中间，未经修饰的山羊胡子几乎甩到了胸前，双手垂直地悬在他的干爽的亮剑上。为了说服人们，让他们回到正确的道路上，他挨门逐户地辛苦奔波，也许这种沮丧情绪的爆发，是因为他过于辛劳而出现的。

刹那间，他让自己振作起来，看了马托和扎拉一眼，然后又坐了下来。这会儿，他脸红了，自己觉得羞愧。

“不！”他说，“我们不许你们彼此伤害！”

说完这些话，在傍晚半明半暗的屋子里，出现一阵沉寂，交谈陷入了困境。

好长时间他们都没讲话，壁炉里的火闪着亮光，山毛榉木柴噼啪作响，像是远处响起的单独的枪声。穆拉特·什塔加的心思到山上去了，他愿意到游击队中去，在那里，要比在农村做“本地人”，对乡邻进行宣传鼓动的困难工作好得多。在山上，你有敌人，可以同他进行面对面的斗争。而在地方呢？斗去吧，如果你愿意！能说服马托吗？能说服阿德南吗？能说服梅雷老头吗？然后，州里①要对你说：“同志，你不懂得如何工作！同志，你不懂得革命！同志，革命在前进！同志，为革命你都干了什么！……”

这时候，马托·格鲁达的声音唤醒了穆拉特·什塔加：

“菲泽家族的这些人倾向托松一边吗？”

扎拉放下织针，专注地听着谈话，她晓得马托·格鲁达将给他一个什么样的回答。她丈夫希望菲泽家族的人和国民阵线分子在一边，并与托松·巴奇的那些人一起把事情搞乱。必须如此，这么一来，将使他更加恼怒……

穆拉特抬起他硕大的头颅，用手捏紧粗粗的眉毛，说道：

“你说的是菲泽家族的人？那是些很闭塞的人，你从哪里知道的？”

马托·格鲁达用一种指责的语气说道：

“你跟他们常来常往，过从甚密……而你们家还同菲泽家族有过世仇，你到菲泽家族的人那里想干什么？你到他们那儿，好像是有什

① 此处的“州里”是指“州党委会”。

么女人吸引你！……”马托·格鲁达说道，这时候，他脑子里浮现出谢加姑娘。

穆拉特·什塔加的脸立刻红了。“这个傻瓜蛋的思想干吗要往女人那儿跑？”他思量着。

“什么常来常往，过从甚密，是为工作而去的嘛……你听听兄弟的话，我不相信菲泽家族的人愿意和托松·巴奇交往。什么是真的，梅雷老头与托松有交情，有友谊。”

“看见了吗？这事就完了呀！”马托·格鲁达说道，一双眼睛闪闪发亮。

“菲泽家族的人不会跟着梅雷走，梅雷老头痴呆，是个病人。”

“你说的是那个痴呆老头？哎！病人？他没死……”

穆拉特凝视他的同志，好像是为了搞明白他的想法。

他一边摆弄手枪的枪筒，一边说：

“你对菲泽家族的人跟国民阵线分子交往感兴趣？马托，是那样吗？”

马托·格鲁达抬起头，盯着穆拉特的眼睛。

“我对他们与国民阵线分子交往感兴趣，那样，我用大炮打他们会容易得多！……”马托·格鲁达吓了一跳，因为他的话说出了“大炮”这个词。

“干什么，我说，干什么！”穆拉特·什塔加叹息道。

扎拉站起来，点着油灯，因为屋子里开始变暗了。两个男子汉中断了谈话，看着壁炉中的火苗。穆拉特为他的同志感到非常的遗憾。他想：如果马托·格鲁达是一个游击队指挥员，他将竭力让自己所有的旧敌愁闷不乐，郁郁寡欢。有些人，由于他们自身的天性，给最神圣的事带来损害。这个马托·格鲁达不懂，甚至说这一点他是很难懂的……

马托·格鲁达迟疑地回答道：

“对于我来说，菲泽家族的人是下流无耻的，他们想干什么，就让他们干好啦……还有，你听着，穆拉特……”他说着说着急了，“如果你们接收他们上山，像游击队员那样，那你们就是不正确的……”

穆拉特难为情地微微一笑：

“那样的话，你将要干什么？……”

“我……我……我将投奔到国民阵线和德国人那边去，为的是对菲泽家族的人开炮射击……我没参加游击队，菲泽家族的人反倒是参加了……”马托·格鲁达说，额头上冒出了很多汗珠。他觉得小腿上也渗出了这种汗，夹着烟卷儿的手指在发抖。扎拉对丈夫讲的话不感兴趣，眼睛一直看着正在织的袜子。如果马托·格鲁达脱离开社会，那将不是一件光彩的事情。

穆拉特拉紧了挂着手枪的皮带，站了起来。

“哎，马托！”他又说了一次。

“待会儿，穆拉特，你干吗要站起来？”扎拉说。

“我有工作！谢谢！”然后转身对马托说：“人家从城里给我们寄来了两麻袋东西，供给游击队员。你有时间上山把东西给游击队员送去吗？把我的骡子也牵来，马上出发。”

马托·格鲁达皱着眉头，看着他。现在，马托不愿意离开家，因为他觉得，他若不在，大炮就会出点什么事，他应当时刻守在大炮旁边，如同守候在一个睡觉的人身边，当睡觉的人突然蹬了被子，需要他把被子盖上。

“穆拉特，我不去……我要修理草屋子的房檐，天一下雨，房檐就漏……潮湿会让我的草和秸秆腐烂……”

“唉，马托！总是让家务事缠着……”穆拉特感叹道。

扎拉用蔑视的眼神注视着丈夫，“他现在心思都集中在大炮身上了。”她在思考着。

“好啦，好啦！这一两天那个意大利人也要来，你只要提防德国人就好了。”

“你丝毫不用担心！”

扎拉的心猛地一跳。

“意大利人？”

“意大利人。把他留在你们家里，他会帮你们的忙！他会教给你的，马托。晚安！”

夫妻俩把穆拉特送到大门口。

穆拉特刚一走，心里非常难过的扎拉就把自己关在屋子里了。光大炮还不够，现在又有一个意大利人，首先要保护什么，大炮还是意大利人？对于这个家来说，该诅咒的是什么？马托·格鲁达简直是得了精神病！

从院子里靠近窗户的地方传来了她丈夫的咳嗽声。妻子双手蒙着脸，躺在毛皮垫子上了。

“扎拉，你累了？”马托问她。

“你是在活吃我！”

“我吃你？”

“你给我带来个意大利人，我要拿根棒子，好好地揍他一顿，叫他合群儿。”妻子一头扑到丈夫身上。

“他要帮助我们干活儿，我们将有一个他这样的仆人，一打完仗，我们就把他送回意大利。”

“打完仗的时候，我们也完了。”扎拉说。

“笑话！”

“你为什么不像同志们那样去参加游击队，而去鼓捣一门老掉牙的大炮和一个意大利死尸！”扎拉喊道，为了激发他的自尊心，也为了让他的心思离开大炮。事实是，她怕她的丈夫去参加游击队，把两个小孩留在家里。假如这门该诅咒的大炮不在草屋子里，她就不会让马托与游击队员打交道。但是，现在她却对大炮感到害怕，想叫她的丈夫离开家。

马托·格鲁达差点儿就举手打她，但是，他又把手藏在腰后，向窗户走去。

“你要把意大利人带到家里来？可你自己对我说过，他们是侵……[1] 意大利人要在我身后转……在村子里将要传出关于我的一些难听话……”

马托·格鲁达气得怒火冲天，热血直往头上涌，耳朵也嗡的一下子响起来了。他又准备打扎拉，甚至都举起了手。但还是把她孤单单地留在了家里。他一边往外走，一边骂骂咧咧地说：

“坏女人！……”

妻子用双手蒙上了脸。

① 扎拉是一个普通的农村妇女，故事发生时，她还不知道“侵略者”这个词，只说出了这个词的一半，这样显得更真实。

第八章

大家在家里等待意大利人来。扎拉、埃斯玛娅姑姑、两个男孩都怀着极大的好奇心看着这个留下的士兵是个什么样的人。埃斯玛娅姑姑比扎拉更为惶惶不安。总的来说，她对当兵的人，怀有一定程度的同情之感。不过，因为害怕，这种同情之感憋在心里了。假如家中没有一个年轻的媳妇或姑娘，埃斯玛娅就不需要恐惧，因为她本人是一个老太婆。她想："当兵的人因为住在兵营和帐篷里，长时间不跟女人接触，所以见着个女人就发狂。若是本国的一个当兵的人还好说，但这可是一个外国人！"

埃斯玛娅姑姑坐在毛皮垫子上抽烟，心里琢磨着不好的事。而扎拉更多的还是惧怕德国人。如果他们发现了这个意大利人，就会把她的家变成一堆焦土。还有，那个该诅咒的家伙还在草屋子里呢！……

马托·格鲁达从游击队那里一回来，就在屋子的角落里刻了一个锛子把儿，不时地抬头看看姑姑和妻子。对于意大利人他想了另外一些事情。它这个可爱的宝物，在草屋子里，藏在秸秆中，它对意大利人有点儿要求！

"你是在为那个意大利私生子修理锛子吗？"姑姑问道，打破了屋子里的宁静。

马托·格鲁达头也不抬地回答：

“给锛子安个新把儿，那个意大利人可能需要。”

“这个意大利人也将给我们安一个把儿！”姑姑说。

马托·格鲁达没立刻明白姑姑讲的话是什么意思，可是，刚一明白，他就来了脾气。

“唉，您又啰唆些什么没用的废话！……”他说道，拿掉落在大腿上的一个刨花。

扎拉装出一副似乎没听别人讲话的样子。

“你那位先生可别是个私生子！”姑姑说道。

吐出的烟雾遮住了她的脸，她挥了挥手，好似要把烟雾驱散。

马托·格鲁达没有回答。

“那个人手巧，什么都会做，那至少得给咱在院子里做个新大门吧，那个门太旧了。”扎拉说道。

“意大利人手巧得很，眼睛一看，手就做得出来。”马托·格鲁达说。

“让他给我也做一个带轮的小车。”萨迪库也跑过来凑热闹，两只眼睛闪闪发亮，“他给我做吗，爸爸？”

齐古里笑着说：

“再做一个带桑木管的木制火枪，就是军人保护伞的那种木头。”

“好吗，爸爸？”萨迪库又问了一次。

“他会给你做的，爸爸的好儿子，他会给你做的！”马托·格鲁达一边用斧子在锛子把儿上捶打，一边说。

“姑奶奶，他要给你做一个橱柜存放面包！”齐古里说道。

“唉！”姑姑说，“那我还是用‘耶稣的手’吃面包吧！唉！那东西[1]连割礼[2]也做不成！”

屋子里一阵哈哈大笑。马托·格鲁达也笑了，而且还摇了摇头。

笑声过后，传来了有人敲大门的声音，两个女人和两个男孩跑到了窗户旁边。

“他来了！”扎拉喊道。

“哪个是啊？”姑姑问。

“个子高的那个。”齐古里说。

“好家伙，膀大腰圆的大块头！”姑姑说，“这位先生可别是个私生子！”

马托·格鲁达开了房门，出去了。

原来是奈弗扎蒂和一个个子高高、穿着军人夹克衫，没戴帽子的小伙子。马托·格鲁达把这个小伙子从头到脚打量了一番，转过身对奈弗扎蒂说：

“请进屋！”

“我就是为带这个人而来的。”他对意大利人点头示意，“他的名字叫阿乌古斯托亚，懂一点阿尔巴尼亚话，你要把他的衣服给换一下。”他说完便冲着意大利人说：“这个人是马托·格鲁达，你将要在这个人的家里生活。”

“美，美！”阿乌古斯托亚笑着，向马托·格鲁达伸出了手。

他的笑是开诚布公的，满脸都是笑意。栗子色的头发完全是直的，

---

①“那东西”指做橱柜的木头。

②割礼：犹太教、伊斯兰教的一种仪式，把男性教徒的生殖器包皮割去少许。犹太教在婴儿出生后举行，伊斯兰教在孩子童年时举行。

眉梢又尖又细，恰如姑娘们的眼眉那么好看，可不像马托·格鲁达的同乡人那样让眉毛挂在眼睛上面。马托·格鲁达第一眼就发现，阿乌古斯托亚是一个漂亮的小伙子，除此以外，他还觉得他老实、勤勉。

“我不管你叫阿乌古斯托亚，而叫你阿古什[①]。”马托·格鲁达对他说。

意大利人笑了，对马托·格鲁达说：

“美，不叫阿乌古斯托亚！而叫阿古什，好！”

“这个我没想到！”奈弗扎蒂笑了。

“想得好！”意大利人说道。

马托·格鲁达再次面对奈弗扎蒂说：

“在山上我就知道你……”

“今天我就去，我跟意大利人打交道。就是这样，马托！你好，现在就去！”两个人握了手之后，奈弗扎蒂就走了。

马托·格鲁达目送着他。“奇怪，”他想，“这个人与穆拉特有过世仇血债，他们的先辈们相互砍杀过，所有的人都是中了枪弹而死的，没有一个是因病离世的，这些人真叫我感到奇怪……”

马托·格鲁达想起来自己身边有个意大利人，于是看了看这个人，把一只胳膊搭在他的肩上。

“游击队同志？”阿乌古斯托亚望着正在离去的奈弗扎蒂说。

“游击队员！”马托·格鲁达感叹地说。

他们向房子的台阶走去，开始，马托·格鲁达想把意大利人送到

---

① 阿乌古斯托亚的名字用阿尔巴尼亚文写是 Augusto-ja。阿文中的名词（包括人名和地名）有定态、不定态之别，Augusto 是不定态，定态是在原词 Augusto 后面加 ja，即 Augustoja（阿乌古斯托亚）。书中主人公马托·格鲁达简称他 Agush（阿古什），这种叫法简便又亲切。

卫生间。但是，他感到羞愧。“这是个人，跟其他所有的人一样。”马托·格鲁达思量着，决定把他接到屋子的客厅里。

他们一声不响地登上台阶，因为没有什么可说的。

在客厅里只有姑姑和两个男孩子。扎拉出门了，意大利人拘谨、稳重地站在门槛旁边。

“她是我的姑姑，他们是我的两个孩子。”马托·格鲁达说道。

阿乌古斯托亚微微一笑，说：

“晚上好！”

“请坐，孩子，请坐！”姑姑说道。

他面对姑姑，在毛皮垫子上面的坐凳上坐下来，客人的眼睛在客厅的墙上转着圈看，看到了书架、天花板、木墩子和锛子把儿。姑姑斜眼看着他。

马托·格鲁达掏出烟盒，递给他。意大利人轻轻地打开烟盒，开始卷烟。

“会卷吗？”马托·格鲁达问道。

“学过！……”阿乌古斯托亚说。

“在哪里我们有你这个人，孩子？”

阿乌古斯托亚望着马托·格鲁达，犹如一个寻求帮助的人。

“姑姑她问你是哪儿的人。”[①] 马托·格鲁达解释说。

“啊，漂亮！巴勒莫[②]人，巴勒莫人！”

---

①阿尔巴尼亚语中“你是什么地方人”有几种说法，“姑姑”是一个说话尖刻、幽默的老太婆，第一次问意大利士兵时口气很亲切、温暖，但对阿语学得不深的人来说，听起来不太顺耳，所以马托·格鲁达才做了解释。下面的对话中，这个对阿语一知半解的士兵仍然讲了不少不合乎语法的话，但显得很真实，所以译者也按照他不讲语法的说法翻译，但括号中给出了注释。原文中还有一些意大利兵说的话是流畅并合乎语法的，译者就没再给出注释。

②巴勒莫是意大利一个地方的名字。

“哎哟，这话还挺难的呢！”姑姑说。

齐古里拍手大笑。

“那你的名字怎么叫？”姑姑问道。

“阿古什，名字。”他回答道。

姑姑挪动了一下位置，整个身子对着这个外国人。

“阿古什，先生，你是穆罕默德，对吧？”老太太说。

意大利人真心实意地笑了：

“我，不，我，阿乌古斯托亚，我，简称阿古什。”他说着，止不住笑。

姑姑晃了晃头，对自己磨叨：

“噢，这是个跳蚤，我说了，难道你还做了割礼。喂，我说马托，我们应当给这个意大利人做割礼。我们要把村医喊来，给他来上一刀……”

两个小男孩哈哈大笑起来，用手捂住了他们的牙齿。

“姑姑说什么？”意大利人晕头转向地问道。

“割礼！……我们要用刀片割你前面的那个铅笔皮……”姑姑说。意大利人明白了她讲话的意思，顿时脸就红了，下意识地用手捂住前面。

屋里重新掀起笑声的波浪，唯独马托·格鲁达没有笑。他的脸上阴云密布，很生姑姑的气，在一个外国人面前她说的话太过分了，超出了应有的尺度。意大利人时而看看四周的墙壁，时而又看看眼前的人，什么也不明白。马托·格鲁达锁起眉头，告诉孩子们，叫他们到外边去。齐古里和萨迪库双手捂着嘴，挡住牙齿，走到门外去了。然后，马托·格鲁达给这个外国人点了一支烟。他点头向姑姑做了暗示，叫她给大家每人来一杯咖啡。姑姑慢条斯理地站起来，拿掉宽宽的拖在毛皮垫子上的大披肩，从橱柜里取出咖啡锅和咖啡杯。当她在壁炉旁边坐下来的时候，把头转向意大利人，向他问道：

“先生，喝什么样的，甜还是苦？”

阿乌古斯托亚还是没听懂，又朝着马托·格鲁达转过身去，意思是还得请他帮忙。

“她说，是多加糖，还是少加糖。”马托·格鲁达给他解释。

“糖，多。”意大利人说。

“长命百岁，好孩子！你喝咖啡要多加糖，你找到好时候了！”

马托·格鲁达又想笑，可是，他控制住了自己，因为他不愿意讥讽意大利人，叫人家难堪。

“你有母亲吗？”

“母亲，我有！”阿乌古斯托亚回答说，没用马托·格鲁达帮忙。

“灾难啊！”姑姑感叹地说。

“是个老太太，就像你这么大的年纪。”意大利人说。

“那爸爸呢？”

“爸爸，炸弹炸死了！”阿乌古斯托亚说。

“炸死了，好孩子，人被打死炸死……唉，人是什么？是苍蝇！……”

这时候，头上戴着纱巾的扎拉进来了。她跟意大利人握了手，然后坐在壁炉前姑姑的旁边。阿乌古斯托亚看了看扎拉，但是，立刻就把眼睛移开了。马托·格鲁达从这个举动看出，这个意大利人是个勤快懂事的人，懂得一些农村的习俗：不应该长时间地注意女人，不应当盯着看女人的眼珠子。他对自己说，这个外国人应当是出自一个良好的单纯的人家……

“现在，阿古什，你要换上我们的服装，我要给你找一顶白毡帽，你要把它戴在头上。我们要一起干活儿，两个人能干很多好事。我相信，阿古什，你是一个正派的人，我也喜欢所有正派的人。”

“谢谢！”意大利人说，“阿古什干活儿，阿古什干很多活儿……”

扎拉把咖啡杯都斟满了，送到两个男子汉眼前。埃斯玛娅姑姑也为自己倒了一杯。

“为一切都好！祝你健康地回家。”姑姑说。

“谢谢！”意大利人点头示意。

“欢迎你来，阿古什！”马托·格鲁达说。

扎拉又重新坐到姑姑身边。

“为什么人家称呼你阿古什？”她慢悠悠地问道。

“唉，这个！人家叫他古绍！也有信奉穆罕默德的意大利人！”姑姑微笑着回答。

扎拉在壁炉旁边偷偷地一乐，用斜视的目光瞥了他一眼，注意到在他的脖子上有一个黍粒大的小黑痣。这个意大利人喝咖啡时，扎拉还发现他有两片厚实的漂亮的嘴唇。然后，她慢悠悠地对姑姑说，“阿古什是一个魁梧健壮的小伙子，看上去真的是一个好人。”

“只希望他不仅从外表上看是个好人，因为假如不是那样，可就要了我的命了。”姑姑说。

“你是说他可不要是个懒汉？”扎拉把嘴唇贴在姑姑的身边问。

然后，姑姑讲了几句叫人发笑的话，扎拉在壁炉旁边轻轻地笑。

马托·格鲁达没有听明白女人们的话，可是，阿乌古斯托亚明白她们是在说他。他把咖啡喝完了，将杯子放在托盘里，点头表示谢意。

埃斯玛娅姑姑拿起意大利人的咖啡杯，把它浸在水中，阿乌古斯托亚睁大眼睛盯着她。

“让姑姑给你算一卦怎么样？”她说。

“算卦？哈哈！漂亮，算卦！”这个意大利人把巴掌拍得呱呱响。

马托·格鲁达的脸色变得像寒冬一般的冰冷。妈呀，连这个老太太也疯疯癫癫地发神经！

老太太把咖啡杯浸在水里稍停一会儿，又把它拿出来放在面前。“一条很长的路，噗噗！这是一些坏成了什么样子的桥啊！一个长着长腿的坏东西在每座桥上等着![1] 喃！这个在这里干什么？这些死尸是怎么回事，我说小伙子？真主啊，真主啊！你看见了吗？就是这儿，他们在这里等你，你看见这广阔的天空了吗？妈呀！又是那么不幸！瞧！这里有一个姑娘等着你……”姑姑说道，眼睛看着咖啡杯。

“姑娘，根本没有！”意大利人扑哧一笑。

“来，来，来，你会找到的。”姑姑说。

“妈妈，好。”阿古什说。

马托·格鲁达忍耐不住了，他对姑姑点点头，暗示她闭嘴到一边歇着去，姑姑明白了他的意思。

过了一会儿，马托·格鲁达站了起来，对意大利人说他们要一起出去。

他们走出去了，这时候，扎拉对姑姑说：

“马托要让阿古什熟悉一下咱们的家和家中的财产！”她像姑娘似的笑了。

---

① 老太太说话颠三倒四，有时话不连贯。

第九章

他们一边用手比比画画地交谈着，一边走过庭院，进到草屋里。马托·格鲁达的肩膀倚着墙，而阿乌古斯托亚却是疲倦地坐在秸秆上。总的来看，他很容易疲劳，而且一天天越来越显得筋疲力尽，打不起精神。马托·格鲁达用意大利经过许许多多战事而出现的整个颓势来解释这个意大利人的疲倦，这种情况是他心里所能预料到的。"在水分被吸尽，土地干裂的道路上，他们现出黑乎乎的模样。"他一边思忖着，一边打量这个半躺在草屋秸秆上的意大利兵。

然后，马托·格鲁达走到盖着秸秆的大炮跟前，伸出一个手指，指着大炮对阿乌古斯托亚说：

"阿古什，在这里我藏着一个东西！"

阿乌古斯托亚在原地活动了一下，向一堆秸秆投去一瞥目光。这时候，马托·格鲁达补充说：

"我没把它敞开给别人看，现在我把它敞开给你看。"

起初，马托·格鲁达拿下一些秸秆，意大利兵怀着好奇心，注视着家庭主人手的动作。主人又去掉了一些……意大利兵发现秸秆下面有一点儿发黑的东西。出于好奇，他站了起来，走到马托·格鲁达跟前。马托·格鲁达向意大利人转过半张脸，挤挤右眼，用手掌去掉了盖在炮筒上的全部秸秆，让这个意大利兵一睹真容。

“大炮！”他用阿尔巴尼亚语讲道，然后用意大利语讲了另外几句话；这几句话马托·格鲁达不懂，但他明白意大利兵是心里恐惧才这样讲话，因为只有害怕和感到惊奇时，他才讲母语。

马托·格鲁达把一个胳膊肘支在从秸秆中露出来的炮筒上，等待着意大利兵继续说些什么。意大利兵把手贴在脸上，站在那里一言不发。

“你说得好，大炮！”马托·格鲁达最后补充说。

马托·格鲁达把胳膊肘从炮筒上挪开，慢吞吞地向着对过儿那面墙边的另一堆秸秆走去。阿乌古斯托亚一动不动，目不转睛地盯着他。马托·格鲁达弯下腰，将手伸进秸秆里。意大利兵焦急地守在原地，终于忍耐不住，慢慢地走到主人跟前。秸秆里露出一个灰色的箱子，马托·格鲁达把箱子盖儿打开了。

“炮弹！”阿乌古斯托亚说道，惊奇得几乎都要发抖了。

马托·格鲁达得意地瞧着这个意大利军人，这有什么可惊慌失措的？炮弹也不是随时都可能爆炸的定时炸弹。

“你在军队里干了几年？”马托·格鲁达问道。这个问题他刚才忘记问了。

“四年！”意大利兵说道。

马托·格鲁达屈指算起日子来，算出阿乌古斯托亚是 1939 年入伍的。“不知道，有可能是四月七日[①]之后。”他对自己说，但是没有

---

① 意大利法西斯是 1939 年 4 月 7 日入侵阿尔巴尼亚的。

问阿乌古斯托亚。

“你为什么大惊小怪的？你同这些事情打交道已经连续四年了。”马托·格鲁达说道。

阿乌古斯托亚放进嘴里一根秸秆，开始嚼起来，一边含着一边说道：

“愁闷了，大炮。大炮，不，炮弹，不。铁锹，干活儿……”

“哎呀，不对！你是算计自己的事去了，小伙子，什么‘大炮，不！炮弹，不’！什么意思啊？”马托·格鲁达学着这个意大利兵说话的样子说道。

意大利兵像个姑娘似的脸红了，没有回答家庭主人的话。沉寂两分钟后，他一边点头指着大炮，一边问道：

“大炮运送游击队？（把大炮送给游击队吗？）……”

“这个我知道！”马托·格鲁达打断了他的话。

他撂下了箱子的事，重新回到大炮跟前，开始清除后面的秸秆，轮子一点一点地露出来，最后底座也呈现在眼前。随后他又从草屋的角落里拿出一把扫帚，用它扫掉炮身上的尘土和细碎的秸秆。马托·格鲁达把扫帚慢慢地靠在铁壁上，他特别当心，生怕在炮身上划出痕迹。然后，他又站在炮前，稍微弯下腰，在炮口上用嘴吹灰尘。灰尘落在脸上，他打起喷嚏来。

“炮口……抹布……油！”意大利兵一边用手比画着，一边说，仿佛炮口里边有点儿什么东西。

“它应该像枪一样……”马托·格鲁达若有所思地说，“可是，这个炮口需要很多油。”

阿乌古斯托亚笑了：

“炮口……小的，别的……很大炮口，炮小的。”

“炮小，但是管事！”马托·格鲁达一边说，一边用手指敲他的炮筒。他的脸上阴云密布，因为他被意大利兵的话扫了兴，他觉得对方似乎是有意贬低自己的大炮。

打扫完毕，拍打掉手上的尘土，马托·格鲁达坐到一根干木头上；这个东西是他从丛林中弄回来的，准备用来做洗衣槽。阿乌古斯托亚也挨着他的肩膀坐下来，马托·格鲁达打开烟盒，递给意大利兵。

“让我们每人来一支。”

“马托，有柔和的吗？马托的烟很冲的。”意大利兵一边卷烟，一边说。

“我们会找到柔和一点的！”

“漂亮！”

敞开的大炮矗立在他们面前，在草屋半明半暗的晨光里，马托·格鲁达觉得它最庞大、最沉重。“这个意大利兵从哪里得出结论，认为这是一门小炮？”马托·格鲁达心里琢磨着。

“这场见鬼的战争使用了各式各样的大炮！”他一边吐出烟卷儿上的纸屑，一边说。

意大利兵吸着烟。

“有各种各样的炮：山炮、野炮、反坦克炮、顶级炮、舰艇炮、海岸发射炮、防空炮……种类多得很。这门炮是山炮。”这个意大利兵冲着炮说，“骡子转身要干啥哟，嘘！……”他吹了个口哨。

马托·格鲁达伸脚踢掉一只破皮鞋。

“你当过炮手吗？”

“什么？”

“我是说，你当过炮兵吗？”

“我炮兵。（我当过炮兵。）炮弹快！（炮弹飞得快！）”意大利兵说道，做了一个模仿抛出炮弹的动作。

阿乌古斯托亚高高地仰起头，从嘴里吐出一串烟圈儿。他发现有一把镰刀垂在房梁下边。

“镰刀！”他说。

“什么？”马托·格鲁达问道。他走神儿了，心思不知跑到哪儿去了。

“镰刀割草！”阿乌古斯托亚说道，模仿起割草工在草地里割草的动作来。

“这个轻浮的家伙想到哪儿去了！”马托·格鲁达一边暗自说着，一边朝挂在草屋房梁上的镰刀扫了一眼。

这个意大利兵坐在木头上，时间一长，把腿坐麻了，于是站了起来。他把双手背在身后，开始在草屋里的空地上踱起步来。他走到另一面墙墙边，然后又转身走回来。马托·格鲁达看着他，吸着烟。这会儿，两个人再也无话可说，各自想着自己的心事。阿乌古斯托亚从未听说过，一个农民把一门沉重的大炮这样的重武器藏在家里。一支手枪或一支步枪，甚至一挺机关枪，人可以藏起来，违法使用。可是，一门大炮……这个意大利兵在琢磨。在这个农民的草屋里发生的事情，他的那些分散在许多村庄里的伙伴也遇到过。他似乎想起来什么，在草屋子的中间站了片刻。然后走到大炮跟前，到炮身后边跪下了。他用手擦去一点东西，大声地念道：“维尔玛赫特，哈乌弗曼，59001。”

马托·格鲁达听到了他读的声音，心里明白这些词与制造大炮有关系。

“你念的是什么？”马托·格鲁达问他。

“炮的品牌和号码，工厂的名字。”

“这家工厂在哪儿？”马托·格鲁达问道。

“在德国，我们在部队里用的就是这种炮。”意大利兵说道。

“蓝色的军队[①]我们见到过，你说是不是？”马托·格鲁达脸色阴郁地说。

意大利兵用手掌拍拍大炮的轮子，说：

“好炮，很厉害，哈乌弗曼。”

“这个哈乌弗曼是个什么？”马托·格鲁达问道。

“设计者，造大炮。”阿乌古斯托亚说道。

“哈乌弗曼，好家伙。”马托·格鲁达若有所思地说道。

意大利兵向草屋的门外走去，外面露出一块天空。在科卡勒山顶上，飘着一团白云，好像一团打湿了的毛线。在科卡勒山下的河口处，现出了菲泽家族的房舍。

“这门炮能吃多远？”[②]马托·格鲁达在意大利兵身后问道。

“不明白！”意大利兵说道。

马托·格鲁达来了脾气，心里暗暗责骂这个意大利兵，说他连最简单的阿尔巴尼亚话都没学会。

“这—门—炮—的—射程—能—达到—多少—公尺？”马托·格鲁达一个词、一个词、有板有眼地说道。

---

① 二战期间，阿尔巴尼亚人称意大利军队为“蓝色的军队”。

② 这里作者使用的是农民常用的口语，即炮的射程是多少。

“噢，你是说距离啊，能射6公里远，还可以更远，能射到科卡勒山那儿。”意大利兵说道，而且还挥手往山那边指了一下。

“从这儿算，射程足够了。”马托·格鲁达说道。

这会儿，马托·格鲁达的儿子齐古里正要跨过门槛走进来。一开始，马托·格鲁达没看见他儿子，因为他的脸没冲着门。但是，他察觉到光线射进了草屋子里，因此便转过头来。齐古里身材瘦瘦的，站在门槛上，身上洒满从院子里射进来的阳光。

“你要干吗？”爸爸对儿子说，他手里拿着烟，没从干木头上站起来。

“塞费尔·马鲁卡，就是阿利的哥哥，奈弗扎蒂的亲戚杀死了阿德南·平召亚的弟弟絮梁。”齐古里细声细气地说道。

马托·格鲁达在半明半暗的草屋里从干木头上站起来，儿子的话吓了他一跳……絮梁……可是，絮梁还小呢，就比齐古里大两岁。马托·格鲁达糊涂了，他在为他的儿子考虑着。

“在哪儿杀死了絮梁？”马托·格鲁达问道。

“在商店门前。絮梁去店里见阿德南，塞费尔在商店的一个角落里等着他。絮梁往外走，刚一迈出门槛，就被塞费尔用手枪给打死了。絮梁买了盐往家走，他就倒在盐上面了。他手里端着盛有盐的碗……”齐古里说道。

马托·格鲁达的嘴唇颤抖着，他想起了那一天。那天，人们到马鲁卡家里，向他的家人表达安抚之情。塞费尔皱起眉头，心头一动，贴着马托·格鲁达的耳朵小声嗻嗻说：“我杀不了阿德南，也要杀死他的兄弟，从最小的杀到最大的。”“唉！”马托·格鲁达叹了一口气。不杀死这个小絮梁该多好！

马托·格鲁达又朝儿子齐古里看了一眼，浑身不寒而栗。唉，这孩子才多大啊！马托·格鲁达思忖着。

“儿子，你走吧！”他对儿子说，自己又单独留在草屋的黑暗中。

“……唉，多好的孩子啊。手里端着盐被打死？！”马托·格鲁达一边吸着很冲的烟，一边思量着。

第十章

马托·格鲁达开始每天向意大利兵学习打炮，学习完了，就用一根大木头把草屋的门掩上。

意大利兵作为一个严格的师傅，首先向马托·格鲁达讲解炮体各部分的构成：炮筒、炮身、炮轮、点火部件、记录仪。然后，便进行其他更细致的讲解。他告诉马托·格鲁达，炮的空气压力总的来说是每平方厘米2500公斤到3500公斤。意大利兵讲的这些干巴巴的话，马托·格鲁达听起来很费解，因为他讲的东西，眼睛是看不到的。他摸了一下炮筒、炮身、炮轮、点火部件，并且打量了一番。可是，这个气压是个什么东西？于是，意大利兵便向后推了一下炮的撑竿，放进一枚炮弹，对马托·格鲁达说，当尖针打在火帽上，炮弹核离开弹壳，这一刹那就产生了具有强大推动力的气压。推动力越大，炮弹就飞得越远。看样子马托·格鲁达是听懂了，可是，意大利兵却目不转睛地盯着他，觉得马托·格鲁达这个学生什么也没听懂。阿乌古斯托亚讲了几句意大利话，把手往下一甩，说道：

“喔，什么呀！”

马托·格鲁达的脸色红了起来，好像和自己交谈一般慢慢说道：

“有些事情，可怜巴巴的人不能马上就弄明白！……”

“我们来抽支烟吧。”意大利兵说道。于是，他们便坐到大炮旁边的木墩上。

他们点着烟，陷入沉思之中。马托・格鲁达这个人为掌握大炮而要学习一切的毅力，让意大利兵感到吃惊。在他所在的班里，从来没结识过一个在学习炮兵技术方面求知欲如此旺盛的兵。在马托・格鲁达看来，这个意大利人不是一个平平常常的炮兵，他本身就是一个发明、制造炮的人。

“嗬，是个人物！……”马托・格鲁达说道。

“不是人物，是压力！”① 意大利兵纠正说。他攥紧拳头，表示是推力的意思。

顷刻间，他想起了什么，站起来，推开草屋的门，走了出去。马托・格鲁达原地不动地看着他。过了一会儿，他手里拿着一块小石头和一根棍子回来了。他把石头放到干木墩上，用木棍儿捅它，好像打台球似的。然后又坐下来，拿起石头，把它又放到木墩上。马托・格鲁达在一旁看着，不说话。

“你瞧，马托！”意大利兵手里拿着木棍儿说，“木棍儿打的力量大，石头就跑得远；力量小，石头就跑不远。试试看……”

他把木棍儿交给马托・格鲁达，对马托说要使劲抽打石头。马托・格鲁达按他说的做了，石头飞了出去。阿乌古斯托亚跟着石头跑过去，把它捡回来，重新放到木墩上。

“稍微捅它一下。”意大利兵说道。

① 阿尔巴尼亚语中，Person 为“人物”的意思，马托・格鲁达不懂 Presion(压力) 这个词的意思，故把 Presion 说成 Person。

马托·格鲁达用木棍儿轻轻地捅了石头一下，石头落在了意大利兵的脚上。

“气压也是这么回事，压力越大，炮弹就飞得越远。”

马托·格鲁达两眼放光，觉得自己正在学习一点儿新东西。他霍地站起来，开始在草屋里寻找，好像丢了一个看不见的小东西似的，然后坐到门槛上，拿起什么，走到意大利兵身边，对他说道：

“看见这个杏核了吧？”

“看见了。”意大利兵说道。

马托·格鲁达用衣袖把杏核擦了擦，然后放进嘴里。他像吹气球那样，鼓起嘴唇，吹出一种不太悦耳的声响，杏核便从嘴里飞了出去。它飞过干木头，落到了草屋的角落里。

“这是个大人物！”[①] 马托·格鲁达笑着说。

“真棒！”意大利兵手舞足蹈地喊起来，拍着手掌。然后补充说：“不是人物，是压力。”

马托·格鲁达拿起杏核，又放进嘴里。这一回，他稍微鼓了鼓嘴唇，杏核从嘴里吐了出来，落在意大利兵脚下。

“这回推动力小！”马托·格鲁达说。

“你真是个天才，马托，真是个天才！”意大利兵喊着，拥抱他的学生。“你真是个大人物，马托。”过了一会儿，意大利兵又说。

“这个我知道！”马托·格鲁达说着，皱了皱眉头。

在以后的学习中，最困难的事情是炮对准目标射击的角度问题，归根结底，只有专门懂得打炮技术的炮手，才能在实际操作中，掌握

---

① 马托·格鲁达一时还没记住 Presion（压力）这个词，故又说成“人物”（Person）。

气压冲力这门学问。角度比任何事情都重要，是必须掌握的。应该确定到达射击目标的距离，应该会测量射击的角度……可是这些事情，马托·格鲁达从来都没听说过。你可以闭上左眼，使用迄今为止，世界上人们发明的所有枪支，可是，大炮却有另外一套机灵的鬼把戏。

“用眼睛，不，马托！射击角度重要……（用眼睛看不行，马托！重要的是射击角度……）”意大利兵说道。

阿乌古斯托亚额头上汗水津津，他活动着把手，炮口慢慢地降下来，又升起来，反复地做了几次，告诉马托·格鲁达角度具有怎样的重要性。

“我们操练，不成，人们朝大炮看着。我们操练，学习角度，实践。（人们若看见大炮，我们就操练不了它了。角度可以学会，好好实际操作练习就成。）”意大利兵嘴里蹦出几个阿尔巴尼亚语的词，这几个词只有马托·格鲁达才能明白是什么意思。

“知道这个！我们要是操练，人们就会发现大炮。”马托·格鲁达皱着眉头说道。

然后，阿乌古斯托亚又教马托·格鲁达如何给大炮加压充气，还教他如何把炮弹打出去……

“放炮时，马托，你不能站在炮的后边，气流会伤人的。”阿乌古斯托亚说道。

“我没有那么傻，连这样简单的事情都不懂！”马托·格鲁达好像有点伤自尊似的说道。

“不要讲话！”意大利兵犹如炮兵的军士在队列前喊话。他的脸扭曲了，眼睛也立了起来。

“不要讲话！目标——山头！距离——5。角度——30度。开火！”阿乌古斯托亚朝马托奔去，攥紧拳头，摆出执行军令的架势喊道。

马托·格鲁达瞪大了眼睛，对他来说，这是一种突如其来的举动。

“阿古什，你疯了？！”马托·格鲁达说道。

阿乌古斯托亚用衣袖擦擦汗，望了一眼马托·格鲁达，在茅草上躺下了。他用手捂住脸，发出一声叹息。马托·格鲁达脑子很冷静，沉稳地伸手摸了一下确定射击角度的杠杆，转动了一两下。炮筒升了起来，然后转到相反的方向，落了下来。意大利兵将手从脸上挪开，看着马托·格鲁达。

“这个人想用这门炮干什么？在一个村里半荒凉的茅草屋里，我培训了一个炮手！这个事真是见鬼了！这是真的还是在做梦？”意大利兵躺在茅草上思量着。

马托·格鲁达看到意大利兵累了，开始用大炮消遣解闷儿。

“凭推测是学不会打炮的！”马托·格鲁达叹了一口气，感慨地说道。

“实际操练我们不干，人们听得见。”意大利兵忐忑地说道，因为他想起来了，不能惹得马托·格鲁达发火要脾气，去试着射击。

“比方说，”马托·格鲁达说，“为了击毁在河口那边的人家，射击角度应调到多少？”

意大利兵站起来，打开草屋的门，向科卡勒山那边望去。菲泽家族的房子在山脚下闪着亮光，他不自禁地一阵战栗。有一次，他们炮兵连向一个村子里如同这样的一座房子开炮，大火在房顶上熊熊燃烧，浓烟滚到山丘的上空。这会儿，火花又在他眼前熠熠闪耀，而且还卷起了黑烟。

阿乌古斯托亚关上草屋的门，回到马托·格鲁达跟前。

“房子，比方说，30度……”他说。

马托·格鲁达转动一下杠杆，低下头看着角度。

“是这儿吗？”他问道。

意大利兵没靠近大炮，根据炮筒的位置就晓得角度应该是30度。

“在那里！”阿乌古斯托亚说道。

“瞎说什么，你这个懒虫！你在哪儿看到的？是在那儿？”马托·格鲁达火气来了。

“在那里，我懂。我用眼睛量炮的角度，炮的事我懂许多年了。”意大利兵说道。

虽然这么说，他还是走到马托·格鲁达身旁，用手拍拍他的肩膀。

“学打炮，有大目标。马托·格鲁达将成为民族英雄！拿破仑·波拿巴—炮兵。用大炮攻打土伦①……马托—拿破仑·波拿巴……”

马托·格鲁达心情阴郁地望望他。

“这个我知道！”他说。

阿乌古斯托亚又继续唠叨下去：

“你，马托，你打击目标意义重大，打击敌方司令部。(你，马托，你打击的目标具有重要意义，你是打击敌人的司令部。)”

马托·格鲁达的脸上依然是阴云密布，他活动了一下肩膀，要把阿乌古斯托亚的手从肩膀上甩开。

① 土伦：法国地名。

“这个我知道！”他重复说，脸上露出庄重大气的神色。意大利兵瞪大了眼睛，好像是头一回看见马托。“天才的人们，”他在琢磨，“一开头都是这样，开始往高处攀登，他们的行动开始时显得很奇怪，非凡夫所为！”他嘴角露出微笑。

“你为什么笑，阿古什？”马托·格鲁达问道。

“马托战略家，马托是加里巴尔德[①]，民族英雄！斯堪德培[②]！”阿乌古斯托亚说道。

马托·格鲁达没有回答他，却与他一起在秸秆上躺下了。

“课业好，今天。(今天的课程学得挺好。)”阿乌古斯托亚说道。

“阿古什，你累了吗？”

“有点累！”

“大炮是什么时候发明的？”马托·格鲁达躺在秸秆上突然问道。

“很多时候。(很久以前。)”阿乌古斯托亚说道。

这个意大利兵躺在马托·格鲁达草屋里的秸秆上，开始讲述关于重武器漫长的历史。他说，无纹、磨光炮口的大炮，于十四世纪开始使用。这是铁制口的大炮，十六世纪的时候，炮口第一次用上了铸铁。连续三个世纪，这种炮用于进攻、摧毁城墙和城堡。

“这么一来，大炮比起刀剑来，破坏力大多了。刀剑，马托，杀伤力大。现在，大炮杀伤力大，大炮让血流成河。”意大利兵说道。

“杀伤力实在是大得不得了！”

然后，阿乌古斯托亚又把话题转向十九世纪，说那时候大炮口都

---

① 加里巴尔德（1807—1882），意大利爱国者、将军、政治家，为意大利的解放与发展，做出过重要贡献。

② 即指杰尔吉·卡斯特辽蒂·斯堪德培（1405—1468），阿尔巴尼亚历史上最伟大的民族英雄，曾领导阿尔巴尼亚人民同奥斯曼土耳其侵略者进行了长达 25 年的英勇斗争。

带线纹，这样做是为了加快炮弹飞射的速度，加大炮弹的射程。这样，火力就变得更猛，更具有破坏性。

“家伙强有力，敌人消失在地上、海里、空中。进攻时为部队开路；防卫时破坏敌人的道路。（这种武器有很强的杀伤力，它能把地上、大海里、天空中的敌人都消灭。发起进攻时，它为部队打通道路；防卫时切断敌人的道路。）”意大利兵说道，“火力效能好的条件：力量大、机敏灵活、火力集中。根据武器的种类，我们有：飞行力量、防空力量；我们有轻便武器、掷弹筒、海上炮。根据射击方向，我们有：前线射击、侧面开火、交叉开火、曲折交火。从给敌方压力的性质方面来说，我们有：施加压力，迫使对方屈服；强迫对方瘫痪，不能行动；消灭对方，阻击前进。从炮击的方式上来说，我们有：集中炮击、大面积炮击、火浪式攻击。从大炮开火方面来说，我们有：单独开炮、几种武器同时开火、方式多样的开火……有许多开火办法，马托，开火办法多着呢！”意大利兵摇头晃脑地说个没完。

马托·格鲁达躺在秸秆上细心地聆听着。草屋的外面，第三个秋天[①]的凉风呼呼地吹着，透过篱笆墙的缝隙吹进屋里来，不时地吹起秸秆上的碎屑。

他们躺在那里，有人敲门了，传来儿子齐古里的声音：

“爸爸，你们要吃饭吗？”小孩子喊道。

“把吃的东西给我们端到草屋里来吧！”父亲回答说。

他们站了起来，抖落掉衣服上的碎草，他们二人都饿了。除此之外，意大利兵还张嘴打哈欠，他困了，想睡觉。打从部队来到马

① 第三个秋天：指 1942 年秋天。

托·格鲁达的家里，他就睡不够。他睡个没完没了，仿佛一天抽了三次鸦片。“这个修道士累得筋疲力尽了。”马托·格鲁达心里琢磨着。

齐古里端来一大盘面包和一大钵芸豆，放到木墩上，准备出去。

“打一脸盆水来，我们要洗洗手。”马托·格鲁达说道。

“我们到井边洗吧。”阿乌古斯托亚说。

“不，阿古什，在这儿洗，我们太累了。”

从大钵子里升起一股热气，飘散出芸豆的香味。

“芸豆好。(芸豆的香味真好闻。)”意大利兵说道。

“这是穷人的肉。在意大利，你们有更多的面条。”马托·格鲁达说道。

“噢，面条！意大利还有很多芸豆。”意大利兵说道。

“这些可怜的东西，世界上每个国家的人都吃。”

齐古里把洗脸盆放到他们面前，他们洗了手。

“意大利有洗脸盆吗？”马托·格鲁达问道。

“意大利农民有很多洗脸盆。”阿乌古斯托亚一边用毛巾擦手，一边说。

“这可怜的洗脸盆也到处使用吗？”马托·格鲁达说着洗脸盆的事，然后转身对儿子说：

“再拿一点白奶酪和一两个葱头来。”

齐古里出去了，阿乌古斯托亚急得按捺不住，望着冒雾气的大钵子，直流口水。这时候，马托·格鲁达站在那里等着，一直等他儿子回来。

“吃啊，马托？”阿乌古斯托亚说道。

“等一下，阿古什！”

齐古里手里拿着一个瓶子和一个盛着芝士的碗走进来，奶酪上面放着洋葱。意大利兵望着烧酒瓶，微微地笑了。

“轻浮的人是要喝醉的。”马托·格鲁达在想。

他把酒瓶放进盘子里，盛芝士的碗放到木墩上，把两个酒盅斟满了酒，说道：

“祝你愉快，阿古什！”

“祝你愉快！”阿乌古斯托亚说道。

马托·格鲁达这是第一次给一个意大利兵敬酒，他不了解这个人的酒量和性情。“他要是喝醉了，跟我们要点酒疯，该如何是好，我见过喝醉了酒的当兵人，见过。”马托·格鲁达自己在思量。

“你喝烧酒吗，阿古什？”马托·格鲁达问道。

“一点点，马托，一点点。葡萄酒多，意大利，葡萄酒，格拉巴[①]烧酒少，格拉巴烧酒。（马托，能喝一点，在意大利葡萄酒喝得多，格拉巴烧酒喝得少。）”意大利兵说道。

“格拉巴是一种绍洛莫特卡酒[②]，”马托·格鲁达说，“在先辈们的那个时代，他们喝得很多。很久以后，出现了烧酒。”马托·格鲁达说的这些，是他从穆拉特那里听到的。

“很正确。”阿乌古斯托亚肯定了他的说法。

“我没有问你，阿古什，世界上有哪些最伟大的炮手？”马托·格鲁达问道。

“哎，你说什么？”

“我是说炮的发明人。”

---

①格拉巴：一种意大利白酒。

②绍洛莫特卡酒：阿尔巴尼亚一种质量很差的酒。

意大利兵陷入沉思之中，把酒盅挪动了一下。

“莱奥纳多·达·芬奇[1]设计了大炮。”他说。

“什么时候？”

“差不多五百年前。”意大利兵说道。

“哎，这是个什么人？”

“画家。”

“啊，他可真是个大能人。”马托·格鲁达若有所思地说道。

“任·日尔·代·马康于1443年造出了一门可拆卸的炮。在这之前，炮是不能被拆卸的，马托。任·日尔·代·马康拆卸了这门炮。”

“好家伙！”马托·格鲁达说道。

“大炮伟大匠人是瓦列尔和格利博瓦尔，法国人，1700年设计大炮。（造炮的巨匠是瓦列尔和格利博瓦尔，他们是法国人，1700年设计了大炮。）”

“这些造炮的法国机灵鬼儿真聪明。”马托·格鲁达用手掌捋着山羊胡说道。

“普鲁士弗雷德里克二世1758年造了第一个马拉炮，用马拖。（普鲁士弗雷德里克二世于1758年造出第一门马拉炮，用马拉的炮。）”意大利兵说道。

“这个弗雷德里克是什么人？”

“国王。”

“那时候，别人也造炮了。”马托·格鲁达说道。

“聪明，马托！（马托，你真聪明！）”意大利兵说道，笑了笑。

---

①莱奥纳多·达·芬奇（1452—1519），意大利中世纪伟大的画家、雕塑家和学者，精通机械学、解剖学、化学、天文学、地质学、音乐学等多门科学。

“还有别的什么？”

“1703 年，托里诺造出了后身可以载重的野炮，是特里武奇奥搞出来的，这个特里武奇奥曾在维托利奥阿玛代奥二世手下供职。后来，在 1745 年，就是二百年前，费代里科·普罗卡蒂、朱利奥、真蒂莱斯基、瓦伦蒂诺·古阿和马尔齐奥·普尔切拉一起搞出了一门适用于山区的大炮。马托，就像你手上的这门炮这样，不过，是很普通的炮。”意大利兵一边说着，一边摇头[①]指着草屋里的这门炮。

马托·格鲁达微笑着，带着某种欣赏的态度瞧着他。马托·格鲁达感到很奇怪，这个被俘虏的炮手，竟然知道那么多关于大炮的事情。“是嘛，他是干这个活儿的嘛。”他思量着。

“召瓦尼·卡沃利使用了第一枚加长的如同长了翅膀的炮弹。他是一个伟大的工匠，1846 年发明的。”

“这个人是干什么的？”

“是个将军！”意大利兵说道。

“是一个有头脑的将军。”马托·格鲁达说道。

“英国人诺尔登·费尔德发明了有四个炮口的机关枪，口径是 25 毫米。”

“什么时候？”

“1877 年。”阿乌古斯托亚回答说，“那时候，设计师霍特基斯发明了五口手枪炮，口径为 37—45 毫米。”

意大利兵举起酒盅，用叉子叉了一块带芝士的面包。

“大炮向前发展，现在有许许多多发明家，先人遇到过许多困

① 阿尔巴尼亚人的习惯中，摇头表示肯定，点头表示否定。

难。”他说。

“先人的事是不用说的。”马托·格鲁达说，手离开了山羊胡。

时间慢慢地过去，他们在一点儿一点儿地喝，烧酒直冲阿乌古斯托亚的脑子。他脸色发红，舌头变硬、变粗，不听使唤了。他不耐烦地活动左肩，露出微微的笑容。

“你有多长时间没喝酒了？”马托·格鲁达问他。

“四个月。”

“吃芝士，芝士让你清醒。”马托·格鲁达说道。

意大利兵把整个身子转向马托·格鲁达，开始慢条斯理地说起来：

“马托，好人，把人留在家里。我没罪，我是士兵，普通人。我爱家，妈妈等着我。马托救我。（马托是个好人，他把一个人收留在家里。我没有犯罪，我是个士兵，是个普普通通的人。我爱自己的家，妈妈正在盼着我回去。是马托救了我。）”意大利兵开始哭起来，蜷曲着身子，向地上弯去，好像是打嗝儿，身子一抖一抖地动。

马托·格鲁达对男子汉哭泣不感兴趣。但是，他并没有瞧不起意大利兵，只是难过地望着他。“这个不幸的人可能要哭，”马托·格鲁达对自己说，“这个不幸的人待在我的草屋里，待在以前在他家里常待的地方。”

为了安慰他，让他心情平静下来，马托·格鲁达伸手拍拍他的肩膀。

“阿古什，歇着吧！……我留下你，因为你没犯罪；即使你有些罪，我相信你也会把它洗刷掉。”

意大利兵平静下来了。这会儿，马托·格鲁达既不想喝烧酒，也吃不下下酒的小菜儿。大炮高高地扬起炮筒，挺立在他们面前。阿乌古斯托亚望着大炮，沉思地说道：

“我也是跟大炮一起从意大利来到马托草屋。意大利八百万兵，我一个兵在马托草屋里。（我是跟大炮一起从意大利来到了马托的草屋里。意大利有八百万军人，我是一个兵，现在待在马托的草屋里。）”他笑呵呵的，带着那么浓厚的感情，正是这种感情促使他哭泣。

“穆拉特也这么说：意大利有八百万人的军队，这个军队很凶，残忍跋扈得很。”马托·格鲁达说道。

阿乌古斯托亚对马托·格鲁达说，假如他到意大利，这个意大利兵也将这样接待他、拯救他。

“你不可能这样接待我，因为我不会去，像你……”

阿乌古斯托亚瞪大眼睛，问道：

“为什么？”

“因为我不会带着枪去！”马托·格鲁达回答道。

意大利兵沉默片刻，然后说：

“你，马托，聪明，你，马托，你正在成为民族英雄！”他说道，还大声地笑起来。

马托·格鲁达怀着很轻蔑的态度望着他，说道：

“这个我知道！”马托·格鲁达一边说还一边晃着头。

他们正交谈的时候，扎拉走进草屋里。扎拉身材高挑，长得很标志动人，把头抬得高高的。她走到木墩前，她丈夫和意大利兵正在这儿喝酒。阿乌古斯托亚一看见她，脸上的表情立刻活跃起来，并且竭力不露出自己喝酒的神态。他向扎拉露出开心的笑容，双眼肆意地在她那秀美的头发上，白净净的脸上，如同姑娘般丰满的、高耸的胸脯上，圆圆的臀部上和犹如梅花鹿般修长的双腿上瞄来瞄去，贪婪地看个没够。扎拉觉察到了他的眼睛在她身上放肆地游荡，仿佛一串电影的聚焦镜头一样，于是便低下了头。马托·格鲁达也多少察觉到了一点，但只把它当作是一个喝酒的人流露出的一种眼神。

扎拉走到丈夫跟前，意大利兵的眼神让她心情慌乱。她把一只手搭在丈夫的肩上，慢慢地说道：

“穆拉特的妈妈来了……”

然后，扎拉连看都没看阿乌古斯托亚一眼，就收拾起芸豆钵子和碗，走了出去。意大利兵的目光不停地盯着她，一直目送她到草屋门口，叹了口气，感慨地说：

“马托，漂亮媳妇。阿乌古斯托亚没有媳妇！（马托有个好漂亮的媳妇，可阿乌古斯托亚却没有媳妇！）”

马托·格鲁达轻蔑地看着他。“你也想女人啊！”他对自己说。他生扎拉的气，因为她让自己的臀部撅得太突出，胸脯袒露得太多。也许在此之前也是如此显眼，露得太多，只不过现在他注意到罢了。

“我，你媳妇姐妹，马托。（马托，我把你媳妇当作姐妹。）”意大利兵说道。

马托闷闷不乐地待在那里，又喝了一盅，并且对意大利兵说，应该起来了，因为他同伴的母亲来了。

“阿古什，你去用秸秆把大炮盖上，然后睡觉去，好好解解乏！”

“马托，好长官！”意大利兵说道。

第十一章

马托·格鲁达轻轻地推开房门，穆拉特·什塔加的妈妈和埃斯玛娅姑姑坐在炉子旁边，而扎拉正在忙活家务事儿。两个老太太交谈着，不时地摇头晃脑，火光照在她们长满皱纹的脸上。

“您好啊，穆拉特妈妈！”马托·格鲁达说道。他一边握着她的手，一边坐在她的身旁。

“你怎么样，儿子？孩子们，媳妇……都好啊，太好了。”穆拉特的妈妈说道，“从那天你去给游击队员送了些东西，我再没看见你，你可好？……”

“好，穆拉特怎么样？”

“穆拉特？干着山上那个孤单的工作。有时在一户人家里，有时在一个村里。我不知道他在说什么，干什么。这孩子瘦了。哎，这个难做的政治工作！大家都不明白，穆拉特叫人担心，因为他说服不了人。我说埃斯玛娅！穆拉特在政治上了不起！等敌人走了，将变得更了不起，能当部长和总理。他瘦了，事不顺心，不好办。他到菲泽家族一些人那里，说服他们上山打仗去，可是，梅雷老头子不让他们去。穆拉特走后我也去了，对梅雷老头子说：‘我说你，精神头儿不好的傻老头，你为什么不允许孩子们上山去？你为什么叫我儿子受苦？瞧瞧吧，你和托松·巴奇搅和在一起。我要去，把房子烧了，就用这只手！’……我就这么跟他说的。他瞪着魔鬼似的眼睛盯着我，说：‘滚，噢，主啊，真见鬼！’可我对他说：‘你自己才是鬼，我不是鬼，而是从事政治工作的游击队员的母亲，你拿我没办法。’”

马托·格鲁达惊奇地看着穆拉特的母亲，他不能相信，这个矮小、体弱的女人竟然能成为她儿子的一个那么强有力的助手，甚至还从事政治工作。他把她和埃斯玛娅姑姑做了比较。这些事情埃斯玛娅姑姑全然不懂，她的心思都集中在对菲泽家族的人报仇雪恨上。她经常对马托说：“孩子，现在应该烫死菲泽家族的人，就像他们烫我们那么干。”如果埃斯玛娅姑姑心思不用在报仇雪恨上，那她就会成为如同穆拉特的母亲那样的女人。

“在菲泽家族人的家里，我一直待着，待着，大约待了三个小时。梅雷老头子真的不想听关于游击队员的事情，而他的重孙子们，正像我相信的那样，却有兴趣上山去。埃斯玛娅，你见过吗？”她向埃斯玛娅姑姑转过身来，接着说，“连谢加姑娘也想去当游击队员。谢加，这个孩子，就是法赫雷穆迪纳利的妹妹！她贴着我的耳朵说：‘姑姑，我要去和穆拉特在一起！你见过他吗？’”

埃斯玛娅姑姑抿嘴微微一笑，马托·格鲁达皱了皱眉头。

“我说娜洛！……我不觉得有好征兆……”埃斯玛娅姑姑说道。

“为什么呀？”

“谢加是一匹大母马。”[1]

---

① 阿尔巴尼亚人常常把生活作风不端的女人比喻成母马。

“哎？”

“她是不是把穆拉特的心思给搅乱了？”

“你的舌根子干巴了才好呢，看你怎么说话！”穆拉特的妈妈说道。

“要出事的，出事……”埃斯玛娅说道。

说到这个份儿上，扎拉抢过话来说：

“这是些什么话！穆拉特是一个结了婚的人，再说了，他还有一群孩子！”

埃斯玛娅姑姑再次抿嘴一笑。

“我们更喜欢热点心，而不是发凉的玉米面面包。”她说。

马托·格鲁达用炉子中的一块火炭点着了烟卷儿。

“净说蠢话！”马托·格鲁达说道，“咱们不应该在嘴上议论人，穆拉特没工夫干这些事。”

“哎，我说孩子，女人让你干这种事儿，假设把你送到热沥青翻滚的锅炉旁边，你要知道，一个小时之后，人家就要把你扔进锅炉里……女人呐，我说孩子，女人就是女人哟！谢加长得很漂亮，她的心思不在游击队那里，而是在……”埃斯玛娅说了一句恶毒的话，大家被说得心里很不痛快。

“我了解聪明的女人，可是，你比梅雷老头子还要恶毒。”穆拉特的母亲说道。

“你和梅雷老头子都不能把我怎么样！”埃斯玛娅姑姑叫喊起来。

穆拉特的母亲伤心地站了起来，马托·格鲁达把手放到她肩上，请她坐下，不要介意姑姑讲的话。

“你停停，听我说！最好你叫托松·巴奇来吃晚饭，他和二十个人到了梅雷老头子家里，我正要走，他到了。去吧，埃斯玛娅，叫他来吃晚饭，因为他也和你有共同的语言……”穆拉特的母亲说道。

这会儿，马托·格鲁达忘了两个老太太的口角。托松·巴奇到了梅雷老头家里！这事可就完蛋了！菲泽家族的人投奔到国民阵线分子那边去了。此刻他的心思跑到大炮那里去了……

“托松·巴奇，你说的是他？等等，穆拉特的老妈妈，等等！托松·巴奇到菲泽家族的人那儿去了？”马托·格鲁达问道。

“是的，儿子，是托松·巴奇。”穆拉特的母亲说道，她的声音里流露出一种深深的痛苦之情。

她拿起放在屋角的拐棍儿，准备要走，扎拉迎到她前面。

“坐嘛，穆拉特妈妈，在这儿吃晚饭！”

“谢谢，女儿！我走了，给穆拉特报个信儿，叫他藏一藏，可不要被托松·巴奇的那些厚颜无耻的家伙抓住。”

马托·格鲁达和扎拉把穆拉特的母亲送到大门口，然后又回到屋子里。马托·格鲁达忧郁地坐着，他生埃斯玛娅姑姑的气。是什么让她发火侮辱穆拉特的妈妈？

“你是怎么回事，什么事儿让你成了这个样子？”他说道。

“嗬，还把菲泽家族的女人们也拉到自己一边去了！竟然撂下本来应该去报仇的事，要干的正经事不干，对世人是一种耻辱；进进出出菲泽家族，跟谢加姑娘打情骂俏！真给男人丢脸！跟女人勾勾搭搭！嗬，谢加出走上山当了游击队员！丢人，丢人！”

“你不应该这样对待这个事！”马托·格鲁达说道。

“我才不管这一套呢！你也不比穆拉特好多少。菲泽家族的人烧了你的家，而你还没有本事向他们放一手枪！仇恨不报，丢人，丢人！男子汉大丈夫骑在女人肥大的衬裤上。菲泽家族的人二十次到了大门口，而你却像白乌鸦样傻呆呆地瞅着。你为什么不给他们点支烟！难道你还要请他们吃饭做客？丢人，丢人！你既不像你祖父，也不像你父亲。瞧瞧，他们的血在怎样地呼唤我！听听，我的耳朵在怎样地嗡嗡响。连他们的骨灰也在召唤我……待着吧，你！明天菲泽家族的人就来，连你的儿子都要给杀死。可你还是要像白乌鸦那样张张嘴。菲泽家族的人还将从你的大门口走过去。丢人，丢人！”埃斯玛娅姑姑张开双臂，尽力拍巴掌，就像在一个隆重、盛大的丧葬仪式上所做的那样。

“埃斯玛娅姑姑！”扎拉对她喊道，“不要给齐古里很坏的影响！”

埃斯玛娅姑姑不说话，手里拿着松散的毛线站起来，离开屋子，只把马托·格鲁达和扎拉留在屋里。她还把一个巨大的心灵之痛留在了那里。马托·格鲁达觉得，先祖讲话的回声仿佛带着鲜血，撞击着藏在草屋子里的大炮筒子。

“嗬，”马托·格鲁达说道，“埃斯玛娅姑姑不知道。”

“不知道什么？”扎拉问道。

“大炮。”马托·格鲁达慢腾腾地说道。

扎拉的脸色刷的一下子变白了。她感到，是先辈人讲话的回声把马托·格鲁达灌醉了，让他不寒而栗，因为他知道，是什么样的铁器藏在草屋子里的秸秆中。倘若出点什么事，将会造成极大的灾难，而且为了此事她本人也将成为罪犯。为什么呢？她能做什么？对，她能干点事，去找穆拉特，把这事告诉他。她要把大炮的事讲给他听，让穆拉特把大炮取走，给游击队员送去。然后她就应该离开家，因为马托·格鲁达是会杀死她的。她要到哪里去？她只有一条路可以选择，到游击队员那儿去。可是，孩子们怎么办？……

自从大炮来到家里，她就失去了安宁，她心里盘算着各种各样的主意。为了把这堆铁东西从家里弄出去，她不知道怎么办。一堆铁在秸秆下面酣睡着，扎拉心神不安地睡在被子下面，做着混沌不清的梦。

“是的，是大炮！”马托·格鲁达说道。

她默不作声。然后，有点什么东西在她的眼睛里闪闪发亮。

“马托！”她说道，像当初怀孕时，也像等着生齐古里时那样凑到她丈夫身边。

马托·格鲁达吓了一跳，因为他想到扎拉是否又有了身孕，以后他可怎么办？哪里养活得了三个孩子？他不想再有另外的孩子，因为养不起。其实他想再有一个女孩，可是，太可怜了，穷啊……

“马托！”扎拉重复地叫了一遍，向丈夫靠得更近了。

“什么？”他说。

“为什么我们不再生一个女孩？我们只有两个男孩。”她说，像姑娘似的脸红了。

马托·格鲁达皱了一下眉头，扎拉说的是什么，怎么这样说话？在这种混乱的时候，她还希望生孩子？我们要把孩子扔到浊流浪花里吗？让孩子哭闹，把她的声音塞进炮口里？

“你干吗一定要再生个孩子？”

“我挺寂寞，马托，我想抚摸一个小一点的孩子，想把她抱在怀里，给她哺乳，放在摇篮里摇晃她睡觉，摇她玩儿，教她叫‘爸爸’……”

“你有男孩啊。”他说。

“男孩长大了，他们不聚在家里。”扎拉说。

“现在不是生孩子的时候，情况太乱了……”

扎拉双手搂住马托的脖子，他软下来了。马托·格鲁达变得像小羊羔一般温顺，一股暖流传遍了他的全身。

“马托……”扎拉喃喃地说，“今天咱们就怀上，来个女孩，现在就怀上她……”

马托·格鲁达清醒过来了。

“不！情况太乱……”他慢吞吞地说道。

于是，扎拉从他怀里挣脱出来，低下头，两眼往地板上看，伤心地说：

“它夺走了你的心思，连孩子你都忘了，生孩子你也没有兴趣，是它把你给弄糊涂了……”

“谁？”[①]

“它。”扎拉说。

“笑话！”当马托·格鲁达明白过来妻子为何说这个话的时候，对她说道。

“就是这会儿，你的心思也在它那儿。你经常到草屋子里，掀掉盖在上面的秸秆，掀掉秸秆，让它露出来，看着炮筒你就高兴……”

马托·格鲁达皱着眉头望着她，没有回答她的话。他坐到凳子上，掏出了烟盒。

扎拉又走到他旁边，靠着他的肩膀坐下来。她凝视着丈夫粗实的手指头，那被尼古丁熏得发黄的手指头弹着烟卷儿上的烟灰，屋子里

① 在阿尔巴尼亚语中，代词“Ai”既可以指人“他”，也可以指物“它”。

只有炉火发出的声响。

“孩子们到哪儿去了？”马托问道。

“跟意大利兵一起玩儿呢。”

“还玩儿！他都喝醉了。”

“他正在给萨迪库做一个小车，也是消磨时间，看样子酒劲儿已经过去了。”

“消磨时间……”马托·格鲁达说道。

“他愿意教给你那个吗？”

“消磨时间……”马托·格鲁达重复说。

“我也去学学？……”扎拉说。

问得马托·格鲁达烟灰都不弹了，惊奇地把头转向扎拉。

“他要教你什么？”

“教我打炮啊！”她说道。

“净说废话！”

“我也想知道……”

“为什么？”

“出点什么事……”扎拉若有所思地说。

“你不喜欢那个！……”

“马托，像那天晚上那样，我们赶着牛，把它从草屋里拉出去？夜里谁也看不见我们……哎，怎么样？”扎拉突然说道。

“然后呢？”

“把它送给游击队员，他们会高兴的。”

“我跟它还有点事！游击队员们可能需要它，我比游击队员们更需要它。”马托·格鲁达说道。他坐到炉子旁点着烟卷儿，点好后站在屋子中间，端详着妻子。“然后呢，扎拉，我们生个女孩，但现在不生。”

扎拉叹了一口气。

“穆拉特他妈说，托松·巴奇到菲泽家族人那儿去了。”

“哦。”妻子回应说。

“他们要大宴宾客，梅雷老头子请客，托松·巴奇要喝酒，菲泽家族的人要聚集在一起。他们成了国民阵线分子。我吃了他妈的……”马托·格鲁达说。

“你寻思托松·巴奇去吃了晚饭，事情就完了？就成了？他们就成了国民阵线分子了？”

“应当如此！”马托·格鲁达说道，脸上露出微微的笑容。

“托松·巴奇也可能到我们这儿来，可是，这并不能说我们就成了国民阵线分子呀。”她说道。

“事情就是这样开始。”马托·格鲁达说道，然后向门口走去。

扎拉站了起来。

“你去哪儿？”她问道。

“我要和阿古什一起到田地里挖水沟。我们的水沟一塌糊涂，真丢人。地里水坑很多，积了很多水，水流不出去。”

“幸好你还想起来了。”扎拉说，“我以为你把地都给忘了……”

马托·格鲁达斜眼扫了妻子一下，然后离开屋子，出去了。

第十二章

马托·格鲁达和意大利兵阿乌古斯托亚二人，在去田地里挖水沟之前，先转到了阿德南·平召亚的商店。马托·格鲁达想买一公斤白糖喝咖啡用，埃斯玛娅姑姑消耗太多咖啡了，虽然她是喜欢喝苦咖啡，但是，白糖依然消耗不少。

他们俩扛着尖锹走进阿德南·平召亚的商店，店主人请他们坐下，问他们是否要杯咖啡。

马托·格鲁达想起了那个手里拿着盐，在这个商店门前被打死的小男孩，心里甚为痛楚。

但是，他没有接受坐下喝咖啡的请求，他把阿德南还看作是杀死阿利·马鲁卡弟弟的凶手。对马托来说，阿德南是阿龙村最不受欢迎的人之一。

阿德南·平召亚斜眼看着马托，说道：

“马托，你一向不到我的店里来，好像我是梅雷·菲泽似的。”

“有需要的时候我会来。”马托·格鲁达冷淡地说道。

“今天，你来真不寻常哟，后边还跟着一个马弁啊！……而且是跟着什么样的马弁！……是一个意大利马弁……我还说什么好呢！这个人不是马弁，而是哨兵。嘿嘿，天下没有几个人像他一样有这么漂亮的眼睛和水汪汪的嘴唇。这个人，连男人们都对他神魂颠倒，这种让人着迷的劲儿，并不落在女人们的后头。我要对你说什么才好哟！面对他的眼睛，没有哪个女人能控制住自己的欲望；看到这鸽子小嘴一般的双唇[①]，没有哪个女人能不流口水。嘿嘿。”阿德南·平召亚说道。

马托·格鲁达怀着那样一种严厉的态度低眉凝视着阿德南·平召亚，以至于他都垂下了眼睛。可是，马托·格鲁达依然带着严厉的神情，在沉默中继续盯着他不放。

“您想要一包白糖，还是更多一点？没关系，如果您没有钱，那就过后再给我。”阿德南·平召亚低声说道，毫无目的地摆弄着双手。

马托·格鲁达总是一言不发，用阴郁的、严厉的、可怕的眼神瞅着他。手枪的枪筒在他的兜里活动着，阿德南·平召亚察觉到了手枪的这一动静，手指在兜里不可能那么长、那么粗。

“马托，咱们相处得可是挺好啊。”阿德南满头是汗，结结巴巴地说道。

除了马托·格鲁达和阿乌古斯托亚，任何人也没进到店里。阿德南·平召亚浑身发抖，朝着门张望。马托这个默默无语的人，叫他感到惶惶不安。令他恐惧的还有他那一本正经的神态，正经的生气的神情，是最可怕的。他唆使阿德南要干什么？！

马托·格鲁达把目光投向货架子，阿德南·平召亚在那上面一个挨着一个摆满一大溜油瓶。马托掏出手枪，望着阿德南，此人惶恐不

---

① 阿尔巴尼亚人评说女人嘴唇之美常常用鸽子嘴一般的双唇做比喻。

安，战战兢兢地在第一个瓶子上记了点什么。手枪啪的一声响了，玻璃碎片和油一起洒在了地上。阿乌古斯托亚拽了一把主人的上衣，可是主人却用胳膊肘挡了他一下。马托·格鲁达把手枪揣进兜里，掏出钱，放到了柜台上。

“忘拿糖了！”阿乌古斯托亚喊道。

阿德南·平召亚从藏身的地方慢慢地探出头来，拿起糖，交给了马托·格鲁达，吓得浑身直哆嗦。

“你看见那个瓶子了吗？看见流出的油了吗？我会把另外一米七长的一溜瓶子都打碎，叫红色的油流出来！”马托·格鲁达说道。

马托拿了糖和意大利兵一起走出小店，这个意大利兵脸色变得像尸体一般黄。

“马托大人物。（马托是一个大人物。）”阿乌古斯托亚说道。

“这个我知道。”马托·格鲁达说道。

马托·格鲁达第一次用手枪射击，这支枪是他从死在树林子里的意大利兵身上搞到的。他走在路上，忘记了阿德南·平召亚，开始琢磨起手枪来。“这枪打得挺好，好家伙。”他对自己说。

“我怕。（我感到害怕。）”阿乌古斯托亚说。

“这有什么好害怕的？”马托·格鲁达打断他的话。

“店掌柜的被打死呢？”阿乌古斯托亚说道。

“这真是太龌龊了！”马托·格鲁达咬牙切齿地说。

“啊？”意大利兵反问道，他不懂这句话是什么意思。

“这句话是说：他是一个卑鄙下流的人，而卑鄙下流的人是胆小鬼，因为这种人非常爱他自己。”马托·格鲁达说。

“说得好，马托。（马托你说得真好。）”阿乌古斯托亚思考着说，心里有一种自豪感，因为他与马托·格鲁达这样的人走在一起。他一边走着，一边偷偷地、不时地向马托投去愉快的目光，怀着欣赏之情望着他，如同仰视一个皇帝一样。现在，他自己也觉得更加安全有保证了。

马托·格鲁达一边走，一边努力忘掉这件事。当他从远处看到儿子齐古里的时候，整个喧闹都消失在云雾之中了。

“把糖送回家去！”他对儿子喊道。

齐古里接过一包糖拿在手上，转身向通往家里的羊肠小道走去。马托·格鲁达望了他一会儿，说道：

“孩子在长啊！”

马托·格鲁达和阿乌古斯托亚扛着尖锹，朝丘坡下面走去。马托·格鲁达走在前面，阿乌古斯托亚跟在他后头。风吹起粗毛上衣的一角，烂泥粘在皮鞋上。小小的手枪别在马托·格鲁达的腰上，枪筒时而露出来，时而又被遮盖起来。克拉克河混浊的河水奔涌向前，在狭窄的河谷里滚滚而去，向远方流淌，发出巨大的声响。远处现出菲泽家族一户户人家烟囱里冒出的炊烟，烟味同潮湿的泥土味道掺和在一起，发散出一种特别的气味。

当走近铺展在河边的田地时，他们停下了脚步。一层薄薄的轻雾和烟雾在河谷里扩散开来，但是，这层薄雾是透明的、蓝蓝的，透过这层薄雾现出马托·格鲁达田地里的水坑。他种的是小麦，柔嫩的小苗，由于积水过多，湿气太大，一点点变黄了。马托心里很难过，蹲下身子，揪下一小截麦茎，拿到眼前仔细地看了看，在手上转了转，慢吞吞地说：

“你有点瘦了，长得不好。我有罪过，我把你扔在水里了，我没给你深挖水沟，我把你给忘了。我马上就给你把水排掉，你将暖和起来，抬起头，你将旺盛起来，感到荣耀。噢，叔叔的胖小子。”他对拿在手中的麦茎说道，然后将它放进嘴里，嚼了嚼。

麦茎有一种蛮好的清香味，马托脸上露出微微的笑容。

一开始意大利兵以为马托·格鲁达是跟自己说话，当他明白了马托是跟麦茎说话时，点点头笑了。“马托还跟麦子说话。”他边想边带着一种强烈的欣赏之情注视着他的主人。

马托·格鲁达走到地头，那里的土地有点坡度。意大利兵还继续站在那里，主人回过头对他说：

“阿古什，我们先挖这个水沟，然后开几条水道，以便让水往外流。”

阿乌古斯托亚摔倒在麦地中间了，为了走近路，他想从地中间穿过去，可他的皮鞋已经深深地陷在了烂泥里。

“阿古什，到高一点的田埂上走，你把麦子都给我踩坏了！”马托·格鲁达对他喊道。

“啊？”

“你把麦子给我毁了，我对你说，现在你就吃掉了一个馅饼，夏天还没到，麦子还没收下来。”

“啊？”阿乌古斯托亚问道。

“笨蛋！从田埂上走！你脚踩麦子了！用你踩坏的麦子咱们能做一个馅饼！”马托·格鲁达喊道，还用手比画了一下。

阿乌古斯托亚明白了，从高一点的田埂上走了过去。他回忆起在军队里经历过的事情，整整一个营的人从刚刚播种完的麦地里走过，一切都被毁掉了，他们的皮鞋结束了麦子的生命。谁也没想过，为了麦苗能长出地面，种麦人流了多少汗。他还想起了站在田埂上满面愁容地望着军人行动的农民们。“那个被打死在田埂上的农民，是因为走到营长面前，痛骂了他而遭杀害的吗？他倒在了刚刚出土的麦苗旁边，鲜血流在田埂上……这个营走了，其后留下了被钉子皮鞋踩得遍体鳞伤的麦子和胸膛被子弹打穿的麦子主人。这是双重杀害：农民和小麦。”阿乌古斯托亚思考着。

“你在那边地头上挖，我在这边挖。”马托·格鲁达一边说着，一边脱掉粗毛上衣。

意大利兵从肩上拿下尖锹，插在地上。他就那样插着锹，看马托·格鲁达怎么干。

马托·格鲁达用脚使劲踩锹的边缘，然后把锹撅起来，深深地挖好一锹新土。新土是从右边挖的，然后把它甩到田地边上。阿乌古斯托亚就站在那儿，等着不动。

“为什么你还不开始挖？不会挖沟吗？到我跟前来，看我怎么干。”马托·格鲁达说道，又把锹插进土里。

“我不会挖水沟。”意大利兵说道。

“你挖过战壕吗？”

“挖过。”

“你不会挖水沟？水沟就是战壕！”马托·格鲁达说道，“你们的山丘没有不布满战壕的。”

“对，战壕，水沟，一个！（对，战壕和水沟是一样的！）”

“不一样，好小伙子！水沟是为了流水，战壕是为了保护脑袋。不是一样的，好小伙子，不过，是一样的活儿……”马托·格鲁达说道。

阿乌古斯托亚开始挖水沟，开始的四五锹挖起来很费劲儿，后来慢慢地就干得顺手了，只是土块切得太厚，水沟挖得不漂亮。马托·格鲁达有兴趣把水沟挖成像鱼脊背那个样子，然后在脊背上插设铁蒺藜，防止牲畜钻进田地里。

“阿古什，不要把土块切得太厚。”

“好。”阿乌古斯托亚说道。

“在意大利有水沟吗？”

“有。”阿乌古斯托亚说道。

“就像我这样干活儿，意大利人干吗？”

“就这样干！”

“军队不只是破坏水沟、田地和麦地，还有……”马托·格鲁达说道。

“在意大利，不搞破坏。”阿乌古斯托亚说道。

“啊，不破坏那些东西？可是，你们的军队破坏我们的田地和水沟……”

阿乌古斯托亚不吭声了，马托·格鲁达讲的话是正确的。

尖锹在地上挖着，他们的脚下汇聚着混浊的水。

“像是战壕。”阿乌古斯托亚说道。

马托·格鲁达想起那个战壕，在那里，他捡到了炮弹和大炮。他还想起了死亡的军人，从这个军人身上他拿到了手枪和衣服。

“你们有很多东西留在了战壕里。”马托·格鲁达说道。

“很多。”阿乌古斯托亚说道。

这时候，传来一声闷声闷气的枪响，声音是从菲泽家族的一户人家那里传出来的。阿乌古斯托亚紧张地抬起头，马托·格鲁达明白是怎么回事。大概托松·巴奇早就开始喝酒了，他会很开心的，会到院子里朝着目标来上一枪，他经常这么干。不过，马托·格鲁达并不想把托松·巴奇到来这件事告诉阿乌古斯托亚，因为他不愿意吓唬阿乌古斯托亚。

“啊？”阿乌古斯托亚问道。

“菲泽家族的人开枪打一只乌鸦。”马托·格鲁达的话让他心情平静下来。

然后，马托·格鲁达的心思又跑到穆拉特·什塔加那里去了。“他们告诉他托松·巴奇来的事了吗？看得出来，明天托松·巴奇将要把村里的人召集到一起，把他们拉到自己一边，变成自己的伙伴。”他在思考。

“这些菲泽家族的人真是下流无耻。”马托·格鲁达大声地说道。

“怎么？”阿乌古斯托亚问道。

“不值得一提！”马托·格鲁达不想让一个外国人知道他与别人的纷争。

“在意大利，有国民阵线分子吗？”马托·格鲁达突然提出这一问题。

“国民阵线分子？”

“国民阵线分子！”

“不知道。像我这么大的人当中没有。”意大利兵说道。

“嗬，没有！”马托·格鲁达学着他的话说，“可你们站在墨索里尼一边，你们还不是国民阵线分子？没有！你在意大利的时候，所有的人都是国民阵线分子。现在我这么说，今天我这么说。”

又一声枪响穿过了再次降临的傍晚的雾气，撕破了烟尘的薄纱。

枪声好不容易才听到，因为克拉克河的喧嚣声将它掩盖住了。

“枪又响了！”意大利兵说道。

“他们开枪打乌鸦。”马托·格鲁达说。

“什么是真的呢？”他在思考托松·巴奇的事情，“噢，托松·巴奇，你在和菲泽家族的人一起寻开心，寻开心吧！既然你要放枪，那就一定要开心。好，叫菲泽家族的人动动脑筋。”

“那户人家里有很多人吗？”意大利兵一边拄着铁锹望着菲泽家族的那户人家，一边问道。

“有一个营的人！”马托·格鲁达说。

“好人吗？”

“每户人家都有好人，也有坏人。”马托·格鲁达说，没有停下手里的活儿。

这个时候，在对面山丘，在菲泽家族一些人家的下面，他们两个看见一个人正在奔跑，阿乌古斯托亚感到不安。

“这是一个坏迹象。”他说。

马托·格鲁达拄着尖锹，弯着腰站了一会儿，望着那个奔跑的人。“人是从菲泽家族的人家那边跑过来的，肯定是他们家里发生了一点什么事。是不是他们与托松·巴奇争执起来了？”他想。

“女人……是个女人。”意大利兵说道。

马托·格鲁达把手放在额头前，遮着太阳。

“真的，是个女人。”他说道。

“杀女人吗？”阿乌古斯托亚用一种恐惧的声音问道。

马托·格鲁达阴沉着脸，问道：

“为什么杀女人？我们不杀女人。”

“但嫉妒心会杀女人。”阿乌古斯托亚说道。

“可你说到哪里去了！在那种时候，嫉妒没用。”马托·格鲁达说道。

“意大利人杀女人，他们有嫉妒心，他们杀女人。”阿乌古斯托亚说道。

马托·格鲁达没有转脸看阿乌古斯托亚，说道：

“我不相信意大利人有那么强的嫉妒心。如果有那么强的嫉妒心，那所有的人就全被杀死了。意大利人和所有女人都相好……”

阿乌古斯托亚笑着说：

“不，马托！（不是那样，马托！）”

“那些事不要对我说。这个我知道……”马托·格鲁达说，“如果你们有嫉妒心，你们就不会把老婆孤零零地扔在家里，每人拿着一杆枪，在世界上跑来跑去的，你们有嫉妒心，那是为了侵略别的国家！”

“聪明的马托。（马托，你真是个聪明人。）”意大利兵说道。

“这个我知道。”马托·格鲁达说道。

这个女人藏到橡树林里了，然后又出现在河下边，来到田地旁边。马托·格鲁达认出她是谁了，是谢加姑娘，她向他们跑来。阿乌古斯托亚不出声地眨巴眼睛，仔细地看着。她在克拉克河岸上一棵孤零零的石榴树旁边站住了，喊道：

“马托！马托！”

马托·格鲁达没做回应，撂下铁锹，走到她身旁。

谢加满脸通红，她那小小的下巴底下满是汗珠。她费力地呼哧呼哧地喘着粗气；她的胸脯在紧瘦的背心下面一起一伏地颤动着。

“马托！”她说道。

“嗬！”

“托松·巴奇明天要放火烧穆拉特家的房子，正在寻找穆拉特……应该告诉穆拉特赶紧离开才是，东西也要从家里搬走。托松·巴奇放狠话，说什么要把穆拉特·什塔加像火烧老鼠那样给烧死，你是不是看见穆拉特在什么地方了？我去帮助他家里人把东西搬走，趁着国民阵线分子没来，赶紧干这桩事。”她一边费劲地喘着粗气一边说。

马托·格鲁达从来没跟菲泽家族的人讲过话，谢加姑娘是打破这一沉寂的第一人。在她面前，马托·格鲁达皱起深深的眼窝上的眉毛，脸色阴沉沉的不讲话。在其他时候，他永远也不会出现在她的面前，即使在临死前看看她，他都不干。

“马托，你也应当去找一下穆拉特。”她一边说一边朝着他向前迈了一步。

“这个我知道。”马托·格鲁达愁眉苦脸地说，对她教训自己应当如何对待自己的同伴这件事他有些反感，心里不痛快。

“随你的便吧，可我说你应当去找一找。”谢加说完，又开始跑起来。

马托·格鲁达迈着沉重的脚步又回到阿乌古斯托亚那边。意大利兵抄着手，盯着在田埂上奔跑的谢加。连衣裙在她身上飘得很高，露出丰满茁实，由于肌肉活动而显得粉盈盈的两条大腿。因为跑得太快，她被一个大土块儿绊了一下摔倒了。这样一来，宽松的连衣裙便把她的大腿赤裸裸地暴露在外面了，裙子还裹在了头上。阿乌古斯托亚直愣愣地看着，马托·格鲁达喘着粗气对他发泄不满：

“水沟，阿古什，挖水沟！”而且还点头指着意大利兵撂在前边的铁锹。

他讨厌一个外国人眼睛直勾勾地盯着女人。

“姑娘，好。（是一个好姑娘。）”意大利兵说道。

“嗬！”马托·格鲁达对意大利兵讲的话很生气。

阿乌古斯托亚把铁锹踩进土里，可是他的脸依然朝着谢加姑娘，没完没了地盯着看。

“挖水沟！”马托·格鲁达再次粗声粗气地说。

这时候，在对面的丘坡上，在马托·格鲁达的房舍下面，正顺坡走下来另外一个人。马托·格鲁达仔细一瞧，认出了这个人，原来是阿德南·平召亚。

阿德南·平召亚冲到小窄道上，挡住了谢加的去路。谢加站住了，呆板地用双手捂住胸。马托·格鲁达和意大利兵撂下铁锹，这个人的出现，让他们感到很突然。他们无意识地互相看了看。阿德南·平召亚靠近谢加，抓住她的衣袖，她向后退去，蹲下身子。马托·格鲁达本来在阿德南·平召亚的店铺里就装了一肚子气，这会儿，那火气一下子又重新回来了。

“你给我滚开！”她说道。

阿德南·平召亚又朝她前边迈了一步。

“你不想跟我来，你对那个色鬼，对那个，哼！对那个乌鸦……对那个穆拉特感兴趣！”阿德南·平召亚说道，还拽住了她的胳膊。

谢加使劲把胳膊挣脱出来，可是，她连衣裙的袖子还攥在阿德南·平召亚的手里，他又向谢加扑了过去。

“你将成为我的老婆。穆拉特·什塔加要得到你，那得在你跟我在一个房檐下睡过以后。”

谢加大声地喊叫，克拉克河口都听到了她叫喊的回声。阿德南·平召亚用他那壮实有力的双臂将她捕获到怀里。出自爱也好，出自性欲也罢，反正他什么也不顾了，根本不管在下边的克拉克河岸边上还有两个人：马托·格鲁达和阿乌古斯托亚。他们在看着他，听他讲话。马托·格鲁达不由自主地用手去摸手枪，冲到水沟的另一面，阿乌古斯托亚也跟着他去了，手里还拎着沾满烂泥的铁锹。

阿德南·平召亚在长着红色荆棘丛的窄窄的小道上，拼命地把谢加摁倒了。

“阿德南·平召亚！”马托·格鲁达喊道，声音很严厉。

阿德南·平召亚放开了谢加，向后退了几步，躲到窄路的一边。他脸色苍白地站在那里，双手发抖，山羊胡甩到一边去了。谢加站起来，抖搂抖搂沾上了烂泥和干荆棘叶子的连衣裙，一句话也没说，就向丘坡下面跑去了。

“你想跟这个姑娘干什么！”马托·格鲁达假装镇静地说道。

“我爱她。”阿德南·平召亚说道，“你们不要插一杠子。”

“厚颜无耻！”马托·格鲁达气愤地说。

“我要把你！……”阿德南·平召亚攥紧拳头，走到马托跟前。

阿乌古斯托亚举起铁锹，为的是叫阿德南明白他还要对付另外一个人。阿德南脸色蜡黄，握着拳头站在那里。

“你什么时候成了菲泽家族人的朋友？”阿德南·平召亚费力地痛苦一笑。

“不，我对你说，当你对一个女人行凶作恶的时候，你想让我袖手旁观……去，滚你的蛋吧！”马托·格鲁达说道。

阿德南·平召亚蹲下来，捡起一块大石头，拿在手里。

马托·格鲁达把手放到腰带上，拔出了手枪。

“扔下石头，不要再往前靠近我……”他说道，并向意大利兵点头示意叫他走开。

阿德南·平召亚松手扔下石头，马托·格鲁达把手枪插到腰带上，还对意大利兵做暗号，于是意大利兵走开了……只剩下阿德南·平召亚单独一个人留在那里。

马托·格鲁达和阿乌古斯托亚重新向麦子地里走去，阿德南·平召亚站了一会儿，便慢吞吞地顺着小路往上坡走去了。

“嫉妒心吗？”阿乌古斯托亚问道。

“一切嫉妒心关我什么事！”马托·格鲁达生气地说道。

阿乌古斯托亚哑口无言了。

在地边上挖了一段水沟，他们便到麦田里开始挖排水道，黄昏已经降落到河谷里。菲泽家族人的烟囱没有冒烟，梅雷老头的窗户上煤油灯亮出微弱的光，而在其他的屋子里，灯光还是挺亮的。阿乌古斯托亚一边挖着水道，一边嘟囔着问道：

“阿德南·平召亚坏？（阿德南·平召亚是个坏人吗？）”

“因为他想要对一个女人使坏，所以说他应当是个坏人。”马托·格鲁达说。

“他爱女人。”阿乌古斯托亚说道。

“然后呢？”

“接吻！”阿乌古斯托亚说道。

“他妈的！”马托·格鲁达吐了一口唾沫，“动用强制手段，女人也不能在路上躺下来。在意大利，有强迫女人躺下的事吗？那不用说，这是众所周知的，是要叫女人躺下的。”他自问自答说。

“是人家叫当兵的躺下。”意大利兵说道。

“现在是当兵的自己躺下……”马托·格鲁达说道。

“啊？”阿乌古斯托亚问道。

“现在，你们当兵的人躺下了，就像女人们躺下那样。”马托·格鲁达说道。

阿乌古斯托亚不说话了。

两个大水坑里的水开始往外流，顺着水道冲过来，流到水沟中。淹没在水里的麦子，此时才开始露出发黄的麦梢。

“我把你从水坑里解放出来，你自由了，噢，叔叔的胖小子！在水里你受了多少苦，受了多少苦啊！”马托·格鲁达对麦子说道。

意大利兵端详着他。

“对麦子说话，马托？（马托，你跟麦子说话吗？）”他说道。

“那个我知道！”马托·格鲁达说，“现在，我们跑着去找穆拉特·什塔加。”

第十三章

马托·格鲁达平静下来了，村里什么事情也没发生。托松·巴奇没放火烧穆拉特·什塔加的房子。托松·巴奇之所以没这么干，大概是怕搞坏了他与阿龙村的关系，从而增加自己的对立面。让所有的人感到奇怪的是，他在村里待了两天，竟然没出菲泽家族人的家门。他吃了，喝了，找了菲泽家族的几个老头子，同他们商量了事情，然后立刻就走了。商量了什么事情，没有人知道。但是，传出话说，梅雷老头采取了不站边的中立立场：既不站在托松·巴奇一边，也不站在穆拉特·什塔加一边。让我们往后看吧！阿德南的父亲阿布杜拉希姆·平召亚正在努力办一件开心的事，立下誓言说，稍晚一些时候，他可以把自己的一个儿子送到托松·巴奇那里，叫儿子跟托松·巴奇在一起。根据人们的说法，他这样做仅仅是为了顾全他们的老交情。

或者往这边，或者往那边，在没有出路的生死关头，这些事发生了。当这些事走上正轨时，那肯定是不会耽误的。困难只是存在于两个大家族之间，即菲泽家族和平召亚家族，特别是前者。至于平召亚家族的人，他们的道路渐渐地明确了，看得出来，他们站在了托松·巴奇一边。甚至当马鲁卡家族的人还同平召亚家族的人为了阿利的弟弟被害一事开始吵架的时候，事情就更清楚了。

像平时那样，马托·格鲁达心里有个愿望，让菲泽家族的人也站到托松·巴奇一边才好。实际情况是怎么样的呢？当他听说梅雷老头没有同托松谈拢，未取得一致意见的时候，他心里感到不痛快，而穆拉特·什塔加的心里却燃起了希望的火星。托松·巴奇走了以后，他立刻就来到村里。州里给他和同志们发出了果断的命令，他们不应该让村里人站到托松·巴奇那一边。这个村子是这一带地方唯一的一个出现了那么多困难，却有着那么大反抗力的村子。这一情况给穆拉特·什塔加这个共产党员的命运加重了负担，可以说，他的工作曾经是软弱无力的。所以州里做出决定，晚些时候把特派员扎比尔也派到阿龙村，以便直接地了解形势和农民们对游击队活动的想法，同时也为了监督穆拉特·什塔加的工作。难道说穆拉特·什塔加自己没有信心能让阿龙村的农民投身到游击战争中去？

穆拉特·什塔加一来到村里，就到菲泽家族人的家中去了，此事马托·格鲁达并不知道。他是在晚些时候，发生了几件奇怪而又特别沉痛的事情之后才听说的。穆拉特·什塔加只在腰带上别了一支手枪，身上挎了一个子弹盒，一路上走得又累又饿。他敲了菲泽家族一户人家的大门，走了进去，仿佛是那户人家的一个普普通通的朋友。

所有的人都聚集在菲泽家族人的屋子里。梅雷老头坐在窗户旁边，摆弄着一串念珠，动弹着嘴唇，另外四个老头、他的孙子们坐在炉子后边的第一圈，他的十个重孙子按着年龄依次坐在第二圈。墙上挂着十五支枪，其中最古老的土耳其时代的一支，是梅雷老头的枪。当穆拉特·什塔加走进屋里的时候，除了梅雷老头之外，所有的人都站了起来，把梅雷老头身后的主座让给了他。人们又重新在带有一掌长绒毛的坐垫上坐好。在讲了一些普通的寒暄话和平常的祝愿话之后，梅雷老头一边数着珠子，一边说道：

“Sën nëllug këlltin bigin-te?”①

穆拉特·什塔加微微一笑，耸耸肩膀，瞅瞅其他的人。这些话他听不懂，这是些什么话？他知道，梅雷老头讲过土耳其话，但是，他不相信在这个屋子里能听到这种话。穆拉特·什塔加以为梅雷老头把话讲错了。

“老爷爷，你讲的什么？”穆拉特说道。

“我是问你坐什么到我们这儿来的。”梅雷老头说。“噢，泽努尼的儿子，哈吉贝克塔希的孙子，你给我们带来了什么？”他又补充说。

“我来过一次了，老爷爷！”穆拉特·什塔加说，竭力想微笑一下。

“梦告诉我，你不是为好事而来！”梅雷老头说道。

在屋子里，所有的人都默不作声，从孙子们开始，大家互相观望。其他四个老头垂下眼睛看坐垫，用杆儿挺长的烟斗摆弄着垫子上的绒毛。

“我是为好事而来。”穆拉特·什塔加说道。

“你有三次都是为坏事而来的，这一次是第四次。”梅雷老头说道。

重孙子们看着穆拉特·什塔加，梅雷老头从肩头上脱掉了上衣，这时第一个重孙子法赫雷穆迪纳利挺起身，又把上衣给老爷子搭在胳

① 这是一句用阿尔巴尼亚语字母拼写成的土耳其话。

膊上。梅雷老头没有挪动肩膀，重孙子们都默不作声，整个屋子陷入沉寂之中。

“我听说托松·巴奇在这个屋子里待过。”一阵沉寂之后，穆拉特·什塔加说道。

“勇士的枪和朋友的餐桌是不改样的！”梅雷老头说道。

“他既不是朋友，也不是勇士！”穆拉特·什塔加说道。

“是不是勇士我不知道，但是，他是朋友，因为他跨了这个门槛！”梅雷老头说道。

“他不是作为朋友跨这个门槛，而是作为叛徒干了这个事。当他想要跨别的门槛时，人家给他打了根楔子……他跟那些烧毁人民门槛的人站在一起。”穆拉特·什塔加说道。

四个老头中的一个站起来，从墙洞[①]里取出咖啡锅和两个小咖啡盅。这两个咖啡盅一个是给穆拉特·什塔加的，另一个是给梅雷老头的。老头把咖啡锅装满了水，放到火上烧。

“老爷爷，”穆拉特·什塔加说，“你的重孙子们选择道路的时候到了，人民的儿子自己选择道路已经有些时候了……”

梅雷老头用手摸了一下肩胛骨，然后又摸了一下心口窝，说道：

“Kariçin-te ig kirdi kanull inçin-te oot kirdi!”[②]

“我还是不懂。”穆拉特·什塔加好疑惑。

“我是说，疾病进入了我的肩胛骨，火烧进了我的心脏！”梅雷老头回答。

---

① 阿尔巴尼亚农村房屋的墙壁上有时凹进去一块儿，放些小的器皿。这凹进去的部分，看上去像一个洞，但很干净、讲究。

② 此处又是用阿尔巴尼亚语字母拼写成的土耳其话。梅雷老头很爱炫耀自己，大庭广众之下常常说几句土耳其话，显示自己身份不凡。

人们依然静悄悄地不讲话。梅雷老头又说起来：

“念珠串儿上的珠子总是连在一起，这是因为有条线控制着它们。”说着他把念珠串儿挂在了一个大拇指上。

“太爷爷，”第十个重孙子维塞利站起来，说：“在陈旧的珠线上的念珠很难连接在一起，很难使用。”

梅雷老头双臂一动弹，上衣又从他的胳膊上滑落下来。这时候，第二个重孙子又站起来，把衣服给他搭在肩上。

梅雷老头用手指抓住念珠串儿上的一个珠子，并且把它与别的珠子区分开。他朝药品柜看了看，放眼寻找一点什么东西。第三个重孙子站起来，从柜子上面拿起一把剪子给了他。梅雷老头伸出大拇指和另外两个手指，拿起剪子，剪断了念珠线，把手里拿着的那颗珠子扔到地上。做完这个动作之后，他把目光落到第十个重孙子维塞利身上。其他几个重孙子明白了他的意思：维塞利跟他们分开了。

第三个重孙子巴弗蒂亚里瞄着穆拉特·什塔加，捂着他的一只眼睛。梅雷老头注意到了这一动作，从念珠线上又拆下一颗珠子，扔到地上第一颗珠子的后面：巴弗蒂亚里也走了。梅雷老头懂了巴弗蒂亚里的意思，他是站在穆拉特一边的。这一点老头只从一瞥目光，一个眼神就明白了。

往火上放咖啡锅的老头向两个咖啡盅里倒了咖啡，第一盅放在梅雷老头面前，第二盅放在穆拉特面前。

其他人都低下头，注视着坐垫。

梅雷老头伸手用火夹子从炉子里夹出一块火炭，要把烟斗点着。火炭没夹住，掉在坐垫上了。于是，第四个重孙子站起来，立刻把火炭夹起来，给老头把烟斗点着了。

“老爷爷，为了顾全你们的老交情，我们不能与托松·巴奇交往！托松·巴奇是个叛徒……”第九个重孙阿巴齐说道。

梅雷老头又拆下一个珠子，扔到前两个珠子的旁边。于是，阿巴齐也被分出去了。

上衣又从梅雷老头身上掉了下来，第五个重孙子站起来，把衣服给他披在肩上。

“我们要是不为国家的自由去战斗，就会互相残杀。你们家是个大家庭，在村里吃得开，行得通。如果你们投入战斗，全村人都会去参加。老爷爷，你的朋友托松·巴奇是个杀人凶手，他是要重新点起许多旧仇的争斗之火。”穆拉特·什塔加说道。

“真是个无耻的家伙。”第八个重孙子拉赫米乌站起来，说道。

梅雷老头没喝咖啡就站了起来，接上念珠线，把剩下的珠子连接起来，将大拇指上挂着念珠串儿的手举在油灯上面。

“上帝从我们肚子里取出了谢伊坦·谢伊坦拉利！”①

他坐下了，用手拿起烟盒，竭力要把它打开。于是第六个重孙子站起来，把烟盒打开了。他把烟斗装满烟，张开嘴，好像要说话。随后，感叹地说：

“好大的仇！你带来了怎样的灾难和不幸！噢，好大的仇，你要阴谋，施诡计，搞暗算！可是，连你自己都不晓得，你带来怎样的不幸，将发生怎样的事情。仇不小啊！”他伸手摸脖子，想拿毛巾，可是，没有毛巾。

第七个重孙子站起来，递给他一块毛巾。梅雷老头擦了擦嘴唇和

---

① 此话是指上帝为我们驱除了坏人。

白白的八字胡子，转身对穆拉特说：

“你，泽努尼的儿子，齐亚·哈吉贝克塔希的孙子，听我说，听我说，把一个手指放在头上：谢伊坦·穆拉希姆·辛姆伯尔·耶齐蒂[1]钻进虫子的肚子和头里，用烂泥、浑水稀汤、沙子、碎屑和粪便，搞乱了虫子的正常生活，破坏了虫子的美貌……”

然后，梅雷老头朝第十个重孙子转过身来，对他说：

“噢，维塞利，塞尔玛尼的孙子。我用鸭子肥油、草莓叶子、蜂蜜、罂粟花绳子和咖啡的黑汁等东西制成的药膏，为塞尔玛尼医治好了肉疮……还有，穆拉特的爸爸的内弟齐古里杀死了塞拉姆。还有你，维塞利，塞尔玛尼的孙子，跟穆拉特有交往，是我们家里的马屁股苍蝇[2]，就跟穆拉特混到一起去吧！”

梅雷老头吸着烟斗，他的手颤颤巍巍，然后他走到药柜前，打开柜子，取出一根棍儿，棍儿上面有一条条刀刻的细线。随后关上药柜，又坐下了。他挥动着这根棍儿，冲着第九个重孙子说道：

“噢，阿巴齐，杜尔古蒂的孙子，聚拉皮的儿子。在这根棍儿上面有这条短线，而另一条短线，”他把指甲放到用刀刻的线上，接着说，“第一条线是我在杜尔古蒂被杀死的时候刻的；第二条线是聚拉皮被杀死的时候刻的。杀死杜尔古蒂的人，是齐古里的父亲希塞尼，齐古里是穆拉特的父亲泽努尼的内弟。聚拉皮是泽努尼的拜把子兄弟杀死的。在这根棍儿上，我刻了三十条线，它们就是三十座坟墓。我不想再刻别的线了，可是，棍子对我说还要刻上另外四条线，它们将是四座坟墓。你们四个人：你——维塞利，你——阿巴齐，你——

---

① 这是土耳其神话中的妖怪。
② “马屁股苍蝇”，贬义，指这个人很让人讨厌，像苍蝇一样。

拉赫米乌，你——巴弗蒂亚里，将和穆拉特混在一起吗？穆拉特把你们四个像四只小羊羔似的从羊群里分离出去，把你们送到山上，让狼吃掉你们。他用他的手杀不了你们，他是要借用别的狡猾人的手杀你们。他杀你们，我在棍儿上刻上四条线。这样，在棍儿上就有三十四条线。”

第十个重孙子维塞利抬起头，看看其他九个重孙子，目光在梅雷老头身上停下了，说道：

“我们将跟穆拉特走，为了你不要在那根棍儿上刻别的线；我们跟穆拉特走，为的是不要在墓地里挖坑。即使是挖了坑，那些坑也不会成为像你在棍儿上刻的三十条线那样。噢，太爷爷！即使是挖了坑，在坑里安息的将是四个为自由而牺牲的烈士……”

屋子里只能听到人们呼吸的声音，因为一切沉浸在极深的寂静中。安静中第一个重孙子法赫雷穆迪纳利站起来，他说道：

“你，维塞利，巴基里的儿子，塞尔玛尼的孙子，你是家中最小的一个。太爷爷没跟你说话，我来对你说，你两次当着家中大人的面说了话。四个老人应该先说话，然后是我说，你是第十五个说。在这四个老人和我之前说话的应该是太爷爷！你是马屁股苍蝇！”讲到此处，法赫雷穆迪纳利沉默不语了。

梅雷老头抬手挠了一下犹如蘑菇一般的白眉毛，张了张嘴，好像是犯困想睡觉：

“噢，仇太深了！不知道为什么我们家如此地衰落了！不知道为什么我们竟然失去了荣耀和体面！噢，仇太深了，你把调皮鬼穆拉希姆·辛姆伯尔·耶齐蒂[1]给弄得发疯，你让我们家里的人从小就有为

① 解放前，有的阿尔巴尼亚人用土耳其神话中妖怪的名字咒骂人。

大人争得荣耀和体面的本领，让大人对小孩……噢。仇太深了！”

话说到此处，穆拉特站了起来，说道：

“噢，梅雷老人，我们有为大人争得荣耀和体面的精神，但是我们不去为那些对我们发话，叫我们去投河自尽的大人争得荣耀和体面。我们要为那些对我们说‘去吧，孩子们，去为国家战斗吧’的大人去争得荣耀和体面。”

法赫雷穆迪纳利打断了他的话：

“你是说只为你去争得荣耀和体面吗？”

穆拉特又打断他的话说：

“你为什么感到奇怪，噢，我说法赫雷穆迪纳利？为了我，也为那些去战斗的人。”

四个重孙子摇头说：

“穆拉特说得好！”

四个老头不说话，他们坐在挺大的垫子上，看上去好像在睡觉。重孙子们和梅雷老头在活动，在人们中间，他们渐渐地喧闹起来。菲泽家族这个大家庭从内部开始发生动荡。几十年也许是几百年来，它一直是按照先辈们的规矩前行，如今事情都乱了套。穆拉特·什塔加把咖啡盅贴在嘴唇上，这个时候，咖啡已经凉了。

“噢，仇太大了！”梅雷老头说，“家里来了一个人，乱了套了……你来过三次了，穆拉特·什塔加，你这个泽努尼的儿子和齐亚·哈吉贝克塔希的孙子！你第一次来就开始搞乱我的重孙子们的思想。从这块地到那块地，从这道田埂到那道田埂，你到处追着他们不放，向他们身上喷洒一种花的毒液。毒液毒晕了我的重孙子们，今天晚上是第四次了，你的毒液放出了它的毒。洒在我的家里，洒在原木上，洒在地板上，洒在人们的身上，所有的一切都被喷上了。但是，你的毒液没喷到我身上……噢，我说泽努尼的儿子，齐亚·哈吉贝克塔希的孙子，你听我说了没有？”

穆拉特·什塔加脸色阴沉地坐在炉前。他抬起头，看着小伙子们，说道：

“不是我的毒液，是自由之风把我们大家给吹醉了，同时也吹醉了这些小伙子。也许它还要吹醉这四位老人，他们是你的孙子。”穆拉特·什塔加看了看四个沉默不语的老头。

九个重孙子的脸上流露出迄今从未见过的微微的笑容。唯独第一个重孙子法赫雷穆迪纳利愁眉苦脸地坐在那里，沉浸在自己的苦思冥想之中。看得出来，他准备继承梅雷老头在那个家庭中的位置，准备把权力拿到自己手里。但是，他未来的权力是在一个困难的时刻，即全部陈旧的权力是正处于土崩瓦解的时刻到来的。

穆拉特·什塔加站起来，所有的人都离开座位开始活动，唯独梅雷老头没挪窝。穆拉特跟人们逐一握了手，疲倦地走了出去，但心里充满了不可名状的喜悦。

恰好在这时候，他听到了梅雷老头的声音，于是，他又回到屋子里，脸上闪烁出一丝希望之光，也许梅雷老头改变了他的老脑筋！

“喂，泽努尼的儿子，齐亚·哈吉贝克塔希的孙子，你听着，你听着，我想把你忘记的从前的一些事情告诉给你，你可要记住。那一年，我死了，人们用棺材把我抬到墓地，你父亲泽努尼，齐亚·哈吉贝克塔希的儿子，没有到我们家致以慰问。我又复活了，土医生捷拉丁·杜尔巴利亚把我送回家中，真主保佑！你父亲没来参加我的葬礼，因为他不喜欢我，我也不喜欢你们。当我复活的时候，你父亲还编了一首歌。这首歌又咒骂我，又咒骂土医生捷拉丁·杜尔巴利亚。歌中说："捷拉丁土医生可真土，硬是吸干了我的手，他不让梅雷老汉把雪吃进口。"

穆拉特·什塔加费了很大劲，好不容易才想起了那年冬天发生的事情。但是，他心里明白，梅雷老头对他父亲和他的家一直耿耿于怀，旧有的怒气仍未消解。

"老爷爷，随你怎么做吧！不过，你将落得孤苦伶仃，独身一人的地步。"穆拉特说完就走了出去。

重孙子们一直送他到大门口，他向坡下走去了。在一棵被雷电烧毁了一半的大橡树下，拿着两瓶水的谢加出现在他的面前。她见到穆拉特，脸色刷的一下子变红了。穆拉特·什塔加抓住了她的手。

"妈妈告诉我你去通知她了。谢谢你，谢加！"穆拉特·什塔加高兴地看着她。

"我多担心你啊！"她说道。

"这是困难的时候。"穆拉特安慰她。

"你说话的时候，我想进屋来着，可我怕太爷爷和法赫雷穆迪纳利。"谢加说道。

"没事，谢加，恐惧将离开我们。"他依旧安抚她。

"你，穆拉特，看出来了，你瞧不起我！"她手里拿着两个带手瓶[①]，那两片丰满的水灵灵的宛如熟透的红樱桃的嘴唇上绽露出一丝微笑。

---

① 带手瓶即带把手的瓶子，阿尔巴尼亚人用这种瓶子打水。

然后，她靠到穆拉特跟前，刹那间，他感觉她的呼吸离他实在是太近了。这呼吸让他感到心醉，让他这个严厉坚强、不屈不挠的人神魂颠倒了。这种神魂不定叫他忐忑不安，于是他一边用手捏了一把宽宽的额头，一边向后退了两步。

“我看看你是怎么瞧不起我的？”她大胆地说道，立刻将手中的一个带手瓶松开，任其掉到一块灰暗的石头上摔碎了，流出的水浸湿了旁边的青草……

穆拉特·什塔加本能地冲着掉下的瓶子哈下腰，但是已经晚了。当他挺身要站起来的时候，前胸突然接触到了谢加丰满的胸脯，一股猛烈的震撼身心的火焰燃遍了他的全身。他情不自禁地张开双臂，谢加整个身体扑进他的怀里，并且向前推他的身子。两个人都变得浑身瘫软，于是，一个压着另一个，倒在了草地上，紧紧地抱在一起，仿佛是进行一场奇怪的体育比赛，仿佛是做了一场梦。

稍过片刻，穆拉特·什塔加让自己清醒了过来，努力要从姑娘紧紧的怀抱中挣脱出来，姑娘呼哧呼哧地喘着粗气，发出呻吟声。

他站了起来，谢加也随他站起来了，抖搂着连衣裙。眼前红红的东西是血，像罂粟花一般殷红的血……打碎的玻璃瓶碎片散落在她腿脚的四周。

“我这是干了什么？”穆拉特深深地叹了口气，用他的两只大手掌捂住脸，而姑娘拿起剩下的一个瓶子，沿着丘坡如同风一般跑掉了，身后留下风吹裙子的窸窣声。

精神恍惚，受到震撼的穆拉特·什塔加，一不当心踢了一块石头，他从来没有想过会发生这样一件突如其来的事情。他已经感觉到谢加常常接近自己，也常常用一种特别的眼神看着他，但他对此并没有在意。现在，发生了那件不该发生的事情。一个有老婆和孩子的男人，一个参加解放运动的人，一个正义和清明的宣传者，竟然……呜！

他惶惶地向周围看了看。假如有人出现在眼前该怎么办？如果有谁看见了，他往哪里钻？他是很了解游击队的纪律的！……刚才这一幕被现场抓住可如何是好，他是要被枪毙的呀……啊，现在他真的是被枪毙了！……

他开始在窄窄的羊肠小道中间前行，他感到很累，四肢无力，筋骨好像断了一样。但是，在他心灵深处却有一个角落绽放出喜悦的花朵。突然，他感到肚子特别饿，肠子咕咕地叫起来，想吃东西，要吃很多。

在菲泽家族人那里喝的咖啡，似乎伤了他的胃，但是，他应当再去一下平召亚家族人的家里。穆拉特·什塔加不能允许平召亚家族的所有人都与托松·巴奇混在一起。如果是那样，对村里和他本人都将是一个损失。但是，现在对平召亚家族的人做工作要比对菲泽家族的人困难得多。阿布杜拉希姆·平召亚倾向于托松·巴奇，而梅雷老头至少给他留有一半的希望。还有，真实的情况是，平召亚家族的人在村里具有的影响要比菲泽家族的人小得多。不过，他们买了土地和磨坊，积累了更多的财富。而这个良好的经济基础本身就给他们带来了优越性，在摇摆不定的人们中扩大了影响，他们一定会奔向托松·巴奇。不过，尽管如此，穆拉特·什塔加并没有失去希望。他满怀政治信仰，腰上别着小手枪，径直向他们奔去。

穆拉特·什塔加一跳一滑地踩着小路上的烂泥，向丘坡下面走去。烂泥沾在骡子的蹄子上和人们的脚上，走起路来很艰难。四处刮着一种湿漉漉的阴冷阴冷的风。

对于发生在穆拉特·什塔加身上的这些突发事件，马托·格鲁达都一无所知。他有一种犯傻的想法，白天穆拉特·什塔加做成功的事情，夜里就给毁掉了，阿龙村的许多杂乱无章的事都在被清理。大炮无声无息地待在草屋里……

马托·格鲁达独自一人思考着这些充满艰难与困惑的事情，以及村里和穆拉特·什塔加的苦难，却忘记了自己家里的活计，忘记了即将来临的冬天和单独圈在牛圈里的带崽儿的母牛。对母牛拉拉一定要做点什么，很快它就要下个漂亮的小牛崽儿。要是下个犍子，那可太好了，因为它会长大，将长成一头如同卡齐尔一样的大犍牛。就这样，马托·格鲁达把母牛从公牛圈里分离出来，送它到草屋中远离大炮的一个角落里。现在他不能把它放在公牛圈里，因为拉拉处于怀崽的最后一个月，正一天一天地期待着生下牛犊。在那个角落里，他把草屋墙上的窟窿堵得严严实实，以防止风和湿气从外面进来。母牛已经习惯同公牛和骡子在一起生活，这会儿它觉得挺孤独，不时地发出长长的粗声粗气的憨叫声。它的主人听到了这种声音，很是怜悯，很心疼它。但是，他只能安抚它，对它说，它不会孤单地生活很长时间，很快它就会有第二个伙伴。

当马托·格鲁达把炮口亮出来的时候，拉拉一直看着，摇晃着长长的双角，甚至还拽着绳子，用蹄子使劲刨地。这么一来，马托·格鲁达害怕了，他想莫非是拉拉惧怕大炮，要早产？如果是这样，对家里来说可是一个很大的灾难，这会让家里断炊，揭不开锅。所以，他想要叫拉拉尽快适应，让它觉得和大炮在一起是一件平常的事情，大炮就跟公牛和骡子一样。“奇怪，”他说，“公牛一点都不怕大炮，这个拉拉太娇气，像富人家的女儿！”

为了消除它的恐惧，他捡起缰绳，把它往大炮跟前牵，它却用力往后退，马托·格鲁达竭力往前拽，手中的绳子几乎要勒进肉里了。

“傻瓜！它不吃你，因为它不是个什么活物。你应该勇敢，胆子大起来，你的心不要像母鸡的心那么小。瞧瞧那公鸡，如同跳蚤一般，噌的一声就跳到炮筒尖上，毫无顾忌！”马托·格鲁达说道，用手掌抚摸母牛的脊梁骨。

马托·格鲁达用秸秆遮盖炮筒时，母牛一直注视着他，渐渐安稳下来。也许它觉得主人也给那个奇怪的东西吃草，就像给拉拉吃苜蓿草一样。每天它都跟踪察看主人对大炮这么干，于是它习惯了，不害怕了。再说那个灰暗的炮筒时不时地从秸秆中露出来，母牛便觉得它已成为如同公牛和骡子一样的平常之物了。有一天，当马托·格鲁达把苜蓿草扔给拉拉，没亮出炮筒的时候，拉拉似乎是生气了，它慢吞吞地、声音低沉地哞哞叫唤起来。主人明白了它的意思，微微一笑，他为母牛与对手和好而感到欣喜。

“你有好看的，你，我说拉拉，这个宝贝家伙将要干什么！”有一天，马托·格鲁达对拉拉说，同时亮出灰黑的炮筒。

他没有注意到阿乌古斯托亚走进了草屋里。

“马托，说话母牛？（马托，你在和母牛说话吗？)”

“那个我知道！”马托·格鲁达说道。

“好牛犊拉拉生。(拉拉将下个好牛犊。)”意大利兵一边说话，一边凑到母牛跟前，脸上带着孩子般的微笑。

然后他用手慢慢地摩挲母牛的脊背，抚摸了它的角、鼻子和脖颈……

“在意大利，你们有像这样的母牛吗？”马托·格鲁达问道。

“有红、黑、花的。（有红色的、黑色的、带花的母牛。）”意大利兵说道。

“奶多吗？”马托·格鲁达问道。

“多、少、中等。（有多的、有少的，也有中不溜儿的。）”意大利兵说道。

“把牛和大炮一起放在草屋里吗？”马托·格鲁达接着问道。

意大利兵一开始吃惊地望着马托，然后沉思了一下，仿佛是面对一场艰难的考试。

“马托人伟大！（马托是个伟大的人物！）”意大利兵严肃地说。

“这个我知道！”马托·格鲁达说完，又把炮筒遮盖起来。

他们到大炮筒旁边坐下来，沉寂中倾听拉拉吃干苜蓿草的声音。草屋里散发着苜蓿草的淡香气，让人想起夏天割完了草的牧场。

“阿古什，会唱什么歌吗？”马托·格鲁达问道，想以此打破沉寂。

“会人民的歌。（我会唱民歌。）”阿乌古斯托亚反问，“马托，你会吗？”

“会！”马托·格鲁达回答道。

意大利兵用他的语言轻轻地唱了一支歌。马托·格鲁达一边用嘴唇含起一片草叶，一边听他唱歌。拉拉也停止吃苜蓿草，竖起了耳朵。歌唱完了，马托·格鲁达用手托着脸，吞吞吐吐地小声说：

“你唱得挺好。这些可怜的歌怎么是这样！尽管语言听不懂，但还是明白它的意思。你看，你是唱一个姑娘，唱一条河，唱一头饮水的母牛……”

阿乌古斯托亚一个高儿跳了起来，好像发了疯似的，然后又开始跳舞，犹如孩子一般拍巴掌。

“马托伟大的人！马托巨人！马托找到了歌词。我妈呀！巨人！（马托是一个非常伟大的人物！马托明白歌词的意思。我的妈呀！巨人啊！）”

马托·格鲁达看着他那个样子，感到吃惊。有什么事情需要这样使劲地闹腾！这个意大利人简直像疯了似的！

“马托巨人！（马托是个巨人！）”意大利兵脸色发红，激动地说道。

“唉，说了这么多个巨人！”马托·格鲁达不同意这种说法，摆了摆手说道，阿乌古斯托亚明白了：他不该再多说了。

第十四章

马托·格鲁达手里拿着熄灭的小油灯站在草屋门前。月亮挂在科卡勒山的山尖上，整座山闪烁着一种微弱的、淡淡的亮光。这微弱、淡淡的月光，也照在山脚下菲泽家族人房子的白墙上。“菲泽家族的人在睡觉。”马托·格鲁达思忖着，望望小河河口那一片地方，勉强能看清他们家窗子里那盏小油灯有气无力、若明若暗的微光。“菲泽老头还没熄灯。”马托·格鲁达思索着。

他走进草屋，没给大炮盖上草，就任它那么赤裸裸地晾着。炮筒也没降下来，高高地停在空中，就像意大利兵曾忘记把它降下来那样。他把小油灯点着了，放到炮的轮子上。然后，像往常那样，在树墩上坐下来，卷好一根烟。透过草屋敞开的门，科卡勒山的山脚和菲泽家族人的那扇窗子显现出来。

“哈乌弗曼，”马托·格鲁达对大炮说道，“你看到那小小的亮光了吗？菲泽老头卧床不起，要不行了，但还没死……他不出家门有些时候了。人们说他将要死掉了……梅雷老头子！”马托·格鲁达感叹道，“那时候，我父亲的弟弟苏拉被杀死之后，我们家族的人杀死了菲泽家族的一个人，争斗就结束了。除了苏拉之外，我父亲还有四个弟兄：萨迪库、捷马利、塞尔瓦蒂和尤苏菲。他还有两个姐妹，一个是活着的埃斯玛娅，另一个已经死了。我父亲是长子。”

杀人复仇的事情真的结束了，但是，两家又重新在内部争斗起来，等待机会点起争斗之火。一开始，争斗是为田地里的事情闹起来的。我父亲在自己的麦子地里撞上了梅雷的重孙子塞尔玛尼的几头公牛，他把菲泽家族中一个饲养牛的小伙子给逮住了，打了他，将牛赶进树林里。塞尔玛尼和三四个人到那里耕地，他问牛到哪儿去了，饲养牛的小伙子说，牛被齐古里赶走了。于是，塞尔玛尼便到树林里牵回其中的一头牛，并且和另几个菲泽家族的人向我父亲扑了过来。

“我要用棒子打你弟弟，而你，我要给你带上牛鞅子，替被你赶走的牛拉犁。”

塞尔玛尼和另外几个菲泽家族的人抓住我父亲，带他到牛鞅子前，把这个家伙给他和牛一起戴上。他们干这个事，是为了羞辱我父亲。真主保佑。

因为受侮辱，我父亲在村里出不了门。人们说，齐古里和梅雷老头的公牛一起拉犁，耕了一迪尼姆[①]地；有些人说是耕了一公顷……

当时我父亲很年轻，其他几个兄弟还都年幼，因此，他没点燃与菲泽家族人的争斗之火，但这火在内心里酝酿着。

这件事没过多久，菲泽家族的人想另盖一栋房子，因为他们的人口增加了很多。他们想把房子盖在与我们的房基地交界的地方，因为那是一块好地，紧靠提供饮用水的地方。不过，为了盖这栋房子，他

---

①迪尼姆：阿尔巴尼亚人计算土地面积的单位，一迪尼姆相当于1000平方公尺。

们需要得到我父亲的同意。我父亲不愿意与菲泽家族的人处邻居，因为他常常回忆起被他们杀死的弟弟以及在地里带牛鞅子耕地的耻辱。菲泽家族的人从他们的利益出发，提出请求并坚持这么干。于是，我父亲就骑骡子到克拉伊卡[①]找一位僧人，询问他该怎么办。

僧人给他端上一盅咖啡，打听他家里的活计干得怎么样。父亲回忆起苏拉，他是很爱苏拉的……

“真主保佑，免受灾难！”僧人说道，“苏拉活着的时候是一个很好的男子汉，是那些人背信弃义地把他给杀了！”

僧人把咖啡盅倒了过来，盅里留下了一点点没倒净的咖啡。他把咖啡盅端起来，举到眼前说：“我看见了一栋房子，等一下，等一下行吗？你看见了吗？我还看见了一具死尸……”

“是谁家的死尸？”我父亲问道。

“等等，等等行吗？你看，这条线在这儿是说，死尸是菲泽家族的。你看见这个了？梅雷老头摘下了念珠。瞧这儿，这条长线意味着念珠……”僧人说道，放下了咖啡盅。

“我怎么办呢？这些混蛋，我让他们在我的房基地边上盖房子吗？”我父亲问道。

僧人把一个手指放在太阳穴上，如同用钻子钻孔那样转了几下。

“允许他们盖房子，在他们进去那几个月，你和长大的弟弟们去那儿开枪杀人。因为他们是进一栋新房，所以会出现喧闹、混乱的情况，混乱中就开枪杀人。”僧人说道，“我要把这个事对你说说，因为梅雷老头子派遣重孙子们杀死了我的朋友苏拉。”

---

① 克拉伊卡：阿尔巴尼亚东南部靠近科尔察的一个地方。

我父亲从克拉伊卡的僧人那里一回来，就把口信儿送到了菲泽家族人那里，说他同意建房子的事情。

一个月以后，菲泽家族的人准备好了木料，开始盖房子。木匠、石匠们各司其职，塞尔玛尼与村里一个年轻的姑娘，也就是穆凯·马鲁卡的老婆塞尔维萨的妹妹订了婚。塞尔玛尼是一个六十好几的男子，结过三次婚，可三个老婆都死了，这一次他期待在新房子里结婚。村里传言说，这几个女人是因为梅雷老头对她们玩魔术，所以给玩死了。这个魔术梅雷老头是用念珠、油灯的火苗、他药柜里存的药和从左腋窝下面拔下来的一根汗毛变的。埃斯玛娅姑姑是这么讲的，可是奶奶却说，那个魔术不是梅雷老头变的，而是克拉伊卡的僧人，因为他不喜欢他们。

菲泽家族的人有很多工匠，房子很快就盖成了。

塞尔玛尼一住进新屋就结了婚。梅雷老头和其他的孙子、重孙子们留在不远的老宅。

住进新房，尚不满一个月，当塞尔玛尼在新房里点着了火的时刻，我父亲齐古里和萨迪库、捷马利一起进去了。他们看到塞尔玛尼在一个屋子里用铜钵捣烟叶。塞尔玛尼察觉到他们的到来绝非善事，但是还没来得及伸手到腰上掏手枪，我父亲就在念叨“请求宽恕”的同时，放了苏拉的十子手枪，数了十下。

“脏东西，你熟悉这支手枪吧？这是苏拉的手枪！”我父亲说道。

这时候，塞尔玛尼的妻子正在泉水边洗衬衣，她听到枪响，扔下衬衣往家跑，惊慌失措地进到屋里。此刻，塞尔玛尼抬起头，尽管受了致命之伤，但还是举起手枪朝我父亲射击。于是，我父亲又一次开枪，刚巧塞尔玛尼的老婆在枪声中往里跑，一颗子弹射进了她的胸膛，她也倒在了鲜血淋淋的地板上。

稍过片刻，梅雷老头从旧宅的小窗户里探出头来，看到齐古里在院子里，喊道：

“喂，齐古里·格鲁达！那些枪声是干什么呀？”

“我们给塞尔玛尼结婚放的枪，喂，梅雷·菲泽！”我父亲回答说。

梅雷老头一看不可能走出家门了，于是就藏到小窗户后面去了。其他孙子在地里同牲口在一起。

齐古里和他的弟弟们扒光了塞尔玛尼身上的衣服，还把他赤裸裸地扔到院子里，目的是为了叫梅雷老头看见他，引他从旧宅里走出来。

我父亲和叔叔们躲藏到雾气中，等人出来。这时候，塞尔玛尼妻子的妹妹塞尔维亚从她家里跑来了。在院子里，当她看见一具赤身裸体的死尸时，拼命地大声喊叫起来，举手蒙住了眼睛。

而当她进到屋里，看见姐姐倒在血泊里的时候，叫喊声更加恐怖。她一头扑向姐姐，把姐姐抱在怀里，连哭带喊：

“米哈娜，姐姐呀，是谁杀了你啊？”塞尔维亚惊恐万分。

“齐古里·格鲁达！”米哈娜说完这个名字就死了。

我父亲齐古里就是这样为弟弟报了仇，但是，可怜无辜的米哈娜，却在他心中留下了一个阴影，不幸的女人没有罪，对于我们家来说，这是一大耻辱。

老人会议[①]想要把我父亲从村里赶走，因为他杀死了一个女人。

---

① 老人会议：阿尔巴尼亚民族解放战争时期游击队管控的地区的一种政治组织。

无论是在我们村里，还是从科卡勒山下一直到克拉克河的一大片土地，过去从未发生过这样的事情。

克拉伊卡的僧人成了备受关注的对象，他请求老人会议，对于我父亲也好，他的兄弟也好，统统都不要赶走，要让他们留在村里。争斗还在继续。菲泽家族的人杀死了捷马利，而且还将杀死其他的人。似乎克拉伊卡的僧人谢姆谢迪尼非要再做一次受重视的关键人物不可。真主真是伟大。僧人到了菲泽家族人那里，对他们说：

“梅雷族长先生，耻辱已成，耻辱要洗掉！齐古里·格鲁达为这女人要付出比买价多两倍的代价。死者塞尔玛尼花了七十三个半拿破仑，齐古里需要付出一百四十七个拿破仑……”

“那样就好。”梅雷老族长说道，“为了洗刷掉耻辱，结束争斗，我和我的孙子、重孙子们应当到齐古里的家里，踩遍他的屋子，用脚使劲踹他屋里的地。僧人，你也应当跟我们一起去，噢，主啊！……”

“我们去，踩倒这个妖魔，以便不再发生争斗残杀的事情。主啊，可不要再有灾难！”克拉伊卡的僧人谢姆谢迪尼说道。

僧人在前，梅雷家族的人在后，一伙人来到齐古里家，把屋子的四个角落踩了个遍。根据习俗，他们还使劲跺脚踹遍了整个屋子。于是，梅雷老族长高举念珠，说道：

“妖魔穆拉希米和耻辱被踩了，主啊，主啊。”

“Muhameti Sunullah! Habullosun![①] 请求主保佑！”

他们又使劲跺脚踹了一次屋子，然后走了。僧人落在后头，跟我

---

① 此处是用阿尔巴尼亚语字母拼写的土耳其话。

父亲齐古里说话，精神又振作起来：

“菲泽家族的人踩了你家的屋子，妖魔穆拉希米干的凶险的事情他们都干了。但是，你可要记住，梅雷老族长是不轻易忘事的……”

过了一些时候，村子里编出了一首歌，多愁善感的奶奶说，那不是一首歌，而是梅雷族长的胡编乱唱。不管唱到什么地方，那里人的精神都为之闪闪发光。歌儿这样唱道：

梅雷族长和僧人来到家，
四十个孙子、重孙子跟在后面。
唉呀呀，他们要破坏齐古里的家，
各间房屋全都糟蹋遍。
梅雷老族长变魔术，
开腔把话谈：
齐古里·格鲁达落得孤家寡人无人助，
母鸡窝里连公鸡也不能打鸣叫唤。
向阳地里不许开犁耕耘，
你把我的孙子塞尔玛尼杀得好可怜。
你还把他赤裸着身子扔到院子里，
人人看了心胆寒。
你还把子弹射向米哈娜的身体，
就在家中招待朋友那一天！……

马托·格鲁达沉浸在这些可怕的回忆中。只有当风吹灭了小油灯，黑暗笼罩了草屋，他才清醒过来。突然间，一种不可思议的烦闷情绪攫取了他的心。“我是对谁这样说话？对炮说话吗？难道我是疯了吗？”他思前想后，认真地考虑着，从树墩上站了起来。

马托点着了小油灯，把它挂在草屋墙壁的钉子上。然后哈下腰，细看炮体上写着各种字码的商标牌子，这个牌子意大利兵曾给他讲解过。

“维尔玛赫特，哈乌弗曼，这是大炮的名字和厂家的称号，就是这个意思！”他对自己说，“就是这样，哈乌弗曼！梅雷老头子的小油灯还亮着呢，煤油永远也点不完。梅雷老头子有很多煤油，所有的人，所有的屋子里都点他的油。梅雷老头子既没有忘记塞尔玛尼，也没有忘记米哈娜，他们是被我父亲打死的。”他打发人到大迪布拉[①]去，对他们说：

“我想要你们给我买一桶煤油，买一大桶。你们去找托钵僧伊斯拉姆·阿拉巴亚，他会把你们送到克拉梅尔·奇福蒂那里。这个克拉梅尔·奇福蒂在大迪布拉开了一个商店。克拉梅尔·奇福蒂将给你们装上一桶油，你们就把它运回到这里。主啊！”梅雷老头子对重孙子和孙子们吩咐道。

他们向大迪布拉出发了，走了五天五夜，找到了托钵僧伊斯拉姆·阿拉巴亚；托钵僧伊斯拉姆·阿拉巴亚把他们送到了克拉梅尔·奇福蒂那里。他们向克拉梅尔如此这般地说了一通，此人给了他们一桶煤油。

十天十夜之后，他们回到了村里。梅雷老头子得到了煤油，把煤油倒进五个皮袋子里。他用煤油洗了眼睛，祈祷道：

“要烧掉它！塞尔玛尼和米哈娜的血要求把齐古里的家变成灰烬。

---

① 大迪布拉是阿尔巴尼亚北部的一个地方。

坏蛋 Bismilah！叫妖魔塞伊坦拉里滚蛋，叫他粉身碎骨！……”梅雷族长说道。克拉梅尔·奇福蒂的煤油从他的脸上往下流。

夜里，孙子和重孙子们拿着五个皮袋子，顺着树林下了丘坡。要发生的事情发生了。在我们家里，大伙儿正在睡觉。像我说过的，当时只有我、奶奶和埃斯玛娅姑姑不在家里。那天晚上，克拉伊卡的僧人作为客人也在我们家里，他睡在客房里。

梅雷老头子的孙子和重孙子们偷偷地把煤油倒进我们家的地下室里，而且还放了松树枝。

那场大火，无论是科卡勒山，还是克拉克河，从来都没有见过。

家中的一切全都被烧毁了，克拉伊卡的僧人也被烧死了。真主真是伟大啊……愿真主保佑！

关于僧人，人们编了一首歌，埃斯玛娅姑姑对这首歌的内容了解得详详细细：

从烈火中挺起身，
谢姆谢迪尼僧人发出喊叫的声音，
克拉伊卡的谢姆谢迪尼的喊声真吓人：
“喂，梅雷·菲泽，祝你有个儿子开开心！
祝你的灵魂有个下地狱的命运。
愿魔鬼们把你撕成一块块，
把你扔进锅炉里烧成灰烬！”
当肌肉着了火，
谢姆谢迪尼僧人发出喊叫的声音：
“喂，梅雷老头子，祝你有个儿子开开心，

祝愿烟囱彻底倒塌穷得你无分文！”
可怜的齐古里大声喊，
大火燃烧着孩子的身体。
他把孩子夺到手里，
那孩子就像挣扎的小鸟揪人心……

马托·格鲁达从大炮的底座那边走过来，痛苦的回忆使他汗水津津。他弯下腰，用他那双力气很大的手，抓住炮座尾部。那天夜里，他从树林里往回拉炮时，就是这部分与牛鞅子上的铁环连在一起的。他把炮转了个方向，直冲着草屋的门往外拉。大炮动起来很困难。他又使出全身的力气拉了一次，炮轮开始动一点了。如果草屋子的地没有点坡度的话，他是没法把炮挪窝拉出去的。

他把炮弄到门口，累得全身是汗。然后转动了炮座，让炮筒对准科卡勒山，又搬来两个树根，放在炮轮的后面，因为炮在射击的时候，可能向后使劲。

马托·格鲁达又瞄了一下菲泽家族人的房子，摆正了炮筒，调准了发射的角度，按照意大利兵说的那样准备好了。

他跑到原来放炮弹的地方，从那里抱了枚炮弹。当他确认了已经把炮筒对准了目标以后，把炮弹推进了炮膛……

他把手放到点火发射的地方，大声说道：

“梅雷老头子，哈乌弗曼大炮将用它的压力灭了你的油灯。喂，菲泽家族的人，你们听着！再稍过一会儿，你们也要飞到那个世界去了，因为你们对这个家族犯下了很多罪恶！喂，菲泽家族的人，你们听着！为了苏拉，真主保佑；为了我的父亲齐古里，真主保佑；为了我的叔叔萨迪库，真主保佑；为了我的叔叔捷马利，真主保佑；为了我的叔叔塞尔瓦蒂，真主保佑；为了我的叔叔尤苏菲，真主保佑；为了我的母亲捷米莉娅，真主保佑；为了我的弟弟泽奈利，真主保佑；为了我的妹妹加尼梅蒂，真主保佑；为了克拉伊卡的僧人谢姆谢迪尼，噢，主啊！……”

马托·格鲁达拉了导火发射线，草屋摇晃起来，轰隆隆的声音震得耳朵嗡嗡响。他从来没听到过如此强烈的轰鸣声，他没注意到炮弹落在了什么地方。他又往炮膛里投进一枚炮弹，拉了导火发射线。他觉得这一次响声更加可怕。

“嘿，全变成灰了！”当听到炮弹在菲泽家族人的房子跟前爆炸的声音时，他呼喊道。当看到火苗时，他哈哈大笑起来。他摇头示意：那边正发生一场大灾难……果然不假，在河口处燃起了大火……

“你滚蛋吧，梅雷老头子，滚吧！跟你的念珠和油灯一起滚吧！”他边说边摇晃着胳膊，然后将双手伸进炮弹箱里，又取出另外一颗炮弹。

这时候，披头散发的扎拉，穿着裤衩和衬衣的意大利兵，穿着睡衣的埃斯玛娅姑姑以及光着脊梁的萨迪库和齐古里两个男孩子都跑到草屋子里来了……

“马托，马托！”扎拉喊道，“停止打炮，马托！”

“停火！马托，停！（马托，停止开火，停！）”意大利兵喊道，脸色像蜡一般黄。

“哇，菲泽家族的人正在被火烧，嘿，嘿，嘿！”埃斯玛娅姑姑看到河口那边着起了大火，兴奋地喊起来。

马托·格鲁达抱着炮弹站在那里，感到惊慌失措。

大家都来到大炮跟前，而埃斯玛娅姑姑却说：

“让他把手上的这颗炮弹也放出去，放！姑姑的鸽子[①]，放！”

扎拉眨巴眨巴眼睛。

“埃斯玛娅姑姑！”

意大利兵立刻走到埃斯玛娅姑姑面前，对她说：

“演戏不是放炮！姑姑埃斯玛娅！（放炮可不是演戏，埃斯玛娅姑姑！）”他抓住大炮的底座，想要把它拖走。

扎拉和两个孩子开始推大炮，使足了全身力气，马托·格鲁达也在推。只有埃斯玛娅姑姑站在门槛旁边，观看从菲泽家族人的院子里冒出来的火舌。

他们把大炮推到了存放它的地方，张开双臂去抱秸秆，把炮遮盖起来。埃斯玛娅姑姑站在门口，问道：

“这么大的武器藏在什么地方了？我说姑姑的马托呀？马托，我说孩子，这门大炮从哪儿来的呀？马托，我说孩子！你说说……”

“炮弹！”意大利兵喊道，将弹药箱和两个空弹壳，也放在了秸秆上。

马托·格鲁达清醒过来了，说道：

“炮还挺热，不要叫秸秆着火，烧毁草屋。”

“没危险！”意大利兵平静地说道，然后走到马托·格鲁达身边，接着说，“炮筒要露在外边，用破布擦，马托，不擦，长锈。放炮，擦炮筒！（炮筒要露在外边，用破布擦擦，马托，不擦要长锈。炮放过以后要擦炮筒！）”

---

① 在阿尔巴尼亚，长辈人为了表达对晚辈人的宠爱，常常称其为“鸽子”。

“去你的吧，让它长锈吧，甭管它，马托！”当意大利兵亮出炮筒的时候，扎拉喊道。

“住手，阿乌古斯托亚！”她又喊道，抓住意大利兵的手。

阿乌古斯托亚看了看马托·格鲁达。

“去你的，啰嗦什么！”马托·格鲁达没有好气儿地说道。

“菲泽家族的人被火烧了！”埃斯玛娅姑姑在草屋门槛旁边喊道。

马托·格鲁达拿起一大块破布，开始和意大利兵一起擦炮筒，扎拉和两个孩子在一旁看着。她很惊奇，发生了这样的事情之后，意大利兵和马托·格鲁达竟然能心安理得地立刻工作。意大利兵一边擦炮，一边对马托·格鲁达说：

“不该操练，发现大炮。抓马托和我去监狱，杀人。军事行动夜间不……学理论，然后做。(不应该去实际操练，大炮会被发现的。一旦被发现了，就会把马托和我抓起来送进监狱，他们要杀死我们的。夜里不进行军事行动……我们先学习理论，然后再实际操练。)”

“净说废话！”马托·格鲁达态度毫不客气。

“发射的角度你调到多少？”阿乌古斯托亚问道。

“30度！”马托·格鲁达肯定地说。

意大利兵手中的破布落在地上了。

“房子着火了，河口处，烧死孩子！炮兵操练，通知居民离开，操练在无人处。马托很不好！（河口那边的房子着火了，要烧死孩子的！炮兵操练时，要通知居民离开，操练要在无人居住的地方进行。马托，这样干不好！）”意大利兵指责着。

马托·格鲁达的耳朵被炮声震得发聋，听别人讲话挺费劲。

村里的狗在叫，远处传来了妇女和孩子的叫喊声。

“把村子给毁啦！”扎拉惊恐万分地说。

唯独埃斯玛娅姑姑感到一种莫名其妙的喜悦。她走近马托·格鲁达，伸出瘦骨嶙峋的手，拍拍他的肩膀，说道：

“来吧，姑姑的好孩子，你累了，交给阿乌古斯托亚去擦吧。我们去睡觉……梅雷老头子下地狱去喽……”

这时候，从草屋子里传出一声拖着长音的呻吟，这呻吟声让马托·格鲁达头脑清醒了。他把家里人撂在一边，心里忐忑不安地向草屋子的尽头跑去，其他人也跟着他去了。

“把灯拿来。”马托·格鲁达喊道。

扎拉拿来油灯，把它举得高高的。在微弱的灯光下，大伙儿看到母牛拉拉蜷缩着身子躺在草屋的角落里，因为惧怕大炮的轰鸣声，拉拉全身在发抖。

“这可怎么说！它要流产的呀，马托！”扎拉喊道。

“什么都别说了，我说媳妇！这是怎么说的呀，只那么空叫了两声就流产了！叫他们去死吧！”埃斯玛娅姑姑说道。

马托·格鲁达命令妻子和姑姑不要说话，自己开始用手摩挲拉拉的脊梁骨。阿乌古斯托亚也学着家庭主人的做法摩挲起来，同时还嘟囔着：

“拉拉，拉拉，别怕，小炮……（拉拉，拉拉，你别害怕，炮挺小……）”

“什么挺小，我说阿古什！它把菲泽家族的人全都变成了灰！”埃斯玛娅姑姑反驳道。

“不要说了，我说姑姑，别提这个可怕的大炮的事了。”扎拉央求着。

“拉拉已经跟大炮混熟了，习惯了，拉拉知道它将会打炮的。”马托·格鲁达说，“这会儿咱们睡觉去……”

过了一会儿，所有的人都离开了草屋，把门掩上了。此刻，河口处冒出了火花。

“马托，你看见了吗？烧死他们！”意大利兵面对火光说。

马托·格鲁达和家人重上台阶回到屋里，意大利兵去到门廊处他睡觉的旮旯里。

大家躺下睡觉，但是都没睡着，马托·格鲁达侧耳倾听枪炮的响声。

“马托伟大！（马托是个大人物！）”意大利兵说道，在垫子上辗转反侧，不能入眠。

第十五章

天刚刚放亮，马托·格鲁达就走到窗户旁边，他相信，在菲泽家族的房屋那边，他将看到残垣断壁，一片废墟，还有熄火后的烟尘。可是，在窗户旁边什么也看不到，因为河口那里被浓重的大雾笼罩着。他还没穿上衣服，就坐在蒲墩上，胳膊肘拄着窗台，向菲泽家族的房屋望去，等待大雾消散。老婆和孩子还在睡觉，他像一个侦察兵似的观察着。

任何人都不会想到马托·格鲁达能成为一个杀人者。他和一切有生命的东西说话：同狗和乳牛，同公牛和骡子，同草和橡树……他一只羊羔也杀不了，因为他为此感到难过。每当齐古里牵着一只小羊羔，宰它的时间即将到来的时候，马托·格鲁达的心里都要受到煎熬，他会仔细端详小羊羔整整一个星期，难过地摇头晃脑，如同跟人讲话那样跟它讲话，用自己的话语述说关于生命和死亡的哲理。“喂，羊羔，你这小崽子，现在你还活着，但你不知道，那个喂你草吃、给你盐舔、给你水喝的人，竟然会是屠杀你的刽子手！我说这种生活是个什么？是个什么！”

这个怀有如此慈悲心肠的人，这会儿却待在窗户旁边，注视着死亡是否进到了别的人家。是他发射出一颗炮弹，把死亡亲自送给这个人家的！这怎么可能呢？

雾气开始慢慢地向山巅升去，河口开始显露出来。在一团团残留的雾气下面，马托·格鲁达看到菲泽家族的房屋现出白色的模样，烟囱如同往常那样冒着烟。夜里炮弹爆炸燃起的火，从草垛里往外冒。炮弹落在草垛上，那里着了火。

起初他感到挺高兴：房屋还在，人也没受到伤害！这事可真见鬼了！我没打中目标倒是挺好。不幸的人费力费大了，耕地、播种、盖房子、生孩子，然后一声炮响就全完了，变成了灰烬。于是，人就脚尖朝天，永远地倒下了。这双脚走了多少路！那里走，这里走，四处跋涉；登山岭，下平原；钻雪堆，过烂泥潭；在冰上经受寒冷，在炉火旁取暖；路上辛苦劳累，床上歇息驱走疲倦！……人是多么可怜！从人的身上，从他的榜样身上找到了坏的东西。为什么？为什么是这样？应该是另外一个样子，完全不同的样子。

然后，灰心丧气的情绪又重新占据了马托·格鲁达的心，他朝着冒烟的草垛望去。“我怎么没有击中它，至少也该有一发炮弹击中才是！只有两三米之差，菲泽家族的人就得救了！死亡也是需要的，因为死亡可以把人们从丑恶的心灵中拯救出来。它不准丑恶的心灵增加很多，来掩埋美好的心灵。真的是这样，死亡可以把人从一些事情中解救出来……”

马托·格鲁达在心里咒骂意大利兵，“他打炮的角度是30°。他打出的炮再多一半角度就好了！就是头笨驴，哪里是什么炮手！因为他们就这样打炮，所以希腊人才把他们像母牛一般赶在前头。那些希腊机灵鬼儿会打炮！”马托·格鲁达对自己说，他回忆起意大利—希腊战争来。

他觉察到有人慢慢地开门，回过头来一看，看见了埃斯玛娅姑姑。

“马托孩子，”她说，“弹药箱里的炮弹没有打中梅雷老头子，倒是把草垛给打中了。”

“这个我也看见了。”马托·格鲁达说。

“没有瞄准好，姑姑的好孩子，是不是？”她伤心地说道。

“我没找好角度！”

“没关系，姑姑的好孩子，别泄劲儿，今天晚上我们好好地瞄准，我也去帮你开炮射击。”埃斯玛娅姑姑一边抚摸侄子的头发，一边说道。

扎拉忽地从睡垫上坐了起来，睡梦中她听到了姑母的话。

“埃斯玛娅姑姑！这是怎么说？你也发疯啊？”她说道，瞪大了眼睛。

姑姑没搭腔。这时房顶上滴滴嗒嗒地响了起来，下大雨了。外面天色大变，变得像井下一般黑，一切都发出了响声。

埃斯玛娅姑姑突然哼哼起来，哼声过后，她一把抓住马托·格鲁达的肩膀，似乎是要竭力站住以防摔倒。

“姑姑！”马托·格鲁达惊慌地说。

这时埃斯玛娅姑姑倒在了窗台下扎拉和孩子们的睡垫旁边。

马托·格鲁达和扎拉立刻上前，来到她身边。

“姑姑！”

姑姑倒下去要不行了。

扎拉拿了一块碎布，打湿后敷在了她的额头上。

“用水给她洗一洗脸。”马托·格鲁达说道。

扎拉舀了一碗水，在姑姑脸上擦了擦。

埃斯玛娅姑姑睁开眼睛，好像做梦似的说了点什么。

“黑烟！烟，烟！嗐，嗐！瞧，他们怎样在烟尘里蹦跳……梅雷老头子的眼睛都肿了，要爆炸了……看肿成什么样子了！听着，他们现在怎么办？要炸了！炸了！”埃斯玛娅姑姑好像是在说梦话。

扎拉脸色蜡黄，小声说：

“昨天我就发现了，姑姑情况不好。”

马托和扎拉把埃斯玛娅姑姑安放在垫子上。

“埃斯玛娅姑姑，你怎么了？”马托·格鲁达在她的耳朵边上说。

“马托，孩子，我觉得不好。我怎么知道自己会是这个样子！”她慢条斯理地说道。

然后，她挪动了一下身子，凑到窗前，用手指头拉开窗帘，把额头贴到玻璃上往外看。窗外逐渐暗淡的天空下，大雨滂沱，不时发出呼啸声。院子里积满了雨水和发黄的烂泥。姑姑叹了一口气。

“铺天盖地全是雨，我们可钻到哪里去哟！”

马托·格鲁达和扎拉屏住呼吸，齐古里默默地在一旁看着。

“姑姑，你说什么呀？”扎拉说道。

“铺天盖地全是雨，我们可钻到哪里去哟！”她重复说。

“你在屋子里嘛。”马托·格鲁达说道。

“我是在屋子里，可我的墓是在外边。我要死了，马托。”姑姑仿佛预感到死亡的来临。

马托·格鲁达低下头，目不转睛地望着羊皮垫，然后开门出去了。

在井旁边，他看到了正在哼着歌曲的意大利兵。他一看见马托·格鲁达，就高兴地对男主人喊道：

“马托，房屋得救了！炮弹击中了草垛。演习没造成太大的伤害！就伤了一个草垛……”

马托·格鲁达向意大利兵投去一瞥忧郁的目光，但是，没跟他说话。“这个轻浮的人心思跑到哪儿去了，我的心思又跑到哪里去了！这个人以为我是做演习。”马托·格鲁达对自己说。他开始在院子里溜达起来，好像是为此事要给自己开辟出一条道路。他站在院子中间，把头转向墙头那边。墙头的一部分已经倒了，孩子们在那里垒起了一堆石头。马托·格鲁达几次准备把倒了的墙头重新砌一下，可是，他把这个事给撂在一边了。雨下得很勤，几乎一半墙头都叫雨水给冲倒了。家庭主人只有这时才想到雨水能干些什么。

“阿古什！”马托·格鲁达喊道。

“马托！”阿乌古斯托亚回应道。

“你会干得很好，你要能把墙修好，那可不坏！这里有石头，和些泥，就开始干吧！”

“漂亮，马托，漂亮，我来干。”脖子上围着毛巾的意大利兵说道。

对于马托·格鲁达来说，头一天晚上没价值的开炮射击，是一个很大的损失。那些无成果的射击，让马托·格鲁达彻底地失去了武器，陷入沉痛的垂头丧气的境地。开始他并没有体味到这种痛苦失落的滋味，因为他还沉浸在复仇之情得到满足的醉意中。人喝醉的时候，是荒诞可笑的，喜欢宣扬自己，说大话，闹得四处不得安宁，做出许多过分夸张的举止行为。可是，清晨酒醒的时候，整个人便陷入深深的懊悔和苦恼之中，因为他想起了过去的夜晚。还不只是这样，清晨，他觉得自己一点力气都没有了，脑子里一片空白，毫无激情。苦闷和冷漠占据了这个人的心。马托·格鲁达就像那个头天晚上喝了整整一夜，第二天早晨才醒酒的人一样。只有一点是不同的：马托·格鲁达只是像一个人的时候那么伤心难过，但不冷漠。这一心态并不只是让他害怕，还叫他意识到可不要叫别人发现藏在草屋子里的大炮。这一点他不知道如何才能解释清楚，也许是认识到自己的行动毫无意义。这种心情看来是自发的，自己不知道的，这件事说实话他不能接受。如果有人对他说，他用这门大炮去达到报仇雪恨这一久远的目的是徒劳的，他是不会接受这一肯定式的说法的。恰恰相反，他要把自己的行动说成是正确的。但是，在自己深层的意识中，已经开始认识到这些行动的徒劳无益。而且在行动失败之后，这一认识增强了，它的增强是随着他完全陷于灰心丧气的境地而来的。他沉浸在这一伤心难过的状态中，一开始，他觉得对大炮和意大利兵有一种仇恨之情，这个意大利兵教他装炮和打炮。在那种时候，假如有一个熔炉，他就会把大炮扔进炉子里，把它化成铁，改换一下它的模样。那么意大利兵呢？把意大利兵杀死好喽……可是后来，这种恨劲儿从大炮转到自己身上了，他恨自己。如果炮弹击中了菲泽家族人的房屋，就没有理由生自己的气，也不用生大炮的气了。现在他内心处在云雾中。菲泽家族的人没打中，上山去找游击队员也没去成。这一迷茫的道路弄得他晕头转向。

马托·格鲁达在这些想法中徘徊不定，他把意大利兵撂在院子里，自己进草屋子里了。他想一个人坐在木墩上待一会儿。他坐下了，两手抱着头，甚至还捂住耳朵，什么都听不到才好，他身后立着盖满秸秆和柴草的大炮。草屋子里光线不好，半明半暗，他独自一人坐在那里，一道微弱的光线刺激着他的眼睛。草屋子的门打开了，然后，光又消失，门又关上了。马托·格鲁达在各种想法中徘徊。这时候，他觉得有人用手碰他，然后听到了自己的名字：

"马托！"

原来是阿乌古斯托亚。马托·格鲁达站了起来，突然他发疯似的向这个意大利兵扑过去，使劲抓住他的肩膀，开始摇晃他。意大利兵受到震动。马托·格鲁达不听他喊，继续摇晃他。阿乌古斯托亚竭力要从马托·格鲁达的双臂中挣脱出去，二人在光线暗黑的草屋子里前后左右地撕扯着。

"马托，你放开我！马托，你怎么了？"

马托·格鲁达推搡着意大利兵，把他撂在遮盖着的大炮旁边的秸秆上。意大利兵在秸秆上缩成一团，艰难地喘着气。他弄不明白马托·格鲁达出了什么事，这突如其来的劲头是什么力量，他为什么对自己恼羞成怒，自己对这个藏炮的人干什么事了？

马托·格鲁达站在低头倒向一边的意大利兵面前，他不说话，只是站着，两只大脚踩在秸秆上。一束阳光落在补丁裤子的膝盖处，阳光是从草屋门的破洞里射进来的。两个人不说话，意大利兵望着挂在原木上的、昏暗中难以看清的镰刀，额头上出了一层冷汗。马托·格鲁达也抬头向镰刀望去，于是，意大利兵的身体在秸秆上蜷缩得更厉害了。紧接着他爬起来，藏到大炮后边去了。马托·格鲁达没有跟着他去，而是继续不声不响地站在那里……最后，他终于平静下来。

"阿古什。"他在原地叫着。

阿乌古斯托亚沉默不语。

“阿古什！”马托·格鲁达喊道。

“在这儿！”阿乌古斯托亚在大炮后边声音颤抖地回答。

“我发火了，阿古什！血往头上蹿，发火了。我们俩可以走……我们可以上山找游击队员去。大炮也可以带去。我们套上公牛，把炮给他们送去。行了，我们想想，阿古什！我发火了，来了脾气。”

“马托，你为什么要发火，来脾气？”阿乌古斯托亚问道，从大炮后面走了出来。

“许多事情都聚在我心里，我的火就来了，发了脾气。”马托·格鲁达说道。稍微停了一会儿又补充说，“在意大利，人们发火，要脾气吗？”

阿乌古斯托亚虽然几秒钟之前处境很可怜，但还是没有克制住自己，笑了，回答说：

“发火，要脾气！”

当他们二人结束了谈话，彼此讲和言归于好的时候，齐古里手里拿着一封信跑进草屋子里。信被打湿了，而且被弄得皱皱巴巴的。

“这封信我是在树林子里捡到的，不知道是写给谁的。”齐古里一边把信交给爸爸，一边说。

马托·格鲁达和意大利兵为了看这封信走到草屋子门口。信上的字是打字机打的，许多字迹都模糊看不清了。马托·格鲁达把信拿到眼前刚要开始念，却立刻把信从眼前挪开了。

“阿古什，这信是用你的语言写的。”马托·格鲁达对意大利兵说道。

意大利兵从马托·格鲁达手中接过信搁在自己面前，仿佛是一件稀罕物似的。他有些时候没读过用自己的语言书写的任何一个字了。

你们这些留在阿尔巴尼亚的意大利人！法西斯强加给你们的非正义战争你们打败了。现在还给你们为祖国服务的可能……你们应当拿起武器，进行反抗敌人希特勒的斗争，以使你们能给予意大利独立和一种真正自由的制度，一种真正的人民民主！

在反对希特勒，打击我们祖国的敌人和你们祖国的敌人的斗争中，你们要和我们团结在一起，以便开辟回归祖国的道路。我们将给予你们所需要的一切帮助，但是，你们要更加坚决地行动起来。

马托·格鲁达对所有的话只听懂了“希特勒”这一个词，他挠了一下头。“好家伙，这事和希特勒有关系啊！”他边想边回过头对意大利兵说：

“说了些什么？”

阿乌古斯托亚开始给他翻译这封信，马托·格鲁达听着，几次感叹：

“好家伙！好家伙！”

阿乌古斯托亚翻译完毕，端详着马托·格鲁达，想确认一下信上的那些话对他产生了怎样的影响。

“这封信是游击队员们散发的。”一阵沉寂过后，阿乌古斯托亚说道。

“众所周知，是游击队员们散发的！”马托·格鲁达说。

他们又把信念了一遍。阿乌古斯托亚还大声地朗诵起来，马托·格鲁达若有所思地听着。这些共产党员真奇怪！像穆拉特·什塔加这些人，连狡猾捣乱分子也竭力要使他们变成自己的人。菲泽家族的人，也邀请他们上山，意大利兵也留下来，对我们真是一种讽刺！怎么会这样？这算怎么回事！

“好！”阿乌古斯托亚一边把信叠起来，一边说。

“什么好？”马托·格鲁达问道，他不明白意大利兵的话是什么意思。

“信写得好。”

“这事儿都知道！”马托·格鲁达说，似乎这是理所当然的。他又从阿乌古斯托亚手上接过信。

马托·格鲁达把信拿到手里，又随手放在一边。对此，阿乌古斯托亚心里很不爽。

“马托，我的信……”他说道。

马托·格鲁达把双手揣进裤兜里，伸开双腿，用高傲的表情望着阿乌古斯托亚。

“稍停一下，停一停，什么时候变成这个样子了？”

“是游击队给我送来的。”阿乌古斯托亚说道，额头上直冒汗。

“这东西不会被吃掉！刚懂了点事就炫耀、就卖弄！这能算什么，整个一座山布满了游击队员，竟要和扔在我的草屋里的一个意大利人打交道？”

“我的信！”阿乌古斯托亚坚持说，他像一个因为自己身边有一个成年的同伴而有了勇气的孩子一样。

“这不是你的信！是给其他意大利人的信。你不需要信，因为游击队员们都知道你在我这里。我在对你进行训练，准备叫你上山去。

你跟我能学到从那样的一千封信里都学不到的东西。”马托·格鲁达说道，并且把信高高地举过头顶。

阿乌古斯托亚睁大了眼睛。

“你看我干什么？我对你说得很详细很准确，你是我的游击队员。我们有大炮，我们的司令部就在这儿，在草屋子里！”马托·格鲁达用头指着草屋子说。

“马托，民族英雄！”意大利兵说道。

“这个我知道！”马托·格鲁达得意地接受了。

齐古里天真无邪地笑了，声音还挺大。

在此之后，他们又慢慢地走回院子里，每个人的脑子里都装着自己的心思。意大利兵去修砌倒塌的墙，而马托·格鲁达则站在那儿，凝望科卡勒山。

这时候，大门的门闩开了，马托·格鲁达和意大利兵一下子愣住了，大门口站着一个身材高高、面容消瘦的老头，手里拄着拐棍儿。他弯着两道白白的恰似两块白蘑菇的眉毛，眉毛下面的眼睛东瞅瞅西望望。头发雪白，似乎每根毛发都紧紧地粘在了一起，仿佛一块潮湿的墙头上的苔藓一类的东西，只不过这东西不是苔藓的绿色，而是白色的。甚至只要稍微碰一碰，这些头发就会像一团团白雪一样掉在地上。

“梅雷老人！”马托·格鲁达说道，脸色变黄了。

梅雷老头又向前迈了两三步，站到了院子中，拄着他那根年头很久的拐棍儿。他回头看看房墙，又把目光落在草屋的围栏上，一声都没吭。继而把手伸进兜里，掏出念珠，然后举起手，指向草屋子。马托·格鲁达伸手去摸手枪，手指头碰到了凉丝丝的枪筒。不过，他立刻就把手挪开了。“你只杀死一个梅雷老头子值多少钱！”他想。

意大利兵把嘴唇靠近马托·格鲁达的耳朵根儿问道：

“这个老头是谁？”

“河口那户人家的主人。”马托·格鲁达慢腾腾地说道。

阿乌古斯托亚的身体抖动了一下。

“嘘！阿古什！”马托·格鲁达制止他。

梅雷老头回身转向院墙那边，嘟囔着什么。

“老爷子，请进屋吧！”马托·格鲁达好不容易开口对他说道。

梅雷老头打量一下马托·格鲁达和意大利兵，眼窝深陷的双目一动也不动盯在一点上。五分钟以后，又把头转向草屋子那边，站了好长时间，临走时用拐棍儿敲击着地面并且说：

“Ollun madar këllin og-te tutumysh sevet ofull-yt kyg-yt yllaty of-yg kan-yt barça adyry adyn aghynka illty baryr。”

这些话在院子里成了秘密，不论是马托·格鲁达，还是意大利兵，两个人都完全不懂。只觉得这些话让他们眼前一片漆黑，他们什么也不懂，一阵不寒而栗。梅雷老头这番话的意思是：“死亡之事即将来临，它把人同他感到亲切、可爱的一切分开；它把属于他的一切人——儿子和女儿、爸爸和妈妈统统跟他分开，把他们送到另一个世界。”

梅雷老头注视着马托·格鲁达，然后拄着那根老掉牙的拐棍儿，慢腾腾地朝着大门走去。

“主会把大灾大难带给他的！”他任何人都不看，走了出去。

马托·格鲁达和意大利兵如同冻僵了一般待在那里。

“老头子发现大炮了。”意大利兵说道。

“他都是皮包骨头的人了，怎么还能起来？好像是魔鬼把他带来的。”马托・格鲁达感觉有些不可思议。

“老头子有鬼，有鬼。老头子脑袋里有很多主意。”阿乌古斯托亚说道。

“魔鬼！”

“马托，我们应当把大炮从草屋子里挪走。”意大利兵有些不安地说。

“往哪儿挪？”

“我来砌个狗舍，把炮放进狗舍里。用木板把炮遮掩起来，让狗趴在狗舍前面，人就不会怀疑，炮小，狗舍小。”阿乌古斯托亚说道。

意大利兵的主意让马托・格鲁达很感兴趣。梅雷老头即使把话传到村子里，房屋和草屋突然被查，那也没事。

“阿古什，这么说，你就把砌墙的活儿撂下，着手快点砌狗舍吧。”

“太漂亮了，马托。锛子、锯、斧头全都拿来，我就把活儿干起来。”阿乌古斯托亚说道。

二人走进草屋子里，开始找原木和木板。在草屋的一个旮旯儿，马托・格鲁达曾经堆积了一些准备修理房屋和地下室的木料，用这些木料可以给炮和狗修一个很好的小房子。两人二话不说，开始把木料往院子里搬，放到准备建狗舍的地方。拿出所有的原木和木板之后，阿乌古斯托亚抄起镐和锹挖坑、培柱子、打地基；马托・格鲁达挽好衣袖，抄起斧子修整起原木来。

“村子里听到爆炸声了。”阿乌古斯托亚说，“村里人受惊了。”

“谁知道人们都说了些什么……”马托・格鲁达强作镇定地说道。

“你干得不好。”阿乌古斯托亚说道。

“这个我知道！”马托·格鲁达带着火气说。

马托·格鲁达用斧子修整木头，心思却在村子里。根据他的想法，半夜里响起的炮声，会使村里受到震动，这一事件的前前后后要从每家每户过一遍。

因此，他把斧子搁在一边，穿上粗呢上衣，嘱咐意大利兵继续干活儿，意大利兵胆怯地瞅了瞅他。

“当心点，马托！发现大炮。(别让人发现大炮。)”

马托·格鲁达挥挥手，表示不在乎，出了大门。

路上，离清真寺尚远一点的地方，马托·格鲁达遇到两个国民阵线分子，其中一个跟他是一个村的。这两个国民阵线分子对他说，要他到那棵大梧桐树下边去，托松·巴奇要召开一个会。这会儿，马托·格鲁达开始为从家里出来而责骂自己，可是现在已经晚了。

“为什么事情开会？”马托·格鲁达向国民阵线分子问道。

“我觉得好像是为了落在菲泽家族院子里的炮弹的事。啊？你没听到响声吗？”国民阵线分子问道。

“听到了……”马托·格鲁达简短地说。

“我觉得好像是游击队打的炮。”国民阵线分子说。

“你从哪里知道是谁打的炮？”

“托松·巴奇说是游击队打的炮。”国民阵线分子说。

“我不相信。”

“全村的人都说是游击队干的。托松·巴奇很生气，他把罪责都推到了穆拉特·什塔加身上。”国民阵线分子说。“有人对我们说，可能是同盟国[①]所为。可是，我们并没有听到任何一架飞机的声音，再说了，飞机上的炮弹都很大，而爆炸的是小的炮弹。”另一个国民阵线分子说道。

“事情的真相是，飞机上也有像炮弹那样大小的炸弹。”跟马托·格鲁达同村的国民阵线分子说道。

“飞机的声音应该听得到。”另一个国民阵线分子反驳着。

“可能是飞机飞得很高。”马托·格鲁达说道。

“应当是那么回事，就像托松·巴奇说的那样，应当是游击队打的炮。”那个国民阵线分子接过话说。

马托·格鲁达把国民阵线分子撇在一边，朝着清真寺前面的广场走去。广场上有一大群人。他一边唤着落在后面的狗，一边慢腾腾地走到清真寺上边的坡顶上，进入到人群中。

托松·巴奇长得很瘦小，留着两撇黄而稀疏的八字胡，站在清真寺广场上的一棵高大的梧桐树下，在他身旁聚集着村里的男人们。他们低着头，眼睛瞅着地面，用木棍儿捣弄着泥土。托松·巴奇时不时地把一只手伸进兜里，从里边掏出几个核桃，将它们捏碎吃起来。核桃在他瘦瘦的手里嘎巴嘎巴直响，他时不时地停下来，似乎想要听听这些响声。

“你说，他们以为我到了梅雷老头那里，站到梅雷老头一边了。你说这事，是他们开的炮，他们想把我和整个家族一起消灭掉。你说说，他们知道，梅雷老头和菲泽家族的人不喜欢共产党员。他们想一块石头打俩鸟；他们要杀死我，也要威吓和杀死菲泽家族的人，以便

---

① 二战时期，同盟国主要成员为美国、苏联、英国、自由法国、中国、加拿大等。

让他们的手在村里闲起来。共产党员们知道，菲泽家族的人在村里有名望……瞧瞧，共产党员是些什么东西！他们用大炮向人民的家里开火。”托松·巴奇说道，用手指头捏碎了两个核桃。

他闷声不说话了，嘴里开始咀嚼核桃仁儿。男人们继续低着头，眼睛望着地面。马托·格鲁达心里非常沮丧，灰心丧气地站在后头，鼻子触到粗呢上衣的领子上，听着别人讲话。他没有想到罪责要推到游击队员们身上。顷刻间他想起了穆拉特·什塔加。穆拉特的全部工作都是为了使全村的人团结起来，让他们相信游击队的正确道路。现在，这一工作已经被毁掉了，他立刻出了一身冷汗。

“你说说，”托松·巴奇嘴里嚼着一个核桃仁儿，又接着说起来，“穆拉特·什塔加一看，采取温和的软办法引导不了菲泽家族的人上道，说服不了他们，于是就使用大炮打了。你说，就连杀人的凶手都干不出这种事情……”托松·巴奇又捏碎一个核桃，闷着头不说话。然后，他一只手里攥着一个捏碎的核桃，向男人们投去一瞥，把目光停留在奈弗扎蒂·马鲁卡的哥哥佩尔泰菲身上。“我们会看到他怎么样。两个核桃较劲：一个碎了，另一个不碎。他们竭力想往我们的核桃里弄进一条虫子，以便很容易地把它捏碎。说说看，你，这事他们办不成。我不会让他们用大炮击毁人民的房屋，我是想要烧毁穆拉特·什塔加的房子。可我没去烧，因为我可怜穆拉特的母亲和穆拉特的老婆。可是，现在我要烧毁它，因为他们已经开始烧毁房屋了，甚至说他们不是烧，而是动用炮弹轰炸。哎，你，佩尔泰菲，游击队员的哥们儿，这事你怎么看？”

佩尔泰菲·马鲁卡拄着雄楝木拐棍儿，瞪着小眼睛，注视着托松·巴奇，摇晃着满头黑发的脑袋，沉稳地说：“托松先生，我们不知道是谁向菲泽家族人的家里开的炮。我的看法是：游击队员们没有开炮射击，他们没有理由开炮射击……谁是纵火者还不清楚。你烧穆拉特·什塔加，他们就来烧你的朋友们……我的想法是：不能烧，放火使不得。游击队员们没有开炮射击……”他说道。然后，他就沉默下来，不再说话了。

听完这些话，男人们屏住呼吸，他们既不看托松·巴奇，也不看佩尔泰菲。马托·格鲁达失魂落魄，陷入深深的苦恼之中。他脸色憔悴，眼睛也抬不起来，他觉得他的炮要了村子的命。霎时间，一个念头像闪电一般出现在他的意识里，他要挺身站起来说：“是我开炮射击的！而你，托松·巴奇，在骗人！”可是，这一念头很快地黯淡下来了。“我同菲泽家族的人有算不完的账！”

“那么，你呢，法赫雷穆迪纳利，你怎么看？”托松·巴奇平静地问道，把手揣到装着核桃的兜里。

男人们仰起脸，向法赫雷穆迪纳利望去。

“几天前，穆拉特·什塔加到过我们家，老爷子和我跟他吵了一通。事情是这样的：他要在我们家制造分裂，我们反对他这么做。这件事情发生以后，我们家就遭到了大炮的轰击。我怀疑这件事情是穆拉特·什塔加所为。您跟我说说，谁能开炮轰击？不，您要告诉我！”法赫雷穆迪纳利说完这番话不吭声了。

托松·巴奇的两撇发黄的稀疏的八字胡下面露出了笑容。阿德南·平召亚在男人们中间站了起来。

“我觉得把我给吊起来了，我不相信不是游击队员们开的火。那天晚上，穆拉特·什塔加也到了我们家，他一离开菲泽家族的人，就到了我们家，我父亲把他给赶了出去。”

"阿布杜拉希姆干得真棒。"托松·巴奇说道。

"我父亲为什么把穆拉特·什塔加给赶出去了？因为穆拉特·什塔加骂了托松，称他是个下流的人，也称我们是下流的人，因为我们和托松先生吵过架……"阿德南接着说。

托松·巴奇拽了一下胡子角，离开了原地。

"穆拉特·什塔加离开的时候生气地说，你们会后悔的，不过那时就晚了。他还说，游击队员将不会怜悯叛徒，不会怜悯同德国人交往的人和托松·巴奇。穆拉特·什塔加把自己变成了游击队的人，他到山上去过，跟共产党员谈过话，为了恫吓全村还开炮射击……"

马托·格鲁达觉得心口窝堵上了一个线团。阿德南·平召亚一番恶言恶语害得他晕头转向。"是怎么把事情联系起来的，我说，是怎么联系起来的！脑子想到哪儿去了！这是在干什么呀！我说！"

托松·巴奇的脸上露出丧气的表情，他默不作声，男人们也一声不吭。他们当中一部分人想，真的，可能是游击队员们开炮射击的，虽然他们也不喜欢托松·巴奇。可是，又有一部分人不认同游击队员们会半夜里突然对河边上一户孤孤单单的人家开炮射击的说法。

在人群那边，菲泽家族的一个人在活动，他脸色发红，眼神像求情似的，望了望托松·巴奇，然后又瞅了瞅法赫雷穆迪纳利，说道：

"弟兄们，我支持过穆拉特·什塔加，我曾准备跟他上山参加游击队……"他把话说出口，朝着众人望了望，好像是求援似的。"我是要上山参加游击队，弟兄们。可是，现在，在他们对我们家干了这件下流无耻的事情之后，我不去了，不去了！我后悔了，我说托松先生，我后悔了！我没听老爷子的话……哎，怎么说好呢……"巴弗蒂亚里低下头，开始哭了起来。人群里有三四个人咬着嘴唇，他们对一个男人哭泣的场面感到很难为情。马托·格鲁达满面愁云。“你没去参加游击队，这很好嘛。”他在思忖，“游击队员们喜欢你干什么，你这个擦眼抹泪的人！”他和穆拉特·什塔加发生过争执，红过脸，因为他曾经去说服过这样一个擦眼抹泪的人。

托松·巴奇向巴弗蒂亚里伸出一个细细的手指头，指着他说：

“先生们，你们看到一个正派的人了吗？他是因为生气而哭的。勇士们只因为生气而哭。他的心灵受到了伤害，他为想参加游击队，和杀人的人、无宗教信仰的人、不讲诚信的人、不道德的人在一起而责骂自己。”

前后左右现出死一般的沉寂。谁也不动一下嘴，谁也不抬一下头。那些倾向托松·巴奇一边的人，也陷入沉闷和苦恼之中，因为他们在担心村子里以后将要发生的种种乱事。托松·巴奇将要放火烧穆拉特·什塔加的家；穆拉特要来烧那些他不喜欢的人的家。现在，他们要么投到托松·巴奇一边，以保全自己的家；要么投到游击队员一边，以便对抗国民阵线分子。那些站在游击队员一边的人，都因为这个仓促采取的行动而责骂穆拉特·什塔加。他们当中的一部分人在想，穆拉特有可能是脑子里想好了之后才向菲泽家族人的房屋开的炮。他有可能是对游击队员们做了说服工作，而他们被说服了。“游击队司令部在这件事情上将不会受到追问，穆拉特·什塔加将要付出沉重的代价。”他们在静默中思忖着。马托·格鲁达意识到，他打出的两发炮弹对托松·巴奇有利，在人群里他咬着指甲出神。他准备挺身走开，从草屋子里把大炮架出来，再向菲泽家族的人开炮。这样，人们就要互相张望，并且会说：“瞧瞧，知道是谁打的炮了吧！”而且人们就将回想起许多世纪以来的煤油史和其他的历史。他立刻对自己说，“这事我要干，你们将要看到我怎么干！……”

这时候，从男人们中间挺身站出来一个叫阿斯兰·马鲁卡的人，他是奈弗扎蒂·马鲁卡家族最边缘的一个成员。他从腰间拔出一支手枪，高高地举起来说：

“我原来想要拿着这支手枪上山参加游击队，后来，我拿着这支手枪的匣子对穆拉特·什塔加发誓：我不参加游击队了。我要带着这支手枪和托松·巴奇在一起，瞧，就是跟那个正派的男人在一起。我对你们说，我们村和我们的家族如果不跟托松·巴奇联系在一起，就将遭殃。共产党员要把我们像老鼠一样烫死。我有一个侄子，他叫奈弗扎蒂，在山上参加了游击队，和游击队员们在一起，我也要和侄子进行斗争……”

人群中动起来了，人们开始发出喧闹声，摇头晃脑，踢腿顿足。

阿斯兰的侄子阿利·马鲁卡心情沉重地听着别人讲话，他想打断阿斯兰的话，但他对讲话发怵。他组织不好词句，不习惯在大场合上讲话，因此便默不作声、心情忧郁地待在那儿，内心很不平静，挤眉弄眼，变换着脸上的表情。只有在阿斯兰把话讲得过了头，说什么将要同当了游击队员的侄子进行斗争的时候，他才控制不住自己讲话了：

“喂，阿斯兰，你说了些什么？是不是你的脑子出了毛病，叫克拉克河水给冲走了？如果你有脑子，不要丢下它被河水冲走！汪—汪—汪！不要像阿德南·平召亚的狗一样汪—汪—汪地乱叫！不要脸，心肠真坏！”

托松·巴奇一边捏碎核桃，扔进嘴里嚼着，一边喊道：

“我们听不到你说什么！说些什么？好像是吃土豆！”

阿利·马鲁卡朝着托松·巴奇昂起头：

“有些人说是吃土豆，有些人说是吃核桃！”他说道，同时向托松·巴奇甩出带刺的话。

围着阿利·马鲁卡的三四个男人发出笑声，而托松·巴奇再次喊道：

“喂，这个人说什么？”

“喂，你待着去吧，痴呆的老头子！”阿利·马鲁卡的侄子阿贝丁·马鲁卡用胳膊推了一下他。阿贝丁·马鲁卡是一个高个子的男子汉，眉毛白白的，手里握着一个烟斗。“我也不去参加游击队，虽然我的大侄子奈弗扎蒂在山上当游击队员。我亲自到山上去说服他，叫他也回来。阿斯兰说得好嘛。”阿贝丁·马鲁卡喊道。

费塔赫·什塔加与阿贝丁·马鲁卡并肩站在一起，他是穆拉特第十个或者第十五个侄子。他一把抓住阿斯兰·马鲁卡的一只胳膊，冷不防从他手里夺过手枪。费塔赫竭尽全力把手枪夺到手，将它抛向空中。手枪从梧桐树硕大的枝子上飞过，划了个半圆儿，落到清真寺顶上了。阿斯兰·马鲁卡一开头吓蒙了，后来，脸色变得如同蜡一般苍白，向费塔赫扑了过去。马托·格鲁达冲到他们中间，要把他们拉开，冲过去的还有另外两三个男人。托松·巴奇头脑冷静，不急不躁，站在那儿捏核桃。

“混蛋！”费塔赫·什塔加喊道。“你啰里啰唆提到的那些人都是混蛋！你们还是叛徒。你们从哪里知道是游击队员们开炮射击的？你们干事光明正大吗？你们为什么不想一想也可能是这个留着发黄的八字胡，捏着核桃，像牛反刍似的反复嚼着核桃，在你们面前像一个作风不正当的女人的人开炮射击的呢？”他用手指向托松·巴奇，“游击队员们不需要对一个快要死的干巴老头子开炮射击，对骨瘦如柴的梅雷·菲泽开炮射击。游击队员们需要用炮弹打德国人，不需要使用大炮对付一个死人。”他转身对托松·巴奇说，“喂，留着苞米须胡子的人，游击队员们为什么没向你的家里开炮射击？他们应当把你烧死。他们拉着你太太的胳膊，把她和你的父亲送到另外一户人家，放火把那个房子点着了，因为你干下了许多卑鄙下流的勾当。可是游击队员们不杀害小孩。”费塔赫·什塔加大声喊道。

托松·巴奇一边嚼着核桃仁儿，一边向一个站岗的国民阵线分子点点头，做了暗示。

“你们把他抓起来，把他关进阿布杜拉希姆·平召亚家的草屋子里，用子弹带把他的腿捆起来，用枪管稍稍地胳肢他，你说怎么样？……”

他又弄碎了一个核桃。四个国民阵线分子走进人群里，拽住费塔赫·什塔加的胳膊。费塔赫·什塔加沉着平静地把他们的胳膊推开，向前走去，人们给他让路。他回头扫了男人们一眼，气哼哼地说道：

“这些叛徒！”

人们不出声地目送着他。在费塔赫之后，佩尔泰菲·马鲁卡也一边趿着山民鞋，一边从人群中走了出来。马鲁卡和什塔加两个家族的四五个男子跟随着佩尔泰菲。

“小伙子们，你们累了吧？”托松·巴奇平静地问道。

“我觉得我们凭这些就可以结束了！”佩尔泰菲·马鲁卡说道。

“我也结束了！”托松·巴奇接过话，然后冲着留下来的男人们继续说，“愿意留下的，跟我来，我在这儿。”

马托·格鲁达向四周环视了一下，然后迈开他的长腿，走在那些跟着佩尔泰菲·马鲁卡一起走的男人们的后头。

过了一会儿，整个广场上空无一人了。托松·巴奇领着阿德南·平召亚和平召亚家族的另外几个人到了寄宿处，他的寄宿处原来是平召亚家族的房产。

马托·格鲁达慢慢地走在阿龙村的黑石路上，身后跟着他的狗。在山脚下的一个地方，这狗一直等着他。佩尔泰菲和其他男人离他挺远。在钟后面的一个地方，出现了费塔赫·什塔加和托松·巴奇的四个勇士。

马托·格鲁达心里有一种无聊和十分疲劳的感觉。

“哎，噢，巴洛啊，能够找到我们什么东西呢！”他对走在身后的狗说话。

第十六章

夜里，马托·格鲁达和意大利兵把大炮从草屋子里推了出来。当他们把炮推出门时，听到了母牛哞哞的叫声和蹄子刨地的声音，马托·格鲁达笑了：

“阿古什，你感觉到了吗？母牛拉拉已经习惯大炮了，现在跟大炮分开，它感到遗憾，心里难过。”

“怪事！感到遗憾，自己单独待着吧！”阿乌古斯托亚说道。

“它感到遗憾，因为它不是一个没脑子的牲畜，它是个活物，懂得大炮可以保护它免遭恶事。”马托·格鲁达说道。

意大利兵用木板造了一个像仓库一样的小房子，而且还造了一个漂亮的屋顶。在遮掩好的大炮前面，他给狗留了一块地方。任何人看到这个狗舍，都不会想到大炮。

马托·格鲁达独自端详着狗舍，对意大利兵讲述托松·巴奇的事情，讲述那天夜里发出两声爆响之后村子里散布开的种种说法。

“恶人们把全部罪责都推到了游击队员身上。”他说道。

阿乌古斯托亚一边系衣领的纽扣，一边若有所思地说道：

“历史上有许多这样的事情。马托，1933 年 2 月 27 日戈林放火烧了 Reinshtagun，明明是自己纵火，却把罪责推到共产党人身上，诬蔑共产党人有罪，杀共产党人，夜里逮捕共产党人……”

“这个戈林是个什么人？”马托·格鲁达问道。

“戈林是希特勒的代言人。”意大利兵回答。

“啊？”马托·格鲁达很惊奇。

“可怕，马托！德国人来，国民阵线分子来，焚烧在农村的游击队根据地……因为游击队员开炮轰击了一户人家。我们也将要烧（他们将来也要烧我们），人们说。”意大利兵解释说。

马托·格鲁达没注意听意大利兵的话，问道：

“这个 Reshagu 是个什么东西？”

“马托，你是说 Reinshtag，是德国国会大厦。”意大利兵说道。

“啊！”马托·格鲁达说，“你，阿古什，你要往外推大炮，那你留个门没有？”

阿乌古斯托亚吃惊地望了马托·格鲁达一下。“他还要把大炮弄出来？他想干什么？”他心里琢磨着。

“我没留门。”阿乌古斯托亚说道。

“明天从狗趴着的这边做个门，到时候我们还要把大炮再拉出来……”马托·格鲁达说道。

意大利兵思忖起来。“难道马托·格鲁达有关于德国人的情报？也许是德国人将要在科卡勒山上建一个什么工事，马托·格鲁达将用大炮轰它。马托应当是个大人物。”阿乌古斯托亚对自己说。

他想起了他们在草屋子里关于游击队员散发的传单的交谈。马托·格鲁达说过：“我们的司令部在草屋子里！”“难道我成了秘密司令部的一个成员？他说要训练我，那我们将要干什么呢？”阿乌古斯托亚猜测着。

“阿古什，你干吗不说话？”马托·格鲁达问他。

“我在考虑大炮的事。”阿乌古斯托亚说道。

“这事你是怎么想的？”马托·格鲁达问道。

“我在想放在司令部里的大炮。草屋子是怎样的司令部？”阿乌古斯托亚微笑着说。

“这个我知道。”马托·格鲁达说道。

在他们交谈期间，远处的一个地方响起了枪声，枪声过后，地平线上着火了。扎拉、病病快快的埃斯玛娅姑姑和孩子们走到窗前，马托·格鲁达和意大利兵跑到了院子里。穆拉特·什塔加家的房子在着火，马托·格鲁达倚着大门板，向远处眺望。在丘陵的一角，天边发出红光。马托·格鲁达在想，“穆拉特，也许我也是你家房子着火的原因。他们也要把穆拉特给烧死，只不过这是以后将发生的事情而已！”

“他们烧。(他们是要烧的。)”意大利兵若有所思地说道。

“要烧死穆拉特·什塔加。”马托·格鲁达心痛地说道。

扎拉跑到院子里，齐古里和萨迪库也跟着她跑了出来。

“穆拉特要遭大难，多可怜啊！”她说。

马托默不作声。

“他们要烧毁整个游击队根据地。”她说，“噢，马托，你干了什么？”

阿乌古斯托亚低下了头。

就在这个时候，从小路上传来一个人奔跑的脚步声，马托·格鲁达麻利地关了大门，意大利兵下意识地向后退了一步。奔跑的人在门前停下了，轻轻地敲了敲门。

“你是谁？”扎拉替马托·格鲁达问道。

“是我！”那个人回答。

是穆拉特·什塔加。他胡子没刮，邋邋遢遢，烂泥沾了满身。他进到院子里，外面的狗发出汪汪的叫声。

“穆拉特，这枪响是怎么回事？”扎拉问道。

“他们把我家的房子给烧了！”穆拉特·什塔加说道。他竭力克制自己，让自己保持冷静。

“那你妻子呢，孩子们呢？”扎拉问道。

“到伯父那里去了。”穆拉特·什塔加说道。

马托·格鲁达心情难过地用手拍拍他的肩膀，那只手在他的肩上停了一会儿，直到感觉到了他身上的热乎气儿才放下来，对他说：

“穆拉特，让你妈妈、你媳妇和孩子们都到我这儿来。穆拉特，咱们是哥们儿，这不会给我增加负担。我们有什么就吃什么，一起过日子……”

穆拉特·什塔加怀着敬爱之情注视着马托·格鲁达，他注意到马托的眼睛里噙着泪水。他低下头，回答说：

“谢谢，马托！伯父那里的状况比你这儿好，你知道，他只有个老太太……”

“随你的便！我们觉得遗憾，挺难为情。穆拉特！我们就像哥们儿似的……”

在这一刻，扎拉很心疼她的丈夫。

他们没有说话，走过院子，进到屋里。把枪放在墙角处，皮袄挂在钉子上。

"村子里有很多国民阵线分子。"马托·格鲁达说道。

"知道！"

"费塔赫·什塔加叫他们给带走了。"马托·格鲁达说。

"知道。"

"托松·巴奇正在干许多肮脏的事情。"马托·格鲁达气愤地表达着自己的心情。

"是在干坏事，这个我也知道。"穆拉特·什塔加难过地说。

埃斯玛娅姑姑脸色蜡黄地坐在壁炉旁边，她呼吸很困难。

"埃斯玛娅姑姑，你是不是病了？"穆拉特·什塔加问道。

"已经有好几天了，我感觉不好，全身发抖，连我自己也不知道有什么病。不要管我，你妈妈太不幸了！敌人烧了你们的房子，孩子。"她唉声叹气地说。

"没有不着火的战争！"穆拉特·什塔加说道。

"你到哪儿去了？"马托·格鲁达问道。

"到一些村子里转了转。"

"听说关于托松·巴奇的事情了吗？"

"听说了。"

扎拉觉得待在屋子里很不轻松，她领着齐古里和萨迪库出去了，说孩子们挺累，要睡觉了。穆拉特斜眼瞥了她一下，没有说话。然后又回过身对马托·格鲁达说：

"炮声是一种卑鄙下流的挑衅行为。"一阵沉默之后，穆拉特说道，"国民阵线分子和他们的支持者散布言论，说是我们向菲泽家族的人开炮射击的。"马托·格鲁达心神不安，如坐针毡，他担心穆拉特会对自己有所怀疑。当他想起曾经与穆拉特有过一次关于被扔在树林里的大炮的简短交谈的时候，这一担心就更厉害了。

“放的那两炮坏了我们那么多事情，我简直都不知道怎么跟你说。今天我听说他们当中有几个将要参加游击队，已经脱离了托松·巴奇。”穆拉特说道。

“别担心，别害怕！”马托·格鲁达说道。

“怎么不害怕呢！我们的工作被一阵大风给吹跑了，前功尽弃了！”

“莫非是他们发现你了，儿子！”埃斯玛娅姑姑说道。

“没有，姑姑。你们家离别的人家很远。”穆拉特·什塔加说道。

他脱了皮鞋，把脚伸到火旁边。他一声不响地看着火，想着他那着火的房子，这房子是先祖们付出了那么多的心血才盖起来的。他的心思又跑到了妻子和妈妈那里，叹了一口气。然后，他又去思考开炮射击的事情。为了处理村里的混乱情况，应对炮弹发射后形成的新形势，人家肯定要把他再叫到州里去。他在琢磨，用一个手掌托着额头，深深地沉浸在严肃的思考中。在屋子里只听得到埃斯玛娅姑姑沉重的呼吸声。

“穆拉特，我跟你再说一次，让母亲、媳妇和孩子们一起来，到我家生活。”

穆拉特·什塔加醒了。

“谢谢，马托。他们会在伯父那里生活，在国民阵线分子们打算烧我们房子之前一些时候，我们就想好那样做了。”

“随你的便吧。”

“马托，巴弗蒂亚里改变立场了吗？”穆拉特问道。

“他就那样说的，我要去参加游击队，可现在我不参加了，因为穆拉特开炮轰炸了我的房子。”马托·格鲁达解释说。

穆拉特·什塔加苦苦一笑。

“真是发疯了！”他说，“马托，你听我说，过一会儿我要到菲泽家族的人那儿去……”

马托·格鲁达惊奇地张开了嘴。穆拉特要到菲泽家族人那里，在国民阵线分子当中，这怎么可能呢？菲泽家族的人可能把他杀死。

“穆拉特，你叫我感到吃惊。”他说道。

“应当去见见那些人，还不晚。”穆拉特·什塔加霍地站了起来，皱了一下眉头，喊道：“我决不让村子里乱作一团！托松·巴奇和一切挑衅者不应该骑在我们的脊梁上，你听见了没有？”然后，他又重新坐到炉子旁边。

“你干吗要发火，孩子？”埃斯玛娅姑姑说道。

“哎，埃斯玛娅姑姑！”穆拉特转身对马托说，“再过一会儿我就走。我可能去菲泽家族的人那里，今晚睡在这儿。马托，你听着，把我那头公牛从伯父家里牵过来，放在你的牛圈里，你需要它。如果今天晚上面包烤不好，那后天你就和佩尔泰菲一起把我的骡子和你的骡子装备好，驮着东西，到科卡勒山峰后边去。游击队员们没有面包吃，德国人在这一带地方到处转悠，游击队员们一天天期待着有人去……”

“是这样啊！”马托·格鲁达感到奇怪。

“需要储备食品，马托！”穆拉特说道。

他拿起放在屋子角落里的枪，披上皮袄，出去了。马托·格鲁达一直把他送到大门口。

“你跟意大利兵相处得怎么样？”

“是个好小伙子。”

“营里有四五个这样的小伙子。”穆拉特说道。

“是游击队员吗？”

“是的！”

“他们没有当游击队员的脑袋。”马托·格鲁达说道。

“当他们知道为什么作战的时候，他们就是勇士。”穆拉特说道，“这个意大利兵想过当游击队员吗？”

“他想当游击队员！”马托·格鲁达说道。

穆拉特跨出大门槛儿，向铺着石块的小路走去。在黑黑的夜色里，他的皮袄显得更黑了。马托·格鲁达在大门口心事重重地站了好长时间。

第十七章

隐藏起来的大炮挺立在狗舍里，炮的前面拴着狗。马托·格鲁达和意大利兵前后左右地转悠，心思都在大炮上。

尽管狗舍的顶盖修得挺好，但是他们还是担心，十一月的雨水可别从顶上漏下来。真见鬼，那个十一月是带着暴雨而来，又带着暴雨而去。①

在这样一个雷声大作的雨夜里，渐近天亮的时候，马托·格鲁达叫醒了意大利兵，对他说大炮可能被雨淋湿了。意大利兵使劲睁开眼睛，好不容易进入了清醒状态。

“起来，我们一起看看去。”马托·格鲁达说道。

阿乌古斯托亚起来了，懒洋洋地穿好衣服，他和家庭主人走到院子里。漫天都下着雨，所有的水道和坑洼之处都积满了雨水。

马托·格鲁达打开狗舍门，把狗牵了出去。然后，打开另一个屋子的门，自己进到里边，阿乌古斯托亚也跟进去了。他们点着煤油灯，开始检查屋顶是否漏雨。大炮黑乎乎的，它的钢体冰凉冰凉的。

---

① 阿尔巴尼亚受地中海气候影响，夏季干燥炎热，冬季潮湿多雨，十一月正是多雨的月份。

他们举着煤油灯，寻找有没有地方漏雨，可是，什么也没看出来。

“没有漏雨的地方！”马托·格鲁达说。

“房顶好。（房顶是好的。）”意大利兵说。

“可湿气还是有的！”马托·格鲁达一边说一边把手放在炮筒上。

“军队盖炮，使罩。（军队使用罩布把炮蒙起来。）”阿乌古斯托亚思考着说。

“我们没有罩布。”马托·格鲁达遗憾地说道。

“大炮伤害……（那是要损坏大炮的……）”意大利兵说道。

“我们用棉被把大炮包起来！”马托·格鲁达说。

意大利兵不明白马托的话，因为他不相信这样的事情。

“怎么，马托？”

“我是说我们可以用棉被把炮包起来……”

半明半暗的狗舍中，阿乌古斯托亚睁大了眼睛，他在巴尔干逗留了四年，但从来没见过像马托·格鲁达这样的一个人。“巴尔干有许多奇怪的人。”他对自己说，“哎，假如萨瓦多尔[①]在这儿，必将为马托·格鲁达、为我和大炮写上一部长篇小说。可是，萨瓦多尔跟游击队员们走了，如今下落不明。如果我们得救，我要把我在这个草屋子里和这个狗舍里的历史讲给他听……”

“我说的是棉被。”马托·格鲁达重复说。

“棉被好。（用棉被包，那很好。）可是，棉被是给人用的。”意大利兵说道。

---

① 即指萨瓦多尔·夸西莫多（1901—1968），意大利著名诗人、文学家，1959年度诺贝尔文学奖获得者。

“你举一下煤油灯。”马托·格鲁达说，把灯递到意大利兵的手上。“你稍等我一下。”

马托·格鲁达出去了，阿乌古斯托亚独自一个人留在小小的狗舍里。大雨滂沱，声音很大，闪电让炮口和狗舍墙上不时地闪出一道道亮光。“这门大炮留在这儿和我待在一起，我们的大军也如此地留在了这儿。为什么要进入这个人的工作中？请告诉我，噢，哈乌弗曼59001大炮。”意大利兵对自己说。他把额头贴在炮口上，好像是要借炮口的凉劲儿让自己清爽一下。他真的不懂马托·格鲁达的目的，他觉得一切都是没揭开的秘密。但是，唯独一点他是不怀疑的：这家的主人将要承担起革命的伟大计划，因为这一带地方具有战略意义，是一座天然的堡垒……

马托·格鲁达腋下夹着一床旧棉被进来的时候，阿乌古斯托亚正倚靠着大炮站在那里。

“你犯困，想睡觉吗？”

“不！”

“来，把哈乌弗曼蒙上！”马托·格鲁达说，把棉被递给了阿乌古斯托亚。

慌了神的阿乌古斯托亚打开棉被，蒙上了炮筒，剩下的布单罩在了炮体的其他部位上，马托·格鲁达在一旁看着。“喃！这么一蒙一罩，我们把这门大炮打扮得像一匹汗水津津的马。骡子出汗的时候，我就这样用粗毛毯把它给盖上。”马托·格鲁达自言自语，脸上露出笑容。

“阿古什，你不觉得这炮像匹马吗？”他问意大利兵。

阿乌古斯托亚稍微挪开几步，端详了一下大炮。他转脸对着家庭主人说道：

“马托真有想象力！”

“这个想象力是个什么东西？”

“我怎么对你说呢，想象，产生思想。（很能想象，很有思想。）”阿乌古斯托亚一边笑一边说，“像匹马，马托，像一匹马……”

马托・格鲁达擎着被角，低头站到炮口下边，好像是在看马的脖子。

“用绳子把炮筒下边的被子绑好，把炮体其他部位的布单也在下边绑好。总之，要把大炮严严实实地保护好。”马托说道。

“这是一个严厉又有毅力的人。”意大利兵思考着。

“啊？我说得不好吗？”马托・格鲁达问道。

“好！”

“我们找绳子去！”

马托・格鲁达打开门，去找绳子；而意大利兵重新倚靠在蒙上了被子的大炮旁想心事。“嗐！萨瓦多尔，我的朋友！你肯定是要写一部长篇小说的，可是，你为什么都不知道，这个人和这门大炮是要载入国家史册的。如果我们能得救，在某个博物馆里我们是能看到这个的。在那里将载有马托・格鲁达的事迹，也将写下我的名字。也许……可是，也有可能，马托・格鲁达也好，我也好，大炮也好，我们全都化为乌有……”阿乌古斯托亚在心里对自己说道。

“用绳子绑吧！”从身后传来马托・格鲁达的声音，同时马托把绳子递给了他。

阿乌古斯托亚用被子把炮筒蒙严实，并用绳子绑好，然后又把炮的其他部位照此处理妥当。这会儿，大炮真像一个长脖子、无脑袋的牲畜。

“好心人，在被子下面再睡会儿，睡会儿！”马托·格鲁达说道。

意大利兵望着主人，这一回他觉得马托·格鲁达更加神秘，更加不可理解。

“阿乌古斯托亚！”马托·格鲁达用一种严肃、庄重的语调招呼他。

阿乌古斯托亚为之一怔，他从未听到过马托·格鲁达正儿八经地称呼他真正的名字，而是用阿尔巴尼亚语的习惯称呼他“阿古什”。

“阿乌古斯托亚！”马托·格鲁达又重复地招呼他。

“是！”

“你以前做过军人的宣誓吗？”

阿乌古斯托亚顿时僵住了。“这个人要求我干什么？突如其来的这些事是什么意思？是运用马里奈特[①]的比喻法吗？”他心里对自己说。

“我说的是军人宣誓！”马托·格鲁达用严肃、庄重的语调重复说。

“做过！”阿乌古斯托亚说。

“宣誓的誓词你忘了吧？”马托·格鲁达说。

“我已经忘了！”

“那个誓词你是对墨索里尼宣读的。你要做一个另外的宣誓，这个誓词是不应该忘记的！”马托·格鲁达说。

两个人沉浸在静默之中，仿佛面对一个需要全神贯注地予以证明

① 即指菲利普 T. 马里奈特（1876—1941），意大利作家，未来主义奠基人。

的定理，在没有证明出来之前，他们是那么的集中精神，默不作声。

“阿乌古斯托亚，你把一只手放在炮筒上，另一只手放在我的手上面。”马托·格鲁达说道。

阿乌古斯托亚把手伸到炮筒上面，心脏怦怦直跳，犹如锤子敲打胸腔里的肋骨一样。

“宣誓！”马托·格鲁达说道，于是宣誓开始了。“在用面包养活了我的人面前，面对巨大的隆隆的炮声我发誓，在这个人面前，对其他不在这儿的人们发誓，对生活在意大利的孤苦伶仃的母亲发誓，对这块成为我的床垫和被子的外国的土地发誓。我发誓，即使把我粉身碎骨，我都将是马托·格鲁达的忠诚拥护者，甚至吃尽地狱的一切苦头，我也决不说出任何事情。我发誓，不管是大炮还是别的事情，我都一字不说。我如果践踏了誓言，我等着承受这个世界上的人所见到的和所听到的最大的惩处。我发誓！”

意大利兵反复地背诵这一誓词，脸色像蜡一样的黄。他一边背诵，嘴唇一边发抖。

“再来一遍！”马托·格鲁达说，“我在人面前发誓……”

“我在人面前发誓……”意大利兵重复背诵。

“阿乌古斯托亚，你的嘴唇为什么抖动？”马托·格鲁达脸色阴沉地问道。

阿乌古斯托亚神色惶恐不安。

“严肃、庄重的时刻。”他说。

“你应该把这个誓词背下来。”马托·格鲁达要求道。

“我要把它抄写下来，这样容易忘。”阿乌古斯托亚说道。

“你应当把它写下来。”马托·格鲁达说。

“铅笔、纸，屋子。（在屋里有铅笔和纸。）”

“去屋里拿来！”

慌里慌张的意大利兵打开门，出去了。

“就是这样，哈乌弗曼，”马托·格鲁达对大炮说，“现在，你不会冻僵，也湿不着，因为你全身都被蒙上了，盖上了。当我喊你的时候，你就把蒙着盖着的东西脱掉，露出原样，到院子里去，那时候世界就知道我们两个将要干什么。”

当意大利兵进到狗舍里的时候，正碰上马托·格鲁达跟大炮说话。他一听到这个，手里的铅笔差点儿掉在地上。

“你跟大炮说话？”他惊奇地问马托·格鲁达。

“这个我知道！”马托·格鲁达说。

“誓词，我写？（我来写誓词？）”

“写，这样写：‘我在人面前发誓！’……”

阿乌古斯托亚写着誓词，马托·格鲁达一边举着煤油灯照亮儿，一边给他订正书写错误。狗舍顶子被雨水打得啪嗒啪嗒响，风撞击着矮墙。

意大利兵刚一写完，马托·格鲁达就说：

“你应该学会记住它，把它背下来。”

“马托有什么目的呢？”阿乌古斯托亚手里拿着铅笔和纸问道。

家庭主人没有回答。

他们走出狗舍，意大利兵去了自己的屋子，马托·格鲁达登上台阶到孩子们那里去了。

清晨，天还没有亮，雨在不停地下，所有的人都在睡觉。马托·格鲁达点着一支烟，抽烟的时候，穆拉特又在他的脑海里出现了。“他会在哪里？他曾想过到我家里过夜的呀。”

他想起了穆拉特要他给游击队员们送食品的嘱咐。“他对我说，要我用骡子驮面包送到营里去……多艰苦的人啊，可是没有面包。谁知道穆拉特出什么事了！我的那些炮弹也添了很多乱……我要去给他们送面包，送吃的，把意大利兵也带去。”

马托·格鲁达在窗户旁边坐下来，玻璃后边是一片漆黑的夜色。“假如德国人来到村里，谁知道他们会干什么！”他对自己说。

意大利兵在他的屋子里，在煤油灯下反复读着誓词。读了一会儿，把它放在一边，对自己笑了：“你对一个人宣誓，就像对一个军队或组织宣誓那样？对这件事，人们会说什么呢？”

他从背包里取出一个厚厚的带皮面的笔记本。他翻开笔记本，若有所思地凝视着它。

他开始对一个叫萨瓦多尔的人写点什么，此人是他的一个同伴，是“安东尼奥·格拉姆希”营的一个意大利游击队员。也许将来某个时候，他们能够相会，一起坐在某个茅草房或某个旅馆里，一起读一读这段童话般的历史……

阿乌古斯托亚的铅笔沿着厚重的笔记本的格子奔驰，雨水敲打着玻璃，留下无色的、寒冷而忧愁的褶痕。

第十八章

雨下得不像开始那么急骤、那么猛烈了。这会儿，雨丝很细很弱，好像面箩下面筛出的细面似的。马托依旧心事重重地坐在窗户旁边，穆拉特嘱托他的事情让他心神不安：让两个骡子驮满食品，跟佩尔泰菲一起到科卡勒山峰后边去。可是，牛毛细雨继续下个不停，道路上应当是烂泥遍地，条条小河难以趟过了。穆拉特迟迟未归也让他着急，放心不下。因为穆拉特没回到他家里过夜，所以他就往坏处想了。“菲泽家族的那些人是不是对他下了什么圈套？莫非是梅雷老头子说服了重孙子们？这些人为了那天夜里开炮射击的事，把罪责归于穆拉特？”

如果这种事真的发生了，那么，马托·格鲁达今天晚上就从大炮哈乌弗曼身上把被子拿下来，叫菲泽家族的人全都粉身碎骨，化为灰烬。然后他就去参加游击队，跟游击队员们一起作战去。

他挺身站了起来，从钉子上摘下黑皮袄，准备要走。这时候，他听到了扎拉的声音：

“马托，到哪儿去？”

“到山上去。”他说。

“是给他们送面包去？”

“送面包去，可能我送迟了！”他说。

扎拉希望她丈夫尽快同山上的人取得联系，逐渐对大炮冷淡下来，甚至她都想一边唱着歌，一边送他去参加游击队，也许是因为穆拉特经常到他们家里来的关系吧。穆拉特是最老的游击队员之一，对那些活动在群山万壑之中，怀着广阔的视野和天地，英勇果敢、无所畏惧地进行战斗的人们，她的心里产生了一种莫名的敬爱之情。她觉得所有的游击队员都像穆拉特一样的忠诚老实，令人尊敬，对国家怀有强烈的爱。出于一个女人的争强好胜之心，出于叫丈夫远离大炮的念头，出于对这两方面的考虑，她想让她的丈夫也成为一个像穆拉特那样聪慧、优秀的游击队员。

“等等，马托，我来给你煮两个鸡蛋，你把它带在身上。”她说道。

“你说得好，另外再给意大利兵也煮两个。”他说。

“你把阿古什也带上吗？”

“那是肯定的！”马托·格鲁达说，“你把鸡蛋、面包和鲜奶酪准备好，我这就跟阿古什说，让他准备上路。”

扎拉的眼睛盯在马托的脸上，想跟他说点什么，但是害怕，不愿惹他生气。不过，她更加担惊受怕的是，可不要让他产生误会。她竭力要说出她想说的那点事，可是，话还没说出口，就觉得自己脸都红了。

“马托，”她差一点儿说出来。

“什么事？”

“马托，你把阿乌古斯托亚留在山上，让他和游击队员们住在一起吧，不要把他再带回家里来了。”她说道，又起胳膊肘放在胸前。

马托·格鲁达望了她一眼，立刻垂下了眼睛，仿佛是站在一个姑娘面前，有点什么东西刺到了他的胸膛。他立刻想起了阿德南·平召亚在小店里说的关于意大利兵的话：“面对他的注视，没有哪个女人能控制住自己的欲望。”可是，这种想法让马托·格鲁达感到恶心，为想起阿德南这个人而生自己的气。

“你说得对，我要把他留在山上，不领他到家里来！……”他说道，然后便立刻要下台阶。但是，又想起了一点事，于是又站住了，问道：“姑姑的情况怎么样？”

“不好！”扎拉说。

马托·格鲁达叹了一口气。

“这个鬼病怎么一下子就逮住她不放呢！”

“嗐，就是这样！从眼神我就看出来了，她的情况不妙。她的眼神恶狠狠的，挺吓人的。她叫我想起我那精神不正常的母亲，她在死前一个星期就是这样看人……”扎拉说道。

“嗐，可能什么事也没有……”马托·格鲁达说完就下了台阶。

尽管已是清晨了，可是，意大利兵的那个昏暗的屋子的小窗还闪着亮光。“这个人在干什么？真是个奇怪的人！难道今天他就学着背诵宣誓的誓词了？”他对自己说道。

他敲了敲门。

“阿古什，开门！”

阿乌古斯托亚把门打开了，马托·格鲁达一眼就看到了摆在小凳子上的厚笔记本和木板床后边打开的意大利兵的背包。

“阿古什，你在干什么？”

“写点东西！”阿乌古斯托亚说道。

“写什么东西？”

“我的历史。”他说。

“干得好！所有的历史都应当写下来。”马托·格鲁达思考着说，“我若会写、写的好，我就叫所有的人都感到惊奇。我知道一些事情，噢，阿古什老弟，无论是你，还是最精明的意大利人，这些事情在梦里你们都没见过。你们哪个意大利人最聪明？”

“啊？”意大利兵不太明白他这么问的意思。

“你瞧，我们举个例子来说，我们最有名望、最受爱戴与歌颂的人是纳伊姆·弗拉舍里[①]，我们还有伊斯玛依尔·契玛里[②]。”

“啊，我懂，我们有但丁·阿里盖利[③]。”意大利兵笑着说道。

“唉，跟你说吧，就连这个但丁做梦也没见过我所知道的那些历史。”马托·格鲁达说道，坐到了意大利兵的床上。“嗐，我说阿古什！”他叹了一口气。

马托·格鲁达伸手拿起意大利兵的笔记本，慢慢地翻了翻，把眼睛靠近那种他不懂的语言的词句，遗憾地晃了晃头。

“在写欧洲的历史，我好不容易勾勾画画地学写了两三个句子，我也偷偷地学习写上那么几句，可喜可贺啊！”

“你没有罪过，马托，全国都陷入黑暗之中。”意大利兵说道。

“瞧，这么一堆有用的东西，你怎么扔在黑咕隆咚的地方。”忧

---

① 纳伊姆·弗拉舍里（1846—1900），阿尔巴尼亚民族复兴时期的杰出诗人，阿尔巴尼亚新文学奠基者。

② 伊斯玛依尔·契玛里（1844—1919），阿尔巴尼亚民族独立（1912.11.28）发罗拉国民大会主席和独立阿尔巴尼亚第一届政府的首脑。

③ 但丁·阿里盖利（1265—1321），意大利文艺复兴运动的先驱者，伟大诗人。

郁的马托·格鲁达说道，似乎全部罪责都应当由他阿乌古斯托亚来承担。

阿乌古斯托亚低头垂眼：

“奥斯曼占领黑暗留下。（是奥斯曼的占领留下了黑暗。）”意大利兵说道。

马托·格鲁达苦苦地微笑着说：

“为什么这么说，我说先生，你干了什么？你没看到吗？你上过学校……真是怪事，好家伙，你也上了学校！在意大利，你们也有人连自己的名字都不会写，这种人多得很，要多少有多少，嗐！……”

意大利兵不吭声了。马托·格鲁达注意到阿乌古斯托亚脸红了，没有把话题岔开。马托·格鲁达天生是个聪明人，所有听到的事情，他都在自己的意识中整理好，当突然落下什么话需要补充时，他就经过自己一番新的加工把话说出来。当人们听到某件新奇的事情时，就会睁大眼睛。他们说，他的这一良好的素质，是从他爷爷那里继承下来的。

“马托，”静默之后意大利兵说道，“你是一个有思想的男子汉……”

马托·格鲁达没注意听他的话，从床上站起来，把笔记本放在了小凳子上。

“阿古什，把衣服穿好，我们到那儿去！”

“去哪儿？”意大利兵问道。

“到山上去，我们和游击队员们有点事……”

阿乌古斯托亚直瞪瞪地望着主人，仿佛想揭开一个什么秘密。“所以他摁着我练习宣誓。”他想，“因为他办事需要有计划，他肯定是去领取指示！”

“穿上蓑衣，戴上白毡帽。”马托·格鲁达一边向挂在钉子上的蓑衣瞥上一眼，一边说道。

意大利兵穿上鞋，从钉子上拿下蓑衣。

“我们什么时候回来？”阿乌古斯托亚问道。

“有可能今天晚上就回来。”

他们走到房前的棚子下边，马托·格鲁达喊妻子把食品兜拿来。

“阿古什，去把骡子牵来。”马托·格鲁达吩咐意大利兵，自己站在棚子下边。

扎拉误了点时间，还没把食品兜拿来，马托在那儿等着，抽着烟。棚子下边挺暗，马托·格鲁达在那里踱来踱去，想着心事。这个时辰要走很长的路，挺艰难。游击队员们和德国佬儿可能在半路上交火，自己会处于双方的炮火之中。此时此刻他开始担心妻子和孩子。“如果我出事，他们也会幸免于难。”他对自己说。

从台阶上传来扎拉的脚步声，她手上提着装满面包的兜子。

马托·格鲁达一边接过兜子，一边嘱咐妻子要照顾好孩子，要他们好好学习，多懂些事情，不能叫大炮出什么事。

“我要是回来晚了，不要担心！”他说道，然后跟妻子告别。

意大利兵把骡子牵到大门口，等着主人出来。稀拉拉、凉丝丝的冬雨还在下着。

“给，拿着这些，阿古什，搭在骡子身上。”马托·格鲁达对阿乌古斯托亚说，把兜子给了他。

“当心，马托！”当他们抄着小路朝坡下走的时候，妻子在大门口喊道。只能听到骡子哒哒哒的蹄声，马托和阿乌古斯托亚默默地朝前走去。

根据穆拉特的嘱咐，马托·格鲁达应该去佩尔泰菲家里，因为面包集中在那里，而且穆拉特的骡子也等在那里，然后他再从那里跟佩尔泰菲一起出发到山上去。

他们向前走着，听到了狗哈哧哈哧的喘气声。

“是扎拉把狗放出来了。”马托·格鲁达在想，“她想狗会保护我们免遭危险。”

“过来，巴洛！”他对狗说。

巴洛赶到前边去了。

清晨阴冷而潮湿，路面坑坑洼洼，积满了雨水，许许多多的石头中间全是烂泥和浑水。

“马托，我们走远？（马托，我们要走很远的路吗？）”意大利兵问道。

“远。”

他们又停下不说话了。

河口处弥漫着雾气，看不到菲泽家族人的房屋。通往科卡勒山的道路从他们家旁边经过。马托·格鲁达想起了梅雷老头，吐了一口唾沫。

“呸！见了鬼了！”

“啊，怎么，马托？”阿乌古斯托亚问道。

“什么事也没有！”

当他们走到佩尔泰菲家大门口的时候，毛毛细雨停了。他们稍微站了一会儿，听一听有什么动静，可是一点声音都听不到。

马托·格鲁达捡起一块石头，敲了敲大门。从里边传出来一个女人的声音。

“开门，我是马托·格鲁达！”

来开门的是佩尔泰菲的嫂子，奈弗扎蒂的妻子。这是一个很瘦的女人，梳着两条黑辫子，人长得很俊，很秀气。她打开大门，向两个男人问好致意。

“佩尔泰菲起床了吗？”马托·格鲁达问道。

“佩尔泰菲昨天就跟穆拉特走了，我们都为他担心，因为我们不知道他们出了什么事情。”她说道。

马托·格鲁达把事情想得挺坏。他也等着穆拉特回来，可是寻不到穆拉特的踪迹。

“也许是有什么事了！”马托·格鲁达为了安慰她，让她心里平静下来才这样说道。

“昨天穆拉特来的时候，说话声音很低，而且情绪不好，垂头丧气的，他们说要开一个会。”女人说。

“谁知道他们有什么难办的事！”马托·格鲁达说。

“我觉得德国人就在附近。”她忐忑不安地说。

“穆拉特给我留下嘱咐的话没有？”

“他叫你把东西放在骡子背上，叫骡子驮着，从这里送到科卡勒山那边去。”她说道。

马托·格鲁达和意大利兵进到院子里，女人到牲口棚里去牵穆拉特的骡子。阿乌古斯托亚腰有点弯，看样子很难承受深灰色蓑衣的重量。

“女人说德国人来。（女人说德国人要来。）”他说。

“女人的废话！”马托·格鲁达叫他安静，少说话。

佩尔泰菲的嫂子拉着缰绳把骡子从牲口棚里牵出来了。

“面包准备好了吗？”马托·格鲁达问道。

“我们装了四袋子。”她说。

二人和意大利兵走到房前的棚子下面，靠墙放着用线绳缝好口的四袋子面包。马托·格鲁达和意大利兵不出声地抬起一个袋子，把它在骡子的鞍子上放好，绑紧了之后，叫女人把好驮架子的另一面，直到他们把另外几袋子面包全在骡子背上放好。

在两匹骡子身上把东西全放好了，女人要他们稍等一会儿，因为她要交给他们一个小包。马托·格鲁达明白了她的意思，“她是要给丈夫带上一双黑袜子。”他对自己说。

“她是奈弗扎蒂的妻子，一个游击队员的妻子。”马托·格鲁达对意大利兵解释说。

“啊，太好了！”阿乌古斯托亚说。

“你干吗还这样站着？为什么还不把蓑衣拿来穿上？”马托·格鲁达生气地大声说道。

“呜，我忘了！”阿乌古斯托亚说道。他向一个长条凳子走去，他把蓑衣放在那儿了。

女人手里拿着一个小花包袱从屋里出来了，她慢吞吞地、语带哀伤地伸手把一小包东西递给了马托·格鲁达。

“马托，请把这点东西给奈弗扎蒂带去！是几双袜子和一件贴身穿的用毛线织的内衣。冬天就要来了，他身上没穿的。”她说道。

“好吧，你不要担心！”马托·格鲁达安慰道。

马托·格鲁达和阿乌古斯托亚走到两匹骡子前面，牵好缰绳，出发上路了。雨真的停了，但却刮着冷飕飕的风。马托·格鲁达感觉到这种风很快就会带来雪，于是，他脑子里便出现了被暴风雪搅得天昏地暗、寒气逼人的严冬。他还没有砍足漫长的冬天所需要的全部木柴，于是心里开始骂起大炮来：“该诅咒的哈乌弗曼害得我干不了活儿！”

道路开始向菲泽家族人房屋附近的河口爬升，雾气这会儿消散了，意大利兵向房舍投去一瞥，说道：

“大炮打在了这一带地方！”

“住嘴！”马托·格鲁达打断他的话，因为他担心，可不要被菲泽家族的什么人听见。

在菲泽家族人的院子里，着了火的草垛烧成的灰留下黑色的印记，窗户上的玻璃全都碎了。马托·格鲁达边走边看。“只差三四米他们就被炸着了，这家伙好厉害，炮弹落在房顶上该多好！”他对自己说，同时想起了那天晚上发射的炮弹。

马托·格鲁达松开骡子的缰绳，让它单独往前走，自己等着阿乌古斯托亚跟上来。

“把缰绳拴在鞍子的后绳上，让骡子跟在头一匹骡子的后边走！”他对意大利兵说道。

两匹骡子一个跟着一个往前走，狗走在骡子的前边。

在梅雷·菲泽家下边三百多米的地方，孤零零地矗立着塞尔玛尼家的一栋大房子。这个男子刚刚结婚就被马托·格鲁达的父亲给杀死了。这是一栋废弃的房子，窗户上没有玻璃，门上没有门板，各个犄角旮旯儿飕飕地刮着风。夜里，被损坏的屋檐上，猫头鹰咕噜咕噜地惨叫，蝙蝠上上下下、前后左右乱飞。这是菲泽大家族唯一的一栋孤独的被抛弃的房子，因为塞尔玛尼既没有留下妻子，也没有留下孩子。在他的院子里只有两座坟，一座是塞尔玛尼的坟；另一座是他的被杀死的妻子米哈娜的坟。马托·格鲁达看着这两座坟，心里琢磨着梅雷·菲泽。如果他的炮没有击中草垛，而是击中了房子，那么，梅雷·菲泽就像塞尔玛尼一样，现在在他的院子里也会有他自己的坟。夜里，在房墙上猫头鹰也将咕噜咕噜地叫唤，蝙蝠也将上上下下、前后左右乱飞……噢，可怜的大炮，怎么就没更好地找准角度呢！

马托·格鲁达精神过于集中，竟忘记了周围的一切，一会儿瞄瞄梅雷老头的房子；一会儿瞄瞄废弃了的塞尔玛尼的房子。在这些房墙旁边，他眼前浮现出逝去的被忘却的人的影子。他觉得他们向他走来：他的父亲，他的被烧死的母亲捷米莉娅，妹妹加尼梅蒂，他的弟弟泽奈利，大伯父苏拉，二伯父萨迪库，三伯父塞尔瓦蒂，四伯父尤苏菲，克拉伊卡的僧人谢姆谢迪尼……他们围着梅雷·菲泽家的房墙和塞尔玛尼家的残垣断壁默默地走着，走着，好像不是身体在走动，而是一团团带着人脸的云彩。就在这时，他觉察到了阿乌古斯托亚的声音，自己猛然清醒过来了。阿乌古斯托亚对他说起被烧的草垛的事情：

“草垛烧！（草垛着火了！）”意大利兵指着草垛说道。

“待着吧，怎么这样，人家在听我们讲话！”马托·格鲁达握紧拳头说。

就在这个时候，菲泽家族人的院子里传出一声干咳，稍过片刻，从鸡舍后面走出了梅雷老头。他冷淡地向过路人和骡子看了一眼，又咳嗽起来。

“老头！”意大利兵慢声细语地说。

“嘘！”

梅雷老头子没跟他们说话，只用眼盯着他们，然后向房前的棚子那边走去，嘴里嘟囔了几句没意思的话。两匹骡子顺着科卡勒山脚下的斜坡，踏着凹凸不平的水坑和发黑的石头朝山上爬去。肮脏的泥水点子溅在骡子的肚子和脖子上，马托・格鲁达和阿乌古斯托亚脱下蓑衣，放到骡鞍子驮着的面包袋子上。

他们俩走到河口处，转向科卡勒山左侧奔去，他们离弯弯曲曲的主道还有半个小时的路要走。这条路把科卡勒山甩在了左边，一头扎向丛林上面的山谷，靠近马托・格鲁达的村子，然后通向越来越远的地方。这条路通往大迪布拉，在转弯的地方，不时地出现被烧毁的、翻在山崖下边的汽车，游击队员们同敌人的汽车纵队交火，展开阻击战，在路上的行动变得困难多了。

“在已经过去的春天，那里烧毁了五辆意大利汽车，还打死了你们的一个少校。”马托・格鲁达一边抬头指着道路，一边对意大利兵说道。

“我知道。”阿乌古斯托亚说道，“许多意大利人俘虏……（许多意大利人当了俘虏……）”

“德国人也从这儿路过……”马托・格鲁达说。

“德国人在村子里放火，烧汽车。”阿乌古斯托亚说。

“噢，不成，放火干什么！”马托・格鲁达说。

“吓唬人呗。”意大利兵说。

“你们的军队很少放火吗？你们都待在路上。”马托・格鲁达说道。

两匹骡子走进光秃秃的山毛榉林子里，林子里开始现出黑黑的烂泥地。牲口蹄子踩进稀汤的烂泥里，一直糊到膝盖，烂泥如同烤面包时和的面糊糊似的，发出令人窒息的呲哇呲哇的响声。

“游击队员们在哪儿？”阿乌古斯托亚问道。

“还远着呢。”马托·格鲁达说。

“马托，你是共产党员？”阿乌古斯托亚冷不防问道。

马托·格鲁达停了一下，没有回答，他觉得意大利兵提出的问题很奇怪，觉得这是一个思想轻浮的人提出的问题，如同他自己说的那样。“这爽快的小伙子从我身上看出了什么共产党员的迹象？”他想。

“共产党员？”阿乌古斯托亚问道。

“这个我知道！”马托·格鲁达回答道，不想对他解释。

突然间传来尖利的口哨声，有人从树林子里往外走。两人站住了，两匹骡子也站住了。狗开始汪汪地叫唤，马托·格鲁达喊它，命令它不要叫。阿乌古斯托亚望着马托·格鲁达，好像是要寻求保护。

“谁？”意大利兵问道。

“我们的人，是我们的人。”马托·格鲁达一边侧耳听着周围有什么动静一边说。

树林里一片寂静，口哨声响过之后，再没有一点声音。粗大的山毛榉树后面出现了四个带着武器的人。

“你们是从哪儿来的？”其中的一个人问道。

“穆拉特派我们来的！”马托·格鲁达回答道。

“过来，同志们，过来吧。”另外一个人喊道。

两匹骡子又在山毛榉树林里的烂泥中走起来。马托·格鲁达和意大利兵出了一身汗，便把蓑衣从骡鞍上拿下来，搭在胳膊上。

四个游击队员手挽手走在前边。

“这边来，同志们！”一个人把头转向路左边说。

意大利兵拉住缰绳，牵着他的骡子，走在一个游击队员的后面，马托·格鲁达的骡子跟着意大利兵的骡子。现在，他们行进在无路的树林子里。无数的落叶犹如一张大床垫连续不断地铺展在发黑的土地上，这张大垫子在骡子的蹄子和人的脚下抖动着。

“村里人知道德国人和国民阵线分子很快就要来了吗？”那个游击队员问道。

“知道！”马托·格鲁达说道，心思立刻跑回家里了，“肯定要来！”

“你们什么时候从村里出来的？”游击队员再次问道。

“天一亮就出来了。”马托·格鲁达说。

马托·格鲁达明白，这个长得瘦小，鼻子下面留着稀疏的八字胡的小伙子，应该是指挥员。

指挥员咬了一下八字胡子边，目光扫了马托·格鲁达和意大利兵一下。

“你们把家里腾空了吗？”他问道。

“没有！”

指挥员沉默了片刻，不安地思考着什么事情。

“你们应当把家里腾空，德国人还要放火烧村子的。”沉默之后，他说道。

“穆拉特·什塔加在这儿吗？”马托问道。

“穆拉特是你的什么人？”

“同乡人。”

“在这儿。”指挥员叹气说。

“你为什么叹气？”马托·格鲁达问道，竭力想微微地笑一笑。

“你们村里出了一些很大的乱事，这些乱事是很少发生的……”

指挥员说道。

马托·格鲁达没说话，意大利兵眼睛往地上看。

树林子里刮着寒风，天空放晴了，所有的云彩都分散到了天边。

两匹骡子靠近远远高出树林的一个大的石崖，石崖下边有一个宽敞的洞，洞里可容纳一群羊。里面冒着烟，游击队员们围着一堆火在取暖。他们一看见骡子和两个人过来，都站了起来。

“同志们，面包来喽！”

在他们中间，马托·格鲁达认出了奈弗扎蒂。他个子挺高，不是很强壮。他走到马托跟前，拥抱了马托。

“欢迎你来，马托！你怎么样？家里人都好吗？”

“挺好，挺好！他们向你问好。你媳妇给了我几样东西，要我交给你。”马托·格鲁达说道，从骡鞍子上取下来那个小花包袱。

奈弗扎蒂接过包，在手上摆弄了几下，嘴角上露出微笑。这个小包让他回想起妻子和家庭，想起烟囱里冒出的烟和炉子里的火。他抬起头，仔细地看着意大利兵：

“噢，我的朋友！阿乌古斯托亚！”

阿乌古斯托亚认出了奈弗扎蒂，是奈弗扎蒂把他送到马托·格鲁达那里的。

“上午好，奈弗扎蒂！”意大利兵说，紧握着他的手。

游击队员们从骡鞍子上卸下了几袋面包，放到了洞里，然后邀请马托·格鲁达、阿乌古斯托亚和他们一起坐着烤火取暖。火烧得很旺，烟在宽敞的石洞顶缭绕翻动，从洞口冒出去。意大利兵的眼睛呛得难受，一直用手去揉。

游击队指挥员挨着马托·格鲁达坐着，看着火。

过了一会儿，在树林后边的大背景下，透过洞口冒出来的烟雾，马托·格鲁达看见两个人向这边走来。他认出了这两个人，他们是穆拉特·什塔加和特派员扎比尔，游击队员们互相望了望。

“特派员扎比尔……”

指挥员站了起来。

“过来暖和暖和，扎比尔同志！”

游击队员们对扎比尔的到来表现出的眼神、表情，做出来的动作与手势都让你明白，扎比尔不仅享有一种很高的威望，而且还能令人产生一种自然而然的敬畏之情。

特派员扎比尔没说话。

“坐吧，坐吧！”穆拉特·什塔加说。

“穆拉特！”马托·格鲁达喊道。

穆拉特听到熟悉的声音，朝前走来，跟马托·格鲁达和意大利兵亲切地握了手，问了他们身体的情况，然后又回到特派员扎比尔身旁。他的脸颊在颧骨下陷得挺深，笑的时候，牙齿好像是镶的假牙。消瘦的面容说明他操心的事情太多，承受着太多不眠之夜的煎熬。

第十九章

马托·格鲁达在石洞里见到穆拉特·什塔加的时候，只是看见他瘦了，不知道任何别的事情，也不可能知道，因为任何事情都是保密的，即使是营里的游击队员们也不知道。知道的人只有营政委[1]、副政委和营长、特派员扎比尔，还有必须知道的人穆拉特·什塔加。营里的这些大人物知道的是什么呢？

炮弹在菲泽家族的院子里爆炸以后，阿龙村的五个人以一个代表团的架势出发到了州委会。总的来说，这五个人都是正派人，都是我们所说的普通人。这五个人中还有梅雷老头的一个重孙子维塞利。他们同州委会一个重要同志基乌见了面，开始讲述那天夜里两颗炮弹爆炸的事情。他们讲得很细，而且还报告了托松·巴奇在清真寺前面的广场上召集会议的情况。从他们那里的州委会了解了混乱的态势和阿龙村分裂的情况。州委会不仅询问了有关农民和代表团本身的事情，而且还阐明了他们的疑问在哪里。于是，佩尔泰菲·马鲁卡站了起

① “政委”这个词在阿尔巴尼亚民族解放战争时期用得很广，在连、营、团里做政治思想工作的领导一律都称作政委。

来，他还是这个代表团未经选举的团长，他说：

“在托松·巴奇召集的会议上，我提出了反对意见，我说不可能是游击队员开的炮。不过，我这样做是为了维护游击队的声誉。实情是怎样的呢？我怀疑是游击队干的。也许是误打的，要么是为了报某一旧的血仇；要么是为了吓唬一下菲泽家族的人。或者是营里的掷弹筒班根据指挥部的命令，向菲泽家族人家开的火。我为什么说这个呢？我这样说是因为那天夜里在村子周围既没有德国人，也没有国民阵线分子。”

“你说第二天托松·巴奇就到了。”基乌边说边记。

“众所周知，托松·巴奇没有掷弹筒，也没有大炮，甚至可以说，短时间里他身边连三十个无赖汉都凑不起来。现在他卖力要成立一个他自己所宣扬的‘军队’。”佩尔泰菲说道。

“是这样，是这样！”基乌同志说道，同时还用铅笔在纸上敲点着，然后冲着维塞利说：

“那么，您是怎么样的，像上帝那样？”

维塞利的脸刷的红了。

“总的来讲，我不怀疑游击队员们，我怀疑是某个迫击炮手或者是某个班干的。我们家有四个人准备参加游击队，我的一个弟兄巴弗蒂亚里变卦了，不参加了，他相信是游击队员们开火射击的。我们在家里吵架，闹得挺厉害，为这件事我们经常争得面红耳赤，我的堂兄弟法赫雷姆迪纳利也很生气。”

“是那样，是那样！那您怎么样，会参加游击队吗？”基乌同志问道。

“怎能不参加！”

他们在州委员会待了一整天，州委员会向他们保证，一切问题都会解决，而且要通知村里。如果干下了什么错事，将通告全村，罪犯要当场受审，人民自己将是审判员。

“你们就这样跟农民们说！”

随后，他们轻松地踏上了回村之路。

第二天基乌就找到了穆拉特·什塔加，开始先用一堆问题把他轰炸了一通，叫他大汗淋漓。谈话中基乌同志提出许多问题，非常严厉地批评了他，因为他允许托松·巴奇第一个召集农民开会。

“一听到开火射击的事，你就要把全村的人召集到一起，一开始你就应该和民族解放会议[①]的人到农民那里去，挨门逐户地做工作，让人们信服……”

“托松·巴奇一清早就到村里了……”穆拉特·什塔加说道。

“你是在袖手旁观，你应该组织村里的游击分队[②]，向他开火，摧毁他的计划。村分队干不了的事，你应该向营里报告……而你却让他召集人开了会……”基乌同志火气来了。

穆拉特·什塔加脸色变得煞白，怎么可能呢，这一地区最老的共产党员，怎么变得这么糊涂，把事情搞得这么乱呢！

“我以为我已经说服了村里的许多人，他们向我保证说，所有的男子汉都将上山参加游击队。可谁想得到，为了夜里爆炸的那两颗炸弹，竟然把罪责推到了游击队员们身上？”

州里的同志瞪眼望望他，皱起眉头来。

---

① 民族解放会议是反法西斯民族解放战争时期阿尔巴尼亚人民政权组织。

② 民族解放战争时期，在阿尔巴尼亚共产党（后改名劳动党）领导下，阿尔巴尼亚各地普遍成立了游击分队。

“营里的某个挑事者也可能放炮开火。”他说道。

穆拉特·什塔加睁大了眼睛。

“挑事者？”

“游击队营也有可能犯错误。”州里的同志说道。

“不可能。”穆拉特·什塔加思考着说。

“穆拉特，这样吧，你和扎比尔同志一起到营里调查解决这件事情，这是第一点。你们要注意，不要惊动营里，然后到村里去，向人民说明真相，就这些。”他站了起来，把手揣进兜里，在屋里踱起步来。“真见鬼！挑事闹事是很危险的。这种事如同闪电一般在整个地区扩散开了。这不是一个村子的事。”

基乌打开门，跟一个游击队员说，喊扎比尔同志到他这儿来。

过了一会儿，扎比尔同志耷拉着脑袋走进屋子里。

“你知道了，扎比尔同志，今天你就和穆拉特一起到营里去。”

特派员扎比尔的目光对着穆拉特，跟他冷淡地握了握手。

“事情务必要解决！”基乌同志对他说道。

他们和穆拉特一起走了出去。特派员扎比尔把枪抄在手上，他们上路了。扎比尔和穆拉特虽然相识，但此时此刻在一起却挺冷淡，很少能说上一句话。扎比尔同志仿佛是一块黑云，看上去他是在和整个世界生气，也和他自己生气。这一路上他很不开心。基乌同志派人到营里调查这件事让他心绪不佳，这么做不妥。敌人把游击队营当作打击的目标，向它瞄准，而现在，瞄准它的却是自己人，是我们。“基乌同志可以把营政委找来，跟他一起磋商，把问题搞清楚。为什么要安排一个第三者搞调查？叫我来干什么？”扎比尔同志一边走一边思考。但是，他没有办法，先要沉着冷静地去完成任务，过后再到州委会对基乌同志的做法表达自己的意见。这些想法，心里受到的这种触动，扎比尔同志不能对任何人说。除了州委会之外，如果他觉得自己的想法是合情合理的，他甚至还要到民族解放军总部去。

脚趟烂泥汤，穿过荆棘丛和柞树林，走了五个小时，最后他们到了营部，营部在离大道挺远的树林里。

在营部，他们见到了营长和政委，这两个人都是年轻的小伙子。

“我们等了三天，可是，德国人没来。”政委说道。

“有情报说，这个星期德国人不从这里经过。我们将下山到基层，到最近的村子里去，天黑时我们就下山。”特派员扎比尔说。

简短地谈了一下敌人的情况，特派员扎比尔对他们说，他和穆拉特·什塔加接受了地区委员会分配的任务，要他们慎重、细致地做好一项重要工作。

“让我们到一个角落里说。”他说道。

“到草房里去。”营长说。

草房很小，是用细树条子搭成的，上面铺的是茅草。四个人进到草房里，特派员扎比尔想起了一件事情：

“把副政委也叫来！”

政委和营长注视着穆拉特·什塔加的表情，似乎在问：“这样做是什么意思？”

“叫副政委来，叫他来！”特派员扎比尔命令道。

于是，政委站了起来，走出草房子，留在里边的人默不作声。穆拉特·什塔加思忖着特派员扎比尔压抑的情绪。“这个人一向是这个样子。”他对自己说。

政委回来了，副政委也跟着他来了。副政委和大家逐一地握了手，然后坐到营长旁边。他比在场的人年纪都大，戴着带檐儿帽子。

特派员扎比尔是个有着浓眉大眼、四方大脸的男子汉，那大大的脸盘儿，犹如马面那么宽。这会儿是满面阴云，皱起了不少疙瘩，背着手，直挺挺地站在那里，大家都期待着他，看他讲什么。

“一个星期以前，你们营用迫击炮向阿龙村打过炮吗？”他问道。

他们三个人你看看我，我看看你，无言以对。

“我们不明白。”胡子拉碴，脸上长了一个红疖子的副政委说道。

“这不是哲学问题。一个星期以前，你们用迫击炮向阿龙村打过炮没有？”

“这是什么样的幻想！”营长说道。

“我们没有用迫击炮打过任何一个村子。”政委说道。

“你们没打过！”特派员说道，死死地盯着副政委的眼睛。

“您是在侮辱我们。”副政委心平气和地说道。

“炮弹落在阿龙村菲泽家族人家里的事，你们听说了吗？”他问道。

“我们听说了，其他的一些乱七八糟的事，我们也听说了。”政委说道。

“村里的一个代表团到了州委会，代表团是对营里有许多怀疑才到州里来的。梅雷老头亲自给州委会寄来了一封信，”特派员扎比尔把手伸进兜里掏出信来，“瞧瞧，信里说了什么：‘游击队营炮打我的家，我不相信游击队员们要烧毁无辜的人们的家。我的重孙子们本来要参加游击队，现在不参加了……穆拉特·什塔加跟我吵架，闹翻了，而且向我开炮。你们应该感到羞耻！’”特派员把信叠起来，又装进兜里了。

“这是骗人。”营政委说道。

“是托松·巴奇开的炮，反倒诬告别人。”营长说道。

“托松·巴奇既没有大炮，也没有迫击炮。”特派员扎比尔说道。

穆拉特·什塔加没有说话，特派员扎比尔脸色阴沉沉地注视着他。

“穆拉特，一周之前你到过营里吗？”

“我经常到营里，一周之前我也可能到过。”穆拉特·什塔加急赤白脸地说道。

“莫非是你用迫击炮打的？莫非你跟菲泽家族的人有什么陈冤旧仇？莫非你想彻底毁掉这个村子？”他的两个眼珠死死地盯在穆拉特·什塔加身上。

穆拉特·什塔加霍地站了起来。

“扎比尔同志！”他喊叫道，从嘴唇中间挤出了这一喊声，那嘴唇像得了疟疾病似的直打哆嗦。

特派员沉默了片刻，掏出手绢直擦汗。

“这件事情我们要解决的，要解决的。”他说道，“我们要在营里调查真相……”

这时候，副政委站起来了。因为受了刺激，两手一直在发抖。

“请原谅我，我插话了。如果您对什么事情有怀疑，我们就召开一个营党支部会议，会上把您的要求都提出来好喽。”他说。

扎比尔同志遗憾地望着副政委。从一个方面来讲，他相信这个人；可是，从另一个方面来讲，他从基乌同志那里接到命令，要他拨开见不到的大炮发射炮弹的迷雾。他必须执行这个命令，在这类事情上，他是一个盲从者。不过，事后他可以跟那些下命令的人辩论和争吵。在这儿，在营里，他也要像个军人那样去完成任务，要非常严格地到处寻找、盘查实情。除此之外，他还要在州委会把他的想法提出来，他认为基乌同志的命令是完全不正确的。但是，无论是对副政委、政委，还是对营长，都不能把他的想法说出来，因为他不想让他们认为在州委会里能出错事。特派员扎比尔是严厉的，但是，他是正直的。副政委反对他，并且对他说要召开营党支部会议。

“我们召集！”特派员说，“但这不能说我在营里不查找事实。”

“事实您可以查找，但是，一开始，每件事情都要让党内同志有所了解。”

“像你所说的，这一点我们也要做。”特派员扎比尔对他说道。

讲完这些话，特派员就结束了会议。稍晚一些时候，他把党支部的人召集到一起，做了说明。第二天，他便开始在营里展开查找事实的工作。

他到处走来走去，从一伙游击队员到另一伙游击队员，把营里的四门迫击炮搁置一边，问他们是否与菲泽家族的人有什么旧仇。但是询问的结果是：他们来自别的地区，对菲泽家族的人都不认识。于是特派员便开始调查营里的游击队员的生平历史，对穆拉特和奈弗扎蒂给予了更多的注意，原因是他们和菲泽家族的人是同乡。

“穆拉特与菲泽家族的人有过旧仇。”特派员对营长说。

“还有什么？”营长说。

“信任和搜查！”特派员对他说道，没做什么别的解释。

营长生气了，额头上满是冷汗。

“您，您……真的怀疑穆拉特？”

“我不需要再重复：信任和搜查！”特派员扎比尔说道，不给他留思考的后路，因为他在动摇。

“请您原谅，您现在所做的，不是共产党员该做的事！”营长说道，额头上流着汗。

特派员把手抄在背后，冷静地站在那里，看那个样子就明白，他没有把营长生气当作一回事，甚至当他来到营里时就预见到，事情将会是这样的。他是个郁郁寡欢的人，你很难进入他的内心世界发现点什么，他犹如一座山崖一般伫立在人们中间。他没有把穆拉特·什塔加总是留在跟前，而是派他去核实面前出现的这个或那个问题。

“我要去上诉，一直上诉到民族解放军总指挥部。”营长说道。

“一个农民之家两次遭到重武器的袭击，村里乱套了，这一带地方都听说了，州里也知道了。你们营离这户人家很近，这一带地方指挥部也都晓得此事，总指挥部对此也有所耳闻。我是州委会派来的，负责调查这件事情，我在搜集事实，许多事实得出一个结论。我不声不响地搜集事实，按真实情况搜集，事实怎么样，就是怎么样。到下边去，把事实合到一起，进行筛选，得出一个结论，我把这个结论和事实一起寄给指挥部，我劝你们也去做同样的事情。这事就跟算账一样，让我们算账吧。出个结论，好；出不了结论，好！在营里你有二百人，某个鼠目寸光的人出于私报某一旧仇的原因，向菲泽家族之家开火射击！你为什么发火？我在搜集事实。我不大喊大叫，不责骂人。战争不接受‘阿门’这个词，游击队员们是好人。‘阿门！’假如某一个肇事者混入你的游击队当中，能发生这样的事？能！某营的一个肇事者杀死了政委，这样的人物屈指可数，是政委最亲密的人，一边喝水一边把人给杀死了。我们能说什么呢？我们能说‘阿门’？我们搜集到了事实，找出了杀人凶手。谁能相信他是凶手？哎？我在搜集事实，许多事实形成一个结论。”特派员扎比尔总结说。

听了这些话，营长好似一个冻僵的人站在特派员面前。他先前的火气熄灭了，特派员沉着冷静的态度让他陷入了思考。

“可是，穆拉特和奈弗扎蒂不可能开炮袭击……”他结结巴巴地说道。

“我没说是他们开炮袭击的。我在搜集事实，观看、侦察。信任和搜查！”特派员扎比尔还是带着那种冷静的语气说道。

营长打开烟盒，开始卷一支烟，尽管并不想抽。他卷这支烟是因为他觉得不干点什么事，难以坐在这个奇怪的性格沉闷的人面前。有些人具有一种很怪的气质，面对这些人，你会觉得浑身不自在，你不知道自己的双手如何放才好。当你面对这些人的时候，如果不找点什么扶持自己一下，哪怕手上拄着一个小棍儿，或者嘴里含着一片草叶，你都会觉得无法思考。

营长卷着烟卷儿，鼓起勇气说：

“扎比尔同志，您总是这么严厉吗？”

特派员没搭理营长的话。

“把穆拉特·什塔加给我叫来。”他说道。

营长离开了，他觉得卸掉了重担，显得轻松了。在特派员这个人面前，他觉得自己受拘束。他感到宽阔的树林像是一个草房子。

“真是一个执拗的人。”他一边对自己说着，一边走了出去。

稍过片刻，营长见到了穆拉特，告诉他需要到特派员扎比尔那里去一下。他注视着穆拉特，为的是看看他的脸上是否会露出恐惧的神情。可是，在性格上穆拉特与特派员扎比尔有一点共同的东西，他冷静地听取了营长告诉他的消息。

“特派员的行动好像是他要在我们营里侦察出一个肇事者。”营长说道，眼睛一直没有离开穆拉特。

“他有他自己的工作，肇事者应侦察！”穆拉特冷静地说道。

“你也是？”营长感到惊奇。

“特派员所做的工作不能与我们的工作分开。鸿沟是看不见的，他的行动没有任何叫人大惊小怪的。”穆拉特说道，然后向草房子走去。

他看到特派员把手抄在背后。特派员递给他一支烟，然而，他没有接。

“我们会到你们村去，你也跟我们去。你跟菲泽家族的人有过冤仇？”特派员突然发问。

“我没有过冤仇，我父亲有过！”穆拉特冷静地说。

“你明白我为什么问你这个吗？”

“我明白。您怀疑是我向菲泽家族的人开炮射击的。”穆拉特平静地说道。

“我怀疑，但是，怀疑和信任要分开，怀疑是通过事实之路过渡到信任的。”特派员说道。

“我们什么时候到村里去？”穆拉特问道。

“现在就去！”特派员说道，没有把抄在背后的手放下来。

“您想去盘问农民们吗？”穆拉特问道。

“不！我想叫村里人相信，游击队员们没有开炮射击菲泽家族人的房子。我想对他们说，这是敌人的一次挑衅！”特派员扎比尔说道。

“嗬，”穆拉特笑着说，“您自己怀疑我们，而又想对农民说，是我们的敌人开炮射击的。我感到奇怪！”

特派员把抄在背后的手放了下来。

“你真天真无知，我对他们说游击队员们没开炮射击，我并没有欺骗他们。是营里的一个挑衅者干的，不是游击队员，那就是说，游击队员们没有开炮射击。”特派员扎比尔说道。

“您可真聪明！”穆拉特一边说一边怀有好感地瞧着扎比尔那生有浓浓眉毛的四方大脸。

第二十章

游击队员们坐在石洞里的火堆周围，特派员扎比尔和穆拉特·什塔加在一棵山毛榉旁边交谈着。马托·格鲁达不时地望望他们，心里想："他们是在说大炮的事。"

营长向坐在奈弗扎蒂身旁的一个游击队员点头示意。

"泰奥多尔·焦诺马奇，请站起来！"

泰奥多尔·焦诺马奇站了起来，脑袋差点儿碰到了石洞顶棚，他来到营长跟前。

"泰奥多尔"，营长说，"这些箱子需要送到桥边去。"

"我们送去，可是，会是白费劲儿，白送，那些活儿我们不懂，不会干。"泰奥多尔·焦诺马奇说。

营长想了想，真的是这样，游击队员当中没有任何一个人会埋设地雷。副政委根据自己掌握的那些知识，给泰奥多尔·焦诺马奇办了一个小"培训班"，但是，对于队员能否很好地掌握埋设地雷的技术，并没有把握。

"炸药够用吗？"营长问道。

"用四箱炸药掀倒一座山，桥有两个墩子，一箱炸药可以把两个桥墩都炸掉。”泰奥多尔·焦诺马奇说道。

马托·格鲁达听不懂他说这话要干什么，四箱子、一座桥。营长向马托转过身来，对他说道：

“我们要请你出一次公差，我们要把四箱炸药运送到你们村下方的桥旁边。”

马托·格鲁达还是不明白箱子里装的什么，只听懂了一件事：需要用骡子把箱子驮运到桥旁边。

“运去也是白费劲儿。”泰奥多尔·焦诺马奇遗憾地说，“我们不会埋置地雷。”

马托·格鲁达明白了，游击队员们将要埋置地雷炸桥。等德国人靠近桥跟前时，就把桥彻底炸毁。刹那间，他的心思跑到大炮那里了。他把它从树林里拖回家，又把它藏在草房里，可这都白费力了。他若能找到四箱炸药，夜里把炸药放到菲泽家族人房子的四角，该有多好！然后，划着一根火柴，就永别了！那样的话，连意大利兵也不需要了，难办的事也将没有了，连打击的目标也不会出错了……哎，当人不会的时候，做一件事情可真难啊！

“会，还是不会，反正我们要把桥铲除掉。”营长说道。

“可是，”马托·格鲁达在想，“炸药是很难放到菲泽家族人的房角的，应该打洞，应当有导火线。菲泽家族的人是要发现的，要连同大炮的事一起算总账。如果在离房子远些的地方埋设地雷，任何人也发现不了。”

“马托，你要把这四个箱子一直送到桥旁。”营长用胳膊肘碰了他一下。

“我们送。”马托回答说，转向阿乌古斯托亚，“这事你懂吗？”

“懂！”阿乌古斯托亚说。

“你说什么？”营长问道。

“阿古什懂地雷的事。”马托·格鲁达说道，抬头指了一下意大利兵。

营长的目光落到阿乌古斯托亚身上，他不相信，一个穿黑蓑衣、戴白毡帽的农民会懂埋设地雷炸桥的知识。

“您会埋地雷吗？”

“会！”

“在哪儿学的？”

“工兵我在意大利（我是一个意大利工兵），还有……”意大利兵说道。他刚想解释他曾经还当过炮兵，可是，把话咽下去了……

直到这时，营长才明白，站在他面前的原来是一个意大利人。

“啊，您是意大利人？……”营长若有所思地说。

接受了炸毁桥梁任务的泰奥多尔·焦诺马奇，眼睛闪烁出喜悦的光芒，缺少的会摆弄地雷，懂得炸桥技术的爆破手终于找到了。

“您能帮我们的忙，我说同志！”泰奥多尔说。

“我帮忙！”意大利兵说道。为了表示敬意，他站了起来。

马托·格鲁达感到挺自豪，因为他给游击队员们找到了一个有用的人，一个有头脑的人。

“这样吧，同志们，把箱子架到骡背上，出发！”营长说道。

泰奥多尔·焦诺马奇和五六个游击队员站了起来，去抬四个炸药箱，而马托·格鲁达、意大利兵与营长站在那儿等着。

他们待在那儿等着，望着穆拉特·什塔加和特派员扎比尔，这两个人时而下坡，时而上坡，同时还小声地交谈着。营长用胳膊肘拄着膝盖，望着火堆。烟尘呛到他的眼睛里，他不时地用手去擦。马托·格鲁达掏出烟盒，递到他的面前。

“马托，我问你，这个炮手住在你那里吗？”营长指着阿乌古斯托亚问道。

马托·格鲁达觉得自己脸色变了，挺难看，他生自己的气。这一回攫取他心灵的是恐惧。营长的眼睛深深地盯着马托·格鲁达，直到他的心灵深处。马托·格鲁达觉得这两只眼睛在他的胸膛里寻找，要侦察出他隐藏起来的东西。此时此刻，他几乎准备向这个人说出秘密：“我是开炮射击者！”可是，他感到羞耻。除了良心上感到羞耻之外，他的心里还蕴藏着另外一种感情，一种报仇雪恨的快感。按照他的看法，菲泽家族的人正在成为罪犯。梅雷老头给上面指挥部寄了信，很清楚，菲泽家族的人要成为阴谋家，菲泽家族的人在加楔子。在马托·格鲁达的自我意识里，一颗火星在闪光。“哈乌弗曼，我们还要向菲泽家族的人开火，因为他们也在成为游击队员的敌人，我们有权打他们，向他们开火！”马托·格鲁达对自己说。

“我问过你了，马托，这个炮兵住在你那里，是吗？”营长说道。

马托·格鲁达又抖了一下。

“住在我那里，我把他领回家的。我有话要说，因为我感到遗憾……”他说道。

“炮兵！……”营长叹气说。

“是个好小伙子！”

“炮打得好吗？”营长问道。

马托·格鲁达彻底晕乎了。他认为营长开始怀疑了，他的下嘴唇直打哆嗦……

“也许打炮，也许不打炮，应当能打，既然是一支有文化的军队的炮兵，那就应当会打炮射击。”马托·格鲁达说道。

营长默默不语。在这一刻，几个游击队员把四箱炸药搬来了。

马托·格鲁达和意大利兵把两匹骡子牵到跟前。

泰奥多尔·焦诺马奇和马托·格鲁达开始往骡子背上放箱子。

营长转身对意大利兵问道：

“炸药够用吗？”

“几个桥墩桥有？（桥有几个墩子？）”阿乌古斯托亚问道。

“两个！”泰奥多尔·焦诺马奇一面绑箱子一面回答说。

“一箱就够。”阿乌古斯托亚说。

“您要埋地雷炸桥，可是，德国人不来，您还不能炸。”营长说道。

“德国人可能晚个一两周来。”泰奥多尔·焦诺马奇说。

“让他们晚来，您到桥那儿等……”

箱子在骡子背上放置好了，营长跟大家一一握了手。

“一路顺风！你，阿乌古斯托亚，你把地雷一埋好，就可以走开。导火线由泰奥多尔·焦诺马奇来点。你要是把这些同志都教会，让他们知道怎样埋置地雷，那可是太好了。”营长说道。

“我不走开，我和同志们在一起！”阿乌古斯托亚说。

马托·格鲁达吃惊地注视着意大利兵，但是没说话，意大利兵明白他的意思。

“炸完桥之后我还要再来，马托！”他慢条斯理地对马托·格鲁达说。

“好，阿古什，好！你在我那儿宣誓过。”

“宣誓？”阿乌古斯托亚问道。

“在狗舍里宣誓过，你不记得了？”马托·格鲁达问他。

“噢，记着呢！”意大利兵说道，用手掌拍着额头。

马托·格鲁达把手伸进上衣的内兜里，掏出一张纸，扫了一眼，就交给了意大利兵。这是那份散发给意大利兵，号召他们投入反对希特勒侵略者的斗争的传单。这张纸马托·格鲁达当时没有留给阿乌古斯托亚保存，因为马托觉得他似乎没有资格保存这个东西。

“阿古什，你自己留着吧！”马托·格鲁达说道。

阿乌古斯托亚很受感动。

“马托心好。（马托是个心地好的人。）”阿乌古斯托亚一边说，一边把这张纸揣进兜里。

“好，好，现在走吧！”马托·格鲁达说道。

他们还没走开，这时三个穿着意大利军官上衣的人来到了树林里，营长认出了他们。

“这是州委会的人！”他慢腾腾地说。

两个男子汉向特派员扎比尔和穆拉特·什塔加问好，是基乌同志和两个州委会的人。基乌同志一声不响、愁闷地坐在那里，脸色发白，显得很疲劳。特派员时不时地压抑着自己的气愤情绪注视着他。“你动用营里的人给我们白白丢丑！”特派员扎比尔在思忖着，“我也是严肃认真，以一种墨守成规的方式开始了工作。”

基乌同志向驮好了箱子的两匹骡子瞥了一眼，问道：“往哪儿去？”

营长走到他跟前说：

“我们到桥那边埋设地雷，基乌同志。”

“那好。德国人一个星期以后要来的，应该采取措施。去吧，同志们，去吧。”他对牵着骡子的人说道，然后又回过头来对特派员扎比尔说道。

这时，马托·格鲁达和意大利兵以及几个游击队员出发上路了。两个刚来的人开始在树林里交谈，基乌同志沉思般地望着营长，摇头不解。

“噢，那些炮弹给我们干了什么，噢，给我们干了什么！”

黄昏时微弱的光线笼罩在特派员的脸上，浓浓的眉毛垂在眼睛上方。

“我觉得开炮的这些人什么事也没干成，给我们留下的印象是做演习和一点别的什么。营里有四个小小的迫击炮，我要去看看落下炮弹的地方。在菲泽家族人院子里炮弹爆炸的原地，我能找到是用什么武器射击的。但是，我相信不是营里开炮射击的，即使肇事者使用重武器也不可能干得了这个事。”特派员说道。

基乌同志坐下来，捡起一卷干刨花，开始一点一点撕碎它。尽管他竭力让自己显出一副安然平静的神态，但是，依然流露出明显的焦躁不安的神情。营长是了解这个性情急躁的人的。他一边撕碎刨花，一边哼着一支不熟悉的小曲儿，然后还添上了一些歌词：

世界因为痛苦和残酷无情而哭喊，
世界因为枪林弹雨而叫苦连天……

他急赤白脸使劲踹带勒儿皮鞋的后跟儿，冲着扎比尔同志说：

“您得出了这个结论？”

“是的！”特派员说道。

“还有别的什么吗？”

“什么也没有了！”特派员说。

“村里呢？”

“我们没有去。”

“我们没有去。”基乌同志重复说道。

“那个地方我们去过了。”穆拉特·什塔加说道。

“您，穆拉特·什塔加，对村里的形势，我们还可以说说，对这一带地方的形势，您可不应该蒙头睡大觉。您作为保镖，跟随在扎比尔同志身后，您为什么没去村里？”

穆拉特·什塔加嘴唇边上的一根神经哆嗦了一下。

“您说我们要在营里解决事情，然后再去村里……”穆拉特·什塔加说道。

“噢，在营里！在营里只一个特派员扎比尔不够吗？噢，人们哪！”他大声喊道，“德国人第一次到这一带地方来。噢，人们哪！不应当看到这一带地方是四分五裂的……”

“是村里，不是这一带地方。”特派员说道。

基乌同志带着讥讽的意味望着他：

“火星落在草垛上，草垛着火了，挨着它的另一个草垛也着起火来。”基乌同志抬高了嗓门，“你们要把火星熄灭，还是到树林里烤火取暖？在营里没有挑衅的事！如果是那样的话，你们如何对我说？为什么您不去对人民讲清楚？”他火气十足地说道。

“慢慢说，”特派员扎比尔插话说，“要想结论站得住脚，就要在一个地方了解事实，得出一个结论。您给予我们这样的导向！”

这些话像针一样刺中了基乌同志，他向垂下眼睛的特派员扎比尔冷淡地望了一眼，然后看看自己的皮鞋。

“这个导向不是州委会给你们的！州委会不是和平时期的审判员。”基乌同志说道。

特派员扎比尔生气了，他们眼睁睁地欺骗他，他们否认是他们亲自派他去工作的。他注视着穆拉特·什塔加，穆拉特犹如一棵橡树一般，一动也不动地站在一旁。

“基乌同志，”特派员喊道，“您在欺骗……！”

基乌同志使劲跺脚，踹皮鞋。

“我不是欺骗，”他说，“州委会不是审判员。”

特派员扎比尔瞅了他一眼。

“不是您派我到营里进行调查的吗？”

树林里一片肃静，基乌同志望着生气地站在一边的特派员扎比尔。后来，突然向他唱了起来：

> 我们将把世界上的贫穷落后一扫光，
> 如同脱掉黑纱黑袍一样。
> 于是，我们将欣喜欢笑，
> 与人类的全部笑声欢聚在一堂。

特派员扎比尔、穆拉特·什塔加和营长你看我、我看你，基乌同志用唱歌代替回答。他们从未听到过这些话语，开始下意识地微笑起来。基乌同志没有注意他们，继续往下唱：

今天我们在烂泥中忍受寒凉，

在枪林弹雨中呼吸、抵抗。

明天将开始展现一片蔚蓝的天空，

那里有无数的燕子和鸽子飞翔……

大家感到心里有一种光亮，一种忘却了的蔚蓝，就连面带愁容的特派员扎比尔，也显得清朗爽快起来，甚至还深深地舒了一口气。基乌这个同志是个什么鬼人！叫人想不明白，时而严厉，时而爱幻想！

基乌同志闷沉沉地不说话。他抬头向一棵山毛榉树梢上望了一眼，平静地说：

"我从州委会接到命令，要我们三人——你，扎比尔同志；你，穆拉特·什塔加和我到阿龙村，让形势恢复正常。我们要努力，把那天晚上炮弹响过之后立场动摇的那些人重新拉到我们这边来……开炮射击！……那门炮藏在了哪里？那个迫击炮藏在哪里？在山岭中间？在废墟中间？"沉浸在思考之中的基乌同志说道。

"穆拉特！"特派员扎比尔冷不防叫道。

穆拉特·什塔加仰起脸来。

"穆拉特，你想起来了吗，意大利兵是什么时候逃离他们的部队的？"

"哎？"穆拉特·什塔加问道。

"缺了一门炮！"

"缺了。"穆拉特·什塔加说道。

基乌同志和营长在他们面前屏住了呼吸……

"缺一门炮？"基乌同志问道。

“是的！”穆拉特·什塔加说，“我们没找到。向我们投降的意大利炮兵连的连长说，应该还有另外一门大炮。”

“奇怪？”基乌同志问道。

基乌同志咬着指甲，特派员扎比尔拍着额头，请求基乌同志准许他出去一下，接着面容忧郁地离开了他们。他到树林里，找了两个游击队员，也不跟别人说往哪儿去，就向山丘下边走去了。

两个游击队员默默无声地跟着他。特派员背着枪，腰间别着两支手枪，一跐一滑地行走在窄窄的满是发红的烂泥的小道上。当高高的山毛榉变得稀少，橡树和灌木丛显现出来的时候，位于山丘顶上，阿龙村深深的小河上方的菲泽家族人的房屋，就在远处出现了。三个人停下脚步，特派员把手放到额头上，向菲泽家族人的房屋望去。

“我们到那个房子跟前儿去看看！”他说道。

“到菲泽家族人的房子那边去吗？”其中的一个游击队员问道。

“对！”

半个小时之后，他们到了菲泽家族人的院子里。落下了炮弹的草垛变黑了，特派员站在那儿，仔细查看。然后，坐到一个小土坑的旁边，开始琢磨起来，这是炮弹炸出来的。“大炮是从营驻地相反的方向打过来的。”他思考着，“炮弹是从村子那边打过来的，这些日子我们营没到那边去！”他又想起丢失的大炮。“是谁把它拿去了呢？他想干什么呢？”他想。

这时候，从房子的一个陈旧的门里走出来一个瘦瘦的、高高的、衰弱的老头，他是梅雷·菲泽。他站在大门口，眼睛瞄着特派员扎比尔。特派员抬起头，向老头打招呼：

“您好啊，老伯伯！”他说道。

梅雷老头没搭腔，继续站在那里。

“我们在看给您造成的损失！”特派员扎比尔说道。

梅雷老头说了一句叫人听不懂的话：

“Oot-ka komegej！”①

“啊？”特派员问道。

“火没有烧着他！”梅雷老头解释他听不懂的话。

“他是谁？”特派员惊诧地问道。

“坏心肠的人，此人向我开炮射击！”梅雷老头说道。

“这个坏心肠的人会是谁？”特派员问道。

“你们，穆拉特。”老头说道。

“你错了，炮弹是从那边打过来的。”特派员用头指了一下村那边，“游击队就没到过那里。”

梅雷老头勉强地笑了，这种笑像是哭。

“到处都是他们。魔鬼穆拉希米到处都有。”他说道，穿过旧门向屋里走去了。

“见鬼，噢，工作多难做啊！”特派员扎比尔说道。

---

① 这是一句用阿尔巴尼亚语字母拼写的土耳其话，意思是“火没烧着他”。

第二十一章

同一天，特派员扎比尔和穆拉特・什塔加到了村里。马托・格鲁达与阿乌古斯托亚在山上和游击队员们睡在一起。第二天，马托把阿乌古斯托亚拉到一边，对他说他们应该分开。在德国人没来之前，游击队员们需要一个会在所有的河流和小溪的桥上埋置地雷的人。阿乌古斯托亚是一个埋置地雷的好手，可以满足游击队员们的需要。

"阿古什，你将和游击队员们在一起，在桥上埋设地雷。但是，你可要听我说！你不要告诉游击队员们你当过炮兵，是一个炮手。懂吗？如果人家问起你是干什么的，你就说你是炸桥梁的爆破手……你要是说出你是个炮兵，我就上山到这儿来，杀死你！"他还摆弄食指，做出打手枪的样子。"对于我们家里的大炮，任何事情你都不能叫游击队员们知道……你要记住你对我立下的誓言。还有，现在你要健健康康地待在这儿，努把力，我们不要见面……"

"见面（要见面）……"阿乌古斯托亚说。

"嗐，阿古什，现在是打仗的时候！……"马托・格鲁达还拥抱了他。

然后，眼泪汪汪的马托用衣袖擦干眼睛，骑到骡子背上，向村里出发了；带着一种深深的巨大的失落感，仿佛有一个线团堵在了心口窝。

黄昏已经降临，原野里冷飕飕的。马托坐在骡子的鞍子上，披着黑坎肩儿，抽着烟，只是为了让身子稍微暖和一点。另一匹骡子的缰绳连接在第一匹骡子鞍子后面的铁环上，跟在后面走着，蹄掌在石头上发出呱嗒呱嗒的响声。那湿漉漉的黄昏，那些开始降落的雨点儿，两匹骡子的蹄掌在路上发出的敲击声以及那种阴冷都给他增添了寂寞和焦躁。在这种寂寞和深深的焦躁之中，在他的心里，大炮的炮口升了起来；这门大炮现在还蒙着棉被存放在狗舍里。它还需要蒙着被吗？一种负罪感攫取了马托·格鲁达的心。这种感情在跃升、跃升，终于流泻在他的黑坎肩儿上面了。在营里，他已经嗅到了一点事情，其他的事情，凭着一个聪明人的直觉也明白了，犹如他只看到房屋的地基就能晓得房子会是什么样子一样。他看到了地基。是的，是的，他看到了地基。在营里，笼罩着一种不安的气氛。在村里，笼罩着一种不安的气氛。是谁用炮开火射击的？炮弹射击到不该射击的地方……打击到不需要打击的目标，就引起了小小的议论，坏了事，那要是打中了目标呢？那样的打击更要引起议论。“那以后怎么办呢？”马托·格鲁达骑在骡子背上思考着。

马托·格鲁达扔掉了挺粗的烟卷儿。烟卷儿落到了一块顽石上，闪出火星，然后全熄灭了。他打到菲泽家族草垛上的炮弹也熄灭了吗？“熄灭了吗？”马托·格鲁达问自己。“没熄灭。”他回答道。那儿发炮弹在村里和营里着起火来了，这是他不情愿看到的。情愿还是不情愿，事情已经是那个样子了，反正都一样。只有我知道我是不情愿的；只有我知道我是那个开炮射击的人……”

他让骡子站住了，因为脑子里浮现出来一个原来未预想过的想法。“我得回去对山上的游击队员们说，我就是那个放炮射击的人。我要把大炮取来，如果他们想接收我，我就和他们在一起。”

马托·格鲁达让骡子转过身往回走，跟在后面的骡子不愿意往回走。他对骡子喊叫，很生气，大发脾气。他伸手用力拽缰绳，骡子并不愿意走。马托·格鲁达和牲口纠缠着，忘记了自己想过什么，干吗要往回走的事情了。他现在要回山上去是跟骡子斗气，他想叫骡子听从他。骡子向上坡爬去，骡子的鞍子松动了，他摇晃起来，掉到了沟里。一开始，两匹骡子很惊慌，后来，都站住了，把头转向山那边，等着主人骑上去，向他想要去的地方出发。可是，他披着坎肩儿躺在沟里，不想起来，漫无目的地瞧着骡子。这时候，他把一只手伸向腰间，手指头碰上了手枪的铁壳儿，铁壳儿上有了马托·格鲁达的体温。他把手枪从腰上拔下来，握在手里。一匹骡子叫起来，两只前蹄使劲刨着石头，那是他的那匹骡子。他回想起子弹在丛林中呼啸的那一天，骡子就是这么刨着地。那一天，他还看到一门大炮往山下滚动，后来插在了橡树干上。他把手枪放到另一只手里，端详着，那个被打死的意大利兵出现在脑海里。他从死亡的意大利兵的腰上拔下来这支手枪，然后，马托·格鲁达打量了一下他自己，黑坎肩儿、双臂、鞋。拿着手枪的他抖了一下，骡子再次叫唤起来，骡子的第二次叫唤让马托·格鲁达清醒过来了。“别害怕。”他对骡子说，“我那么没用地乱想……没用地乱想……还拔出手枪。”他把手枪重新别在腰上，站了起来。用缰绳牵好骡子，掉头重新朝村里赶去，这会儿他不是骑骡子往前走了……

他用缰绳牵着骡子，说道：

“我生了点气！骂了你们几句！……”

他又陷入思考之中。这一次出现在眼前的是梅雷老头，气得他咬牙切齿，耳朵上的血管怦怦跳。“是的，噢，梅雷老头子，我还要开炮打你一次。”他对自己说，“然后我就到营指挥部，我要说，那炮是我打的！”马托·格鲁达没注意到自己已经到了穆拉特的家旁边了，没有顶的墙头像洒了沥青那么黑。那些家伙是白天烧的房子，里边的活物全都无声无息了。穆拉特的妻子、妈妈和孩子都及时离开了。马托·格鲁达让骡子停在凄凉的墙前边。“好家伙！”他对自己说，“没有什么能比烧毁的房子更叫人心寒了，好家伙！”突然，他喊起来：

“穆拉特，噢，我的朋友！”

他的声音撞击在墙壁上，发出了回声。“这个穆拉特·什塔加从哪里找到这么大的力量！”马托·格鲁达在想，“他撂下一切，走了。妻子、孩子和母亲都扔在家里，凭着腰上别支小手枪，没有一个地方没去过，没有一家的大门没敲过。他既不惊恐，也不怯懦，还很会说话呢。他把要讲的话组织得那么好，以至于所有的人都得开口跟他聊一聊，连那些不想说话的人，也对他予以特别的尊重。”

“穆拉特，噢，我的朋友！”他又面对黑黢黢的墙壁喊道。

他的声音又传出回声：“穆拉特，噢，我的朋友！”

然后，一种罪人的情绪攫取了马托·格鲁达的心，血液猛地涌到脸上，太阳穴开始激烈地跳动起来。

“好，好，他们将会看到我干什么！”他对自己说话，但声音挺大。这时候，他的狗叫唤起来，后来他隐约看到一个灰暗的东西跳到了骡子前面。

“我把你给忘了，巴洛！”马托·格鲁达说道。

他手里牵着缰绳，想到要去奈弗扎蒂家，告诉奈弗扎蒂的妻子，他见到了她的丈夫，并且把她给丈夫准备的那个小包交给了奈弗扎蒂。他是一个勤勉负责的人，对别人嘱托的事情，从来都没忘记过。每次他把别人委托送的东西都送到了指定地方，回来还要到委托他办事的人那里，告诉人家事情已经办好了。对于奈弗扎蒂的妻子，他感到心里很不是滋味，因为她年轻、忠厚老实，是个很好的人。“唉，事情怎么会是这个样子呢！年轻的新娘孤孤单单地留在家里，男人们上山去打仗，有的战死在沙场，再也回不来了！怎么办呢，喂，怎么办呢！”马托·格鲁达说道。

奈弗扎蒂家的窗户闪着亮光，仿佛是在举行盛大的宴会。他让两匹骡子停在大门口，站了一会儿，侧耳听着里面的声音。屋内传出了讲话声、喊声、叫骂声，然后，一切都平静下来，好像没有一个活人似的。他捡起一块石头，敲了敲大门。

他站在那儿等着，后悔敲了门。“也许是有人为了我的大炮在争吵！”他想，“我半道插进来走进去好吗？最好还是走开，明天来告诉她我见到了奈弗扎蒂。”可是，恰好这时候大门开了，奈弗扎蒂的妻子走了出来。

“请进来，马托！”她说道。

“我来告诉你，我见到奈弗扎蒂了。”马托·格鲁达牵着疲劳的牲口的缰绳说道。

“唔，请进来吧，马托！他们早就等着你了。”女人说道。

“他们？他们是谁？”他问道。

伴随他整整一路的烦恼又捕捉了他的心灵。他进去以后能干什么呢？人们将谈论一件他们不了解的事情，唯一知道此事真相的人是他马托·格鲁达。他将去聆听他们因为一件不了解的事情而互相发生的争吵。那样的话，他的烦恼将增加一倍。“那好吧。”他想，“我进去听听，假如我克制不了自己，我就对他们讲出实情。”站在大门口时，他的心思已经溜到了狗舍，那里炮的铁筒被蒙着。“扎拉说得好！我要是把它放在地上，用棉被蒙着或者把大炮的轮子卸下来，用它们做成一个牛车就好了。真的，这样的牛车村里人是看不见的……”

“他们是谁？”马托·格鲁达突然问道。

这个问题提得晚了。

“穆拉特和三个游击队员。”奈弗扎蒂的妻子说道。

“有特派员扎比尔吗？”

“我不知道哪个是。”

马托·格鲁达叹了一口气。

“还有别的人吗？”

“几乎村里一半的男人都在。”奈弗扎蒂的妻子说道。

马托·格鲁达用手抓了一下脑袋，好像头疼似的。

“又是谈论大炮的事！”他对自己说道。

他把两匹骡子交给了奈弗扎蒂的妻子，向男人们聚集的屋子走去。

他慢腾腾地登上木头台阶，在门前停下了，似乎是害怕往屋里走。这时，从屋里传出一个熟人粗声粗气的讲话声。

“是他，是他！应该是特派员扎比尔！”马托·格鲁达对自己说道，额头上已是汗水津津了，如同在树林里在营长面前那样。他继续站在那儿不敢走进去。奈弗扎蒂的妻子见他怯生生的样子对他说：

“为什么不进去，马托？”

对马托·格鲁达来说，这一声音来得很突然，他接着登台阶。

“也许我还是不想进去。我有话要说，已经和你在那里说了，我何苦去找麻烦。不过，我也不是不能进去。”他说道。

奈弗扎蒂的妻子惊诧地望着他。

“马托，你说什么？”

“也许我没想好说任何事情。”马托·格鲁达一边重复同一个想法，一边说道。

“你不是受邀请的人，可他们欢迎你！”奈弗扎蒂的妻子说道。

“那里在议论事情，因为我不是受邀请者，我什么也听不懂。也许在进去之前我稍微休息一下为好。”马托·格鲁达说道，坐在了屋门前的垫子上。

奈弗扎蒂的妻子一下子僵在了那里。

“你到厨房里休息好啦。”她说道。

马托·格鲁达站了起来。

“知道你出了个好主意吗？”

这时候，穆拉特从屋里出来了，他看见了马托·格鲁达，拥抱了他。马托·格鲁达紧紧地抓住穆拉特强壮的双肩，亲吻他，好像多年没见过他似的。

“唉，穆拉特！”他感慨万分地说道。

“好奇怪！”穆拉特说道，“进来！”

马托·格鲁达走进屋子里，这儿聚集了满满一屋子男人。他也没注意任何人，只是找了一个窄小的地方坐下。然后举目一望，看见一个块头挺大的男子。此人坐在烟囱旁边屋子重要的位置上，他是特派员扎比尔。穆拉特坐到扎比尔身旁，贴着耳朵说了什么：

“啊，是马托·格鲁达？”特派员说。

“对，是马托·格鲁达！”他不假思索地说。

“哎，我们的这些同志把他给安置在哪儿了？”特派员说了起来，“阿德南，你们根据什么得出结论，认为是游击队员们开炮射击的？凭假设能把别人弄成罪犯，知道吗？咱们举个例子说，村子里一个人被杀死了，没有确凿的证据，找不到蛛丝马迹，没看见一点相关的东西，你就能说某人是我或者穆拉特杀死的吗？能相信没有事实为依据的空话吗？”

屋子里鸦雀无声，马托·格鲁达环视了一下周围的男人们，真的，村子里一半的男子汉都聚集到一起了。在这些人当中还有阿斯兰·马鲁卡、佩尔泰菲、阿贝迪尼、阿卢希、阿利乌和梅雷老头的大重孙子法赫雷穆迪纳利。

沉寂被阿德南·平召亚打破了：

“你，游击队员兄弟，你为什么把注意力冲着我？不只是我说是游击队员们开炮射击的，别的人也这么说……”

“谁？”特派员问道。

“家庭主人自己。”

“是梅雷老头？”特派员再问。

“还有他的大重孙子法赫雷穆迪纳利。”阿德南说。

法赫雷穆迪纳利在座位上活动起来，抽出一支没点着的烟夹在耳朵上。

“您，是法赫雷穆迪纳利？”特派员冲着他说道。

“听您的吩咐！老爷爷和我都认为是游击队员们开炮射击的，他们开炮射击是有原因的。他们射击，干得好。老爷爷和托松·巴奇曾经有过交情。在开炮射击的前四天，托松·巴奇到过我们家。游击队员们以为是我们要把托松·巴奇给藏起来，所以便开炮射击。他们干得好，我也是如此，假如我处于他们的位置，我也要这么做，我要向他们报仇，但是，这么做只有一点不好，会使村子发生分裂，使村里的人惊恐不安。不过，用一句话说，我在向他们报仇！”然后他又冲阿德南说：“噢，阿德南·平召亚，我咒骂过游击队员们向我家开炮射击了吗？”

阿德南用手指甲弹了一下烟盒。

“你没骂过，但你说过游击队员们开炮射击了我们。”阿德南说道。

“这就够了。这是咒骂吗？”法赫雷穆迪纳利说道，并且笑容可掬地望着特派员扎比尔。

屋子里又是一阵沉寂，人们期待特派员如何回答他。特派员扬起双眉，用目光控制住整个屋子，说道：

“不用任何一句恶言咒语也能达到骂人的目的。法赫雷穆迪纳利，你很聪明。你向游击队员们报了仇，实际上你是真的咒骂了他们。‘假如我处于他们的位置，我也要这么做。’说这个话的同时就散布了含有毒药的话。但是，我们没有开炮射击你们家。即使你本人是国民阵线的司令官，我们也不会开炮射击，因为那样做我们将会犯罪，就像德国人屠杀妇女和儿童一样。请你告诉我，我们有哪颗炮弹落在了托松·巴奇的家里吗？你不是国民阵线分子，托松·巴奇是国民阵线分子。既然我们没有把炮弹打到托松·巴奇的家里，怎么能打到你家里呢？……”

“就是嘛！”男人们立刻回应说。

“炮不是你们放的，可家却是你们烧的。”阿德南·平召亚奸笑着说道，“没过多长时间！”

“因为他烧了我们，我们就烧他。但并非没过多长时间。我们没有杀害儿童，没有杀害弟兄，没有杀害老头，没有杀害妇女！我们烧他的家，是为了给他一个教训：你要烧人，人家就烧你。你也一样，如果你要走托松·巴奇的道路，如果你非常凶残，特别肮脏，那你就要遭到报应。你还应当知道一件事情：我们烧的是作恶犯罪者的家，而不是普通国民阵线分子的家，因为他们当中的多数人是受欺骗、受蒙蔽的，而且我们相信，他们将会认识到自己的错误。阿德南·平召亚，你听说过我们烧了某个普通国民阵线分子的房子吗？村里有多少国民阵线分子？”

“三个！”阿德南说道。

“在他们的房顶上，除了烟囱冒烟之外，你还看到别处冒烟了吗？”特派员扎比尔问道。

所有的人都笑了。法赫雷穆迪纳利低下了头，阿德南坐在那里，脸红得像火一样。穆拉特脸上露出微微的笑容。

阿德南·平召亚直挠头，似乎是要寻找一个主意。后来他勉强地笑了笑，面对男人们说：

“嗬——嗬！好家伙，您是在搞笑啊！您受挫，然后又笑，背地里把手枪藏起来。嗬——嗬！”

阿德南·平召亚前不久杀死了阿利·马鲁卡的弟弟——可怜的卡姆贝尔，给他的家里添了一道新的伤痕，这叫阿利·马鲁卡很难坚持坐在那里。他时而偏靠这个肩膀，时而又靠另一个，用后背摩擦着屋墙。

“你，阿德南·平召亚，在这个屋子里没有你的地方！你话语的爆炸力比一门大炮炮弹的爆炸力厉害得多。这些话在爆炸，在使村子分裂。莫非是托松·巴奇把你派来的？”阿利·马鲁卡咬着牙说道。

阿德南·平召亚对阿利不屑一顾。

“我们来到这个屋子里的时候，就把仇恨搁在院子里了。我们两个人有仇，但是，在这个屋子里，我们谈论一些别的事情，这些事情是最为重大的。”阿德南·平召亚说道。

阿利·马鲁卡火气上来了：

“我们说反对游击队员们的事，你把这些称作大事！臭水坑里的蛤蟆！”

阿德南·平召亚坐不住了，摇头晃脑直活动，他准备说话。可是，特派员扎比尔插进来了，他向所有的人扫了一眼。这一眼扫过之后，屋子里陷入一种死一般的寂静中。扎比尔的眼睛转来转去，在马托·格鲁达身上停了一会儿。马托·格鲁达脸色苍白，坐在佩尔泰菲身旁。然后，扎比尔把目光盯在了阿德南·平召亚身上，说道：

“不是所有的人都开炮射击的，是一个人干的这个事。所有的游击队员都要成为罪人吗？”

阿德南·平召亚顿时脸红起来，屋子里响起一片喧闹声，如同院子里的风声一样。

“呜——一个游击队员开的炮，这一点他是接受了。这么说事情就了结了……我们不和游击队员们站在一起……我们不喜欢他们……”大约有十个男子异口同声地喊道。而阿德南·平召亚却很得意地笑了。

穆拉特·什塔加咬紧牙关，这时候，他对特派员扎比尔产生了一种深深的恨意。这个人在干什么？鼓动村里人反对我穆拉特？扎比尔，你将去向何处？

扎比尔冷静地抬起头来，用目光掌控了整个屋子。

“您怀疑哪一个？”

马托·格鲁达浑身骤然热了起来，好像发高烧似的。“假如我站起来说：‘我就是那个开炮射击的人！’会怎么样？”他在想，一时糊涂了。

屋子里又是一阵寂静，寂静中阿德南·平召亚站了起来，伸出手指指着穆拉特·什塔加说：

“是穆拉特开炮射击的，在游击队员们怂恿下干的！”

“穆拉——特！”另外五六个人拖着长音喊道。

特派员扎比尔慢慢地把头转向穆拉特，看见他满脸是汗。

“他们不喜欢我！”穆拉特特别痛苦地对自己说。

“穆拉特只是一个人，游击队员们不是穆拉特……假如，在这个屋子里我们就给穆拉特上了镣铐，对他做出死刑的判决，你们会和游击队员们和好吗？你们会参加游击队吗？”扎比尔以那样一种轻松自然的语气说道，简直就像在谈论平平常常的事情似的。

男人们互相观望着。

“全都参加！”大约十个或十五个人喊道。

“那你呢，阿德南？”扎比尔问道。

阿德南·平召亚微微一笑，说道：

“公道取胜！我跟公道一起走……要能现在就给穆拉特锁上镣铐，我参加游击队……”

“不！”马托·格鲁达突然喊道，立刻站了起来。但是，他的声音又被特派员扎比尔的声音淹没了。也许是声音还没出嗓子眼儿，因为他听到特派员说：

“阿利，对阿德南·平召亚，我们都很熟悉，他不应该待在这个屋子里。不过，没关系，让他待着吧，这样，您能更好地认识他。”特派员扎比尔又转向法赫雷穆迪纳利说，“你以为阿德南是你的朋友？连你们家的谢加姑娘他都想侮辱，是马托·格鲁达把谢加从他的手中救了出来。”

阿德南·平召亚的脸色变得像死人的肤色一般黄，双手和嘴唇开始哆嗦起来，马托·格鲁达用鄙夷的目光看着他。法赫雷穆迪纳利把牙咬得咯咯响，他早就听说过谢加和阿德南之间发生的事情，但以为是流言蜚语。

“我们还了解托松·巴奇种种迷人惑众的花招。不过，让他待在这个屋子里吧，以便让大家都看清楚他是个什么人。如果今天你们不算这个账，那么明天叫他还！”特派员扎比尔说道。

“我从来就不曾是他的朋友，也不曾是托松·巴奇的朋友。游击队员们开炮射击这件事情叫我感到很遗憾。最好是托松·巴奇开炮射击，因为那样我就可以愤然而起，同他进行斗争。要去反对游击队员们，我是不会起来干这种事的。我的事情是一回事，阿德南·平召亚的事情是另一回事，二者是不相同的。”法赫雷穆迪纳利转身冲着阿德南说：“你，阿德南，你投身保卫我们家的斗争是什么意思？我们家遭受的灾难有那么大吗？”

“您想怎么干就怎么干吧！我讲话是为了您好。”阿德南·平召亚说道，他处在各种目光交叉的注视中。他没想到连法赫雷穆迪纳利也会反对他，不接受任何帮助。

这时候，有人敲门了，在门槛前出现了消瘦的、高高的、手里拄着拐杖的梅雷老头。所有的人都站了起来，特派员扎比尔也站起来了。

梅雷老头跟特派员握了手，然后坐到屋子另一端的首席座位上。

“梅雷老人家，你好吗？”特派员对着老头说道。

“富裕幸福，吉祥如意！”梅雷老头说道。

“先生多保重，保重。”

“富裕幸福，吉祥如意！”梅雷老头说道。

这些问好祝愿的话说过之后，屋子里又沉浸在寂静之中。梅雷老头转动眼球，把男人们逐个打量一番，然后盯住了马托·格鲁达。马托竭力控制住自己，但是，他的心在发抖，并且在胸腔里开始激烈地震荡。

“有人随心所欲地用炮向您射击，对此我们早已感到很遗憾，那些人不爱护我们的利益。”特派员抬高了嗓门儿说道，这正是老头们所喜欢的。

“先生，你的话讲得好！”梅雷老头说道。

大家都感到很尴尬，觉得梅雷老头的话是笑里藏刀。

“我是感觉到了什么就说什么。”特派员说道。

“射击用大炮，射击也能用棉花。”梅雷老头说道，并且放声大笑起来，似乎有人胳肢他，“哈，哈，哈！”

人们立刻僵住了，然后笑起来，仿佛受到了梅雷老头笑声的感染。特派员皱起眉头，一直等到屋子里安静下来才舒展开眉头。

“梅雷老人家，你也知道，我们不想向你家开炮射击。那两颗瞎了眼的炮弹落到了你的院子里，你用双手抓住了它们，现在你还依然健壮。你以为那颗比另外一颗大过千倍的炮弹能保护家？……”特派员说完后稍停片刻。

男人们你看看我，我看看你。梅雷老头用铁夹子拨弄炉火，以便让自己显得很平静。

“你救不了这个家！你的四个重孙子要到营里参加游击队。你再也指挥不了这一大家子了，你没有力量了！这两发炮弹响过之后，你尽管身子骨还支撑着，但总会有损失。村子里的事你理顺不了，甚至它会扔下你，叫你变成孤家寡人！”他伸出手指指着法赫雷穆迪纳利。然后，面对男人们说：“同志们，我们应当扩大村分队，你们当中谁想参加？”特派员说道。

法赫雷穆迪纳利立刻站起来，他的眉眼显得很忧郁，脸色也变了：

“这不是实情！我们没要求参加游击队。当开炮射击的人出现在大家面前的时候，我们就去参加！”

“给穆拉特·什塔加上镣铐，我们就参加游击队！”阿德南·平召亚插了一杠子。

特派员扎比尔第一次点着一支烟，大口地吸着，用手紧捋山羊胡子，感叹地说：

“开始我想，现在就在屋子里用镣铐把他扣起来，不过，最好我们还是等着把事实收集在一起，凭事实办事。”他转身问穆拉特，“穆拉特，你说是不是？”

“如果需要的话，好吧！……”穆拉特极其痛苦地说。

男人们没想到所谈论话题的这一改变。穆拉特心里明白，特派员想用这一转折彻底解除梅雷老头和相信他的人的武装。

特派员补充说：

“谁希望参加游击分队？”

阿利乌第一个站起来：

“我！”他说。

“我！”阿斯兰·马鲁卡说。

“我！”阿卢希说。

“我！”切马利说。

“我！”费塔胡说。

在屋子里的十二个男子汉一起喊“我们！”

特派员扎比尔和穆拉特笑呵呵地看着大家。

“你们当中谁希望加入游击队？”特派员扎比尔问道。

“我！”佩尔泰菲说。

“我！”阿利乌说。

特派员挥动了一下他那粗壮的胳膊，说道：

“你已经表达了加入村里游击分队的愿望，你不能有两个任务！”

“我改变主意了！”阿利乌说。

特派员笑了。

“还应当有几个人留在村分队里。”他说。

特派员刚一讲完话，四个小伙子进到屋子里，梅雷老头回过头朝着门的方向看去，脖子好像僵住了，原来是他的四个重孙子。

“把我们四个人的名字也写上！”第十个重孙子说道。

“参加村分队还是营里游击队？”穆拉特问道。

“营里游击队！”维塞利说道。

“报一下你们的名字！”特派员手里拿着笔记本说道。

“维塞利·菲泽！”

“阿巴齐。”

“拉赫米乌。”

“巴弗蒂亚里！”

特派员再次站起来，把屋子里所有的男人逐个打量了一番，然后用充满自信的声音说道：

“大炮要么在阿龙村，要么在托松·巴奇手里。当我们打扫战场、收集投降的意大利兵扔下的武器的时候，发现缺了一门大炮……我到梅雷老人家的院子里看过，炮弹是从你们村子那边打过来的。”

马托·格鲁达的脸色顿时变了，他的大炮处在要露馅儿的时刻。如果他再稍微勇敢些，就会站起来并且对男人们说，正在寻找的大炮，就在他的狗舍里，上面蒙着被子。可是，这事他做不到。他担忧、害怕，可别叫鼻子和嘴一起流血。马托·格鲁达听说杀人者是逃不掉的。

“大炮在我们村里？！”法赫雷穆迪纳利惊诧地问。

“不可能！”阿利乌说道。

“要么在你们村里，要么在托松·巴奇手里。”特派员扎比尔信心十足、毫不动摇地说道。

“那么说，穆拉特知道这门大炮在什么地方喽！”阿德南·平召亚说道。

“我们要找到它……不知道……”特派员扎比尔说道。

这一回马托·格鲁达彻底地不知所措了，开始活动肩膀，仿佛有人用针扎他，然后他开始露出笑容。人们看着他那个神态，都低下了头，因为他们瞅着他感到很难为情。

梅雷老头一声不吭坐在炉火旁，特派员扎比尔的话和四个重孙子的到来，似乎堵住了他的嘴。他再也不能发泄家里对游击队员们的愤怒了，因为这事大家是不能相信的。

“菲泽家族还有另外一个人也要和我们一起参加。”巴弗蒂亚里说，“这个人正在门口守着呢。”

梅雷老头为之发抖，眼睛死死地盯着巴弗蒂亚里。

“谁？”

巴弗蒂亚里没对梅雷老头，而是对特派员扎比尔说：

“能进来吗？”

“进来！”特派员说。

巴弗蒂亚里站起来把门推开，大家转过头去，屋子里立刻响起长长的“唔”的叫声，门口站着一个身材高高的姑娘，她留着辫子，黑黑的头发上围着一条黄头巾。她是谢加，梅雷老头的重孙女，法赫雷穆迪纳利的妹妹。特派员站起来，从男人们中间走过去，就为了向她致意，跟她握手。人们开始相互间小声议论，法赫雷穆迪纳利脸色发白，两个手掌把脸捂了起来。特派员跟姑娘握了手，请她到前面坐在自己旁边。谢加脸红了，天真地、不知所措地、含羞地微笑着。

“不，这是不能忍受的！”阿德南向马托·格鲁达嘟嘟囔囔地说道。

“奇怪，奇怪！”马托·格鲁达慢慢吞吞地说道。

谢加的哥哥法赫雷穆迪纳利把双手从脸上挪开，站了起来。

男人们羞涩地低下了头。

“干什么，这是？”马托·格鲁达问道。

法赫雷穆迪纳利站了片刻，两眼直勾勾地盯着妹妹的脸，喊道：

“你从谁那里得到了允许？滚出去，不然，我就用这双手掐住你的喉咙憋死你！”

他伸出双手比画着，像两只鹰爪子。他全身发抖，嘴里流出口水沫子。谢加坐在特派员身边，眼睛往地上看。

“坐下，同志，请坐！”特派员冷静地说道。

法赫雷穆迪纳利对着梅雷老头，好像有点责备他的意味，说道：

“噢，老爷爷！好好活着，老爷爷，好好活着，看看你的家已经衰败到哪里去了！噢，老爷爷！你的重孙女，我的妹妹以及我的这些堂兄弟，”他用手指点着菲泽家族的四个小伙子，接着说，“他们今天选择了遥远的不光彩的姑娘们走的道路！……”

他气得直喘粗气。这时候，菲泽家族的两个小伙子巴弗蒂亚里和阿巴齐站了起来，他们拉住法赫雷穆迪纳利的胳膊强迫他坐下。

“你真不知害臊，哥们儿，说这种话！坐下！”巴弗蒂亚里喊道，并且使劲推搡这个堂兄弟。

法赫雷穆迪纳利用胳膊肘推搡他们俩，将胳膊挣脱出来。

“你们今天把我妹妹拉来了！”他眼睛瞪得很圆，准备揍他们俩。

屋子里喧闹起来了。

特派员站起来，说道：

“我要制止你讲这种话！”

法赫雷穆迪纳利听了发抖，这不是因为惧怕而发抖，而是因恼怒和愤恨而战栗。

“她是我的妹妹，我对她想怎么做就怎么做。你，你，你，不要乱插杠子管闲事！”他大声喊道。

“你没有权利骂她！她的事情不取决于你。”特派员面对男人们说，“请你们原谅我！她是我们的女儿，我们国家的女儿！”

法赫雷穆迪纳利往脚下吐了口唾沫①，还向妹妹和聚集在屋子里的男人们气势汹汹地盯了一眼，咣当一声，摔门急匆匆地出去了。

谢加坐在特派员和穆拉特的旁边，艰难地抬起眼睛，看了看屋里，人们默不作声地坐着。法赫雷穆迪纳利的荒唐举动，造成一种困难的局面。谁也没料到谢加的到来，谁也没料到事情会走到这一步。这件事情甚至连穆拉特事前也没有想到，他也诧异地望着谢加。

哥哥走出去之后，她站起来，慢条斯理地说：

“人家对我说，在山上和游击队员们在一起的还有姑娘，我想我也要上山去。法赫雷穆迪纳利没道理，但是，他是个好人！”她又坐到她的位置上。

梅雷老头坐在那儿听着，似乎这整个的一幕对他来说是一件平常的小事。

当上述这些事情发生的时候，阿德南·平召亚站了起来，并准备离开，可是走到门槛处停下了，冲着男人们说：

“好人们！这是一种耻辱！这些事情都是穆拉特策划的。你们看见他了吧？嗐，嗐！他，一个有老婆和孩子的男人，硬把一个年轻的姑娘给毁了。他挑逗谢加上钩，想占有她为妻，是个玩弄女性的肮脏的家伙，如同玩弄大炮反对菲泽家族一样，同样也玩弄谢加——菲泽家族的姑娘、他的情人……可耻，可耻，可耻。”

屋子里顿时活跃起来了，于是，阿巴齐站了起来，直向阿德南扑

① 阿尔巴尼亚人在公共场合讲话时往脚前吐一口唾沫，是表示自己愤懑或蔑视的感情。

去。抓住他的衣领，摇晃他，使出全部力量打他的嘴巴子。然后用脚把他踢到门口，再把他推搡到走廊里。

“脏东西！”阿巴齐边说边坐下了。

这时候，梅雷老头站了起来。他拄着拐棍儿，把屋子环视一番。谢加躲在特派员的身旁。

梅雷老头站了片刻，人们等着听他说什么。特派员扎比尔挪动了位置，马托·格鲁达的心脏怦怦跳得好厉害，他的心思跑到大炮那边去了。“它要是干出点什么事的话？……”

梅雷老头举起了拐棍儿：

“大炮弹爆炸了！先生，你说得好！”他对着特派员说道。

所有的男人屏息静听，梅雷老头又环视一圈，令大家感到奇怪的是，他又开始放声大笑起来。

“哈，哈，哈！ Oot-ka komegej, Oot-ka komegej！”①

他笑着，仿佛有人用手指头在腋下胳肢他。这不是一种失去希望的笑，而是一种自然而然的笑，是狂热到歇斯底里的笑。人们听着这一笑声，低下了头。

受了这通累之后，梅雷老头的脸色变得比蜡还要苍白。细长的双腿直摇晃，一下子倒在了坐垫上，失去了知觉。

男人们一拥而上，看着倒下的梅雷老头，他犯了癫痫病。他的四个重孙子把他抬起来，送到厨房里，在那里，奈弗扎蒂的妻子让他躺在褥子上，而且还给他盖上了被子。尽管以前她听说过梅雷老头有时犯癫痫病，可她还是感到不安。

① 这是用阿尔巴尼亚语字母拼写的土耳其话，前面已出现过，意思是：火没有烧着他。

“可不要死了！”女人吐字不清地说。

“不会死，姐妹，不会死！”拉赫米乌说。

梅雷老头的四个重孙子稍后回到了屋子里。

“请原谅我们。”拉赫米乌说，“老人家是忍耐不住了。他很难支持民族解放战争，大概和谢加也不行！请原谅我们。我相信，他与托松·巴奇也不能讲和……这个你们不了解！”

“是这样，是这样，工作进行得不好……”阿利乌说道。

特派员扬起他的粗眉毛，说道：

“我要说的是工作进行得很好。你们，菲泽家族的四个小伙子，炮弹在你们家院子里爆炸这件事，你们怎么看？”特派员突然转身对菲泽家族的人问道。

“一开始我们想，这是未经过训练的游击队炮手造成的一个错误……后来，村里有几个人嫁祸于游击队员们，好像是他们有意开炮射击的，这时候我们明白了，这是敌人编造的流言，目的是为了把我们家抛向反对解放运动的势力一边。”拉赫米乌说道。

特派员扎比尔扬起眉毛，望了望菲泽家族的姑娘谢加，问道：

“姑娘，你怎么想？谁可能开炮射击？”

“游击队员们没有开炮射击！”她坚定地说。

“我相信你。”特派员说道。

一整个晚上，马托·格鲁达几乎一句话也没说，他突然想起了山洞。那一天，意大利兵在树林里被打得落花流水，当时他曾在山洞里躲避过。村里有人说，梅雷老头想撇下家，到那个山洞里去，把被褥、药柜和油灯也带上。家里人让梅雷老头感到烦恼，村里传出的话是这么说的。现在，马托·格鲁达看到梅雷老头是处在怎样一种境遇中，于是便想起了山洞。他思考着，对自己发笑……

“马托，你为什么笑？”穆拉特问道。

马托·格鲁达处于对往事的回忆中。

“呵，净瞎想，今天晚上是到哪儿了？到哪儿了？”他说道。

特派员的脸色阴沉起来，也许是他不喜欢马托的这种表述。

“为什么说到哪儿了？”特派员问他。

“我是想说，许多事情，道儿走得挺顺当。”马托·格鲁达红着脸说道。

“你说得对！”特派员说道，“但是，我们还没查出大炮是谁打的，从哪儿打的。”他若有所思、总结似的说道。

马托·格鲁达宛如女人一般低下头，把眼睛垂向地面，他预感到，把大炮放置在狗舍里越来越困难了。除此之外，他还担心意大利兵阿乌古斯托亚。

“可不要把事说出去，蠢驴！”他对自己嘀咕。

“我们，同志们，”穆拉特说，“我们需要有所准备。这些日子德国人要来，村分队应当准备好。游击队营将在那边进行战斗，但是，村分队也将不会袖手旁观。”

“那肯定不会，肯定不会！”男人们说道。

灯在奈弗扎蒂屋子的烟囱上闪耀着光芒。特派员扎比尔感到很累。那一日，他和穆拉特整整一天挨门逐户地走访，和农民们谈话。而且这天晚上所有那些乱糟糟的事都使他感到劳累，惶惶不安。他抬起他硕大的头颅，再一次对男人们说道：

“谢谢你们，同志们！今天晚上，我们的事情就到这儿。一路平安，你们将去参加游击队。消灭法西斯！”

“自由属于人民！”人们异口同声地回答。

男人们都走了，最后只剩下了马托·格鲁达和梅雷老头的重孙女谢加。她回不了家了，因为她怕法赫雷穆迪纳利。出于这个原因，谢加向奈弗扎蒂的妻子提出了睡在她家里的请求，直到去营里参加游击队为止。除了这个原因，她还想照顾梅雷老头，他犯了癫痫病，正躺在厨房里。谢加说，那整整一夜梅雷老头将是奈弗扎蒂妻子的一个包袱。

“老爷爷是一个枯燥无味的人，你可要受累了。”谢加说道。

“没关系，就一夜时间，我们经受得了。”奈弗扎蒂的妻子笑呵呵地说道，并且亲热地用一个胳膊搂住了谢加的脖子。

特派员、穆拉特和马托·格鲁达还留在屋子里。

“唉，你觉得今天的谈话怎么样？”特派员扎比尔向马托·格鲁达问道。

“挺好……”马托·格鲁达慢悠悠地说道。

特派员又转向穆拉特：

“马托·格鲁达在村游击分队里吗？我好像没听到过他的名字。”

穆拉特望一望马托·格鲁达，立刻又把目光收了回去，他不愿意伤害自己的同伴，对特派员说：

“对的，对的，他在村游击分队里！”

马托·格鲁达垂下了眼睛。

“马托，姑姑现在怎么样了？”穆拉特问道。

“不知道，昨天我就离开家了。”马托·格鲁达回答。

“我给她寄了一些阿司匹林，没工夫去看她……”穆拉特说道。

“啊，你在营里嘛！”特派员接过话头，“你把炸药送到桥那边了吗？”

“我们送到了。”马托·格鲁达说道。

穆拉特用手掌拍了一下额头。

“真是的！可他们不会埋地雷！他们等着我今天晚上去那里……”

特派员的脸色立刻变得挺难看，他皱紧眉头打量穆拉特。

“那你还待在这儿干什么！赶紧到桥那边去！疏忽大意，疏忽大意！”他非常生气地说。他本来应该说“重视不够”，但却被“疏忽大意”取而代之了。

“我把意大利兵留给他们了。”马托·格鲁达说道。

“哎，他们要意大利兵干什么？跳舞吗？”特派员说道。

“在地雷方面意大利兵是个行家……他会炸桥，他是亲口这么说的。”

“啊，可是……”特派员没把话说明白。

马托·格鲁达又稍站了一会儿，就要离开。

“我走了，晚安！”他说道。

马托·格鲁达走后，特派员和穆拉特二人在壁炉旁边坐了很长时间。特派员拿出他的小笔记本，开始写起来，就像发生了重要事件之后他常常做的那样。穆拉特抽着烟，用长长的火筷子调整着壁炉里的火苗，奈弗扎蒂的妻子没到屋里来，因为她知道他们不希望有人打搅。

穆拉特·什塔加对州委会的基乌同志不满意，因为是他派扎比尔同志调查地区营与菲泽家族人家里被射击的情况，但他没敢把态度公开表露出来。现在，在奈弗扎蒂家的壁炉旁边，他决定把自己的想法告诉给特派员，但是他要等着他的伙伴阴沉着脸在小本子上把字歪歪扭扭地写完再说。特派员尚未写完，穆拉特·什塔加心里起急不耐烦了。最后，他朝着炉子低下头，说道：

“我没觉得基乌同志的要求是条正道，我觉得他对游击队营的怀疑不是有的放矢，怀疑一切那不是共产党人的灵魂……”

特派员的目光离开小本子抬起头来，仿佛在云雾中注视着穆拉特，然后把铅笔叼在嘴上，用牙齿转动着，最后将它从嘴唇中间抽下来，放进小本子中间。

“穆拉特，你是这么想的？”他问道。

“是的！”穆拉特·什塔加说道。

“你可能犯错误，基乌同志也可能犯错误。你可能因为多愁善感犯错误，他可能因为干瘪无味犯错误。”特派员说，“没关系，不说这个了。大炮是从村里发射出来的，它在村子里……”

穆拉特·什塔加撂下火筷子。他早已聆听了特派员扎比尔在刚刚结束的会议上谈的想法，但是他认为，从策略上来说，很简单，那是一个解决问题的办法。现在他又重新听到这一想法，不过它是一个人在指出出路之前掂量了话的分量之后才讲出的更加充满信心的想法。

“我们要拿你怎么办呢？在大炮找到之前，我们要根据大多数人的意见掌控你！”扎比尔逐字逐句地说道，好像给一个小学生读听写课文似的。

穆拉特·什塔加像冻僵的冰人站在屋子的中间。

“根据意见是什么意思？”他问道。

“意思是逮——捕！”扎比尔按着音节说道。

“逮捕？”穆拉特喊道，走到扎比尔跟前。扎比尔平心静气地坐着，面前放着小笔记本。

“我不能欺骗农民，我对他们说了，我将搜集关于你的事实，与此同时你就是一个被逮捕的人。我放松了一步，我没有在会上就给你扣上镣铐。现在我要到每家每户，要询问所有那些与菲泽家族的人有过血仇的人。你以前是与这个家族的人有过血仇的，还有别的什么人同这个家族的人有过血仇？”扎比尔问道，目不转睛地注视着穆拉特。

“还有别的什么人？”穆拉特想了一会儿，“别的什么人？马托·格鲁达同菲泽家族的人有过血仇……”

扎比尔站起来，靠近窗户旁边，外边被黑黑的夜色笼罩着。他向玻璃外边张望，看样子他似乎是想查出一点隐藏的东西；这东西已经消失在黑暗之中了。

“这个马托·格鲁达是个什么人？”他面对窗户问道，好像是跟黑暗讲话。

“是个农民，就是最后进到屋里的那个人。”

“就是在山上我们还见过的那个人？那个和意大利兵在一起，个儿高的那一个？哼！他能用大炮开火射击？”扎比尔说，立刻转向穆拉特。

“这是不可能的！……”穆拉特说道。

“哼……这不可能，这不可能！”扎比尔大为感叹。

一时间，屋子里只能听到两个男人喘气的声音。突然间，他们与乱糟糟的历史碰撞在一起了。

“喂，穆拉特，”扎比尔若有所思地说，“你同那个要求参加游击队的菲泽家族的姑娘，那个谢加是什么关系？农民中一个叫阿德南·平召亚的人污蔑你，说她是你的情人……哼……”扎比尔说道，看样子，他把厚重的眉毛都低垂到眼睛上了。

穆拉特·什塔加的脸颊立刻变红了，仿佛太阳降落时的全部火焰都落在了他的脸上。

“扎比尔同志，这都是什么事啊？我用大炮射击人家的房屋，我用大炮射击……”

“女人！”扎比尔补充说。

这是为了逗笑，可是，这会儿穆拉特·什塔加却是太投入了，可以说是全神贯注。现在，他眼前分明出现了谢加、掉在地上摔碎了的水罐、她跌倒在草地上的样子、她脸上的野罂花、风刮裙子发出的窸窣声……

“哼！……在会议上不应该讲出那些话！……那些话破坏了村里和地区的游击队活动。哼……唉，穆拉特！”扎比尔发出叹息声，而且在这一叹息声中确实流露出了一种遗憾。他觉得很难更多地触动这一历史，尽管不愿意相信关于这一事件的闲言碎语，但是在扎比尔的意识深处还是跳动着一丝怀疑的火花。

“啊，时间很晚了！”他说着，从坎肩儿里掏出一块葱头大小的怀表。

这时候，家庭主妇走进屋里，怀里抱着两床褥子，不声不响地放到壁炉前的垫子上。一床铺在炉子的一边，一床铺在另一边。当她往外走要去拿被子和枕头的时候，特派员扎比尔叫她把佩尔泰菲喊来。

稍过一会儿，佩尔泰菲披着上衣，睡眼惺忪地来了。

“佩尔泰菲，”扎比尔说，“明天我要早早就起来，到营里去。你要带着穆拉特·什塔加，把他送到村里最远的一户人家里。在那里，你要穿得像村分队的一个游击队员那样，佩带上武装，为的是对他实行拘留。”他用头指了一下穆拉特，“在我回来之前你不要离开，我将与州委会商榷如何解决穆拉特的事情。”

佩尔泰菲呆若木鸡，愣怔怔地站在那里。他不相信，他的朋友穆拉特会有这样一种命运。这怎么可能呢？游击运动中资格最老的一个人要被拘留？

“扎比尔同志！”他松开胳膊，上衣掉到垫子上了。

“有什么可大惊小怪的！在这儿，在你家里，我们向农民做了承诺。我们不能撒谎。你知道在游击运动中欺骗意味着什么吗？意味着你的消亡！你能把游击队员变成勇敢者，变成绿林好汉……可是，大炮没有被搜查到，穆拉特·什塔加就不能成为自由人。就这些！”特派员扎比尔斩钉截铁地说道。

“扎比尔同志，穆拉特是个被逮捕的人？让我怎么用这双手把穆拉特绑起来呢？”佩尔泰菲说道，一会儿望望扎比尔，一会儿望望脸色煞白的穆拉特。

扎比尔苦苦地笑着说：

“哼……你的手让你绑不了人！那我的手就能让我绑人了吗？你的手不让你绑穆拉特，那我就绑你，因为之后人家要绑我。就是这样，就这些！不，不！等等，房子周围你设置岗哨了吗？设置了几个？”

“可是……扎比尔同志！”佩尔泰菲小声地吞吞吐吐地说道。

“我问你岗哨设置了没有……”扎比尔冷淡地说道。

“我设置了五个……”

“太好了！把一个设在门口！”扎比尔说，抬头指了一下门。

佩尔泰菲惊奇地看了看门：

“设在门口有什么必要？”

扎比尔脱了上衣，准备在褥子上躺下来。

“怎么不需要在门口有岗哨？我要和穆拉特在一个屋子里睡觉，是吧？”

穆拉特·什塔加脸上表情忧郁。“这个人怀疑我会不会在睡梦中把他杀死！”他在思忖，“这个人是这么不相信人？”

“现在，我们就睡觉，佩尔泰菲，执行命令，晚安！”扎比尔说完就躺下了。

在壁炉的另一边，穆拉特也躺下了。

第二十二章

谢加出现在奈弗扎蒂家的屋子里和梅雷老头生病这两件事情，萦绕在马托·格鲁达的脑海中。夜里回家的时候，他一直回想着刚刚发生在他眼前的这两件事情。他根本没想到会发生这样的事情，特派员扎比尔和穆拉特是应该参与其中的。他们做通了人们的思想工作，使他们站到了游击队员们一边，停止了争吵。但是，马托·格鲁达感到奇怪的是，特派员扎比尔和穆拉特如何达到了说服菲泽家族一个女人的目的，说服她拿起枪并且和男人们一起上山去打仗。而且要知道，是说服了一个什么样的女人啊！是梅雷老头的重孙女！这个特派员扎比尔应该是一个重要人物！在回家的路上马托·格鲁达思考着这些事情。

他有一种预感，很快就要发生某种异乎寻常的事情。他觉得特派员扎比尔和穆拉特很是焦虑不安，仿佛在心里隐藏着一点闻所未闻、见所未见的东西。为什么？这是怎么说的，他们干吗要那么急急忙忙的？是想不要在村里发生任何误会？为什么？这些日子如果不发生这种事情，他们就会把工作开展得一帆风顺，让人们相信游击队是正确的。

“十分清楚！明天在村里你就能见到德国人！”他对自己说。马托·格鲁达忘记了缰绳牵着的骡子了。只有当牲畜在一个土坑前停下来，不想再前行的时刻，他才想起了这一点。

“吁！”马托·格鲁达对骡子喊着，拽紧缰绳。

现在，他站在自家的大门前。黑暗笼罩了他的家，唯独房间的小窗户闪动着亮光。

马托·格鲁达在牲口圈里把骡子拴好，走到院子里，离他几步远的地方，有一个黑乎乎的东西立在那里，那是狗舍。爱犬巴洛在马托·格鲁达脚旁边蹲坐在尾巴上，望着自己住的地方。

“唉，巴洛，我们不知道事情将如何进展！大炮的事办得也不好！”狗汪汪地叫了几声，好像是对马托·格鲁达做出回答。

“菲泽家族的好人参加游击队去了，是这样吗？不知道他们是否是好人，但他们是去了，差劲的留下了……”

“梅雷老头和法赫雷穆迪纳利留下了。你说怎么办，巴洛，我们向菲泽家族人的家里再开一次炮吗？让特派员扎比尔晓得原来是谁开炮射击的，让所有的人都知道这个事，不要把罪责推到游击队员们和穆拉特身上。”

狗又汪汪汪地叫起来。

“在德国人来之前，我们要向菲泽家族的人家开炮射击，然后把大炮送给游击队员们……唉，巴洛！”马托·格鲁达叹了一口气，向狗舍那边转过身去。

他的心脏开始剧烈地跳动起来，像原来在草屋子里琢磨对菲泽家族人开炮射击的那一刻那样。他怀着激动的心情，打开了狗舍的门。里边黑乎乎的，什么也看不清。他伸手摸了摸盖在炮口上的被子。

“睡吧，哈乌弗曼，睡吧！”他摸黑儿说道。

就在这时候，他听到身后妻子扎拉说话的声音：

“马托，别管它，马托！埃斯玛娅姑姑的情况不好！”她说。

马托·格鲁达立刻觉得他的两个膝盖好像被砍断了。

“唉，德国人要来了！……你带着一个快要死的病人往哪儿去呢？”他心里想。

“马托，过来呀！”扎拉说道。

马托·格鲁达转向妻子，把头依偎在她的怀里，他站在那儿，头紧紧地贴着她的胸，仿佛一个经过长途跋涉的人一样，那么苦那么累。扎拉感觉到了，她把手指插进他的头发，心疼地轻轻地抚摸着，就像母亲抚摸孩子一般亲昵。

“你累了，苦了你了，马托，累坏你了！”她慢条斯理地说道。

但是，他什么都不想听，只想在扎拉的怀里，在群山之间一个孤单人家的院子里舒舒服服地歇一歇。在这个与众不同的家里，马托·格鲁达没有同伴，孤独度日，唯一的一个伙伴就是穆拉特·什塔加。在生活中只有一个目的：期盼着孩子长大一些，向菲泽家族的人报仇雪恨。报仇的日子刚刚到来，其他一些乱七八糟的大事就发生了。人们把报仇雪恨的事情搁置一边，干起一些更重要的事情，正像穆拉特所说的那样。除此之外，一个很大的灾难笼罩着所有的人，那就是德国人入侵这个大灾难……

“马托，咱们走吧！”

马托·格鲁达像在梦中感觉到了这一声音一样。他抬起头来，关上了狗舍的门。

马托和扎拉二人走进屋子里，男孩齐古里坐在埃斯玛娅姑姑的枕边。油灯在壁炉墙上闪着亮光，姑姑不时地上气不接下气地发出哭喊声。

齐古里看见父亲时站了起来。

“哎，怎么样？”马托·格鲁达问道。

“非常严重。”齐古里慢吞吞地说道。

这话斩断了马托·格鲁达的全部希望，因为它是从小孩嘴里说出来的。“小孩是预言者。”马托·格鲁达心里想，“他的话是真的。”

马托·格鲁达在埃斯玛娅姑姑的身前跪下了，她的脸色发黄，颧骨下面的肌肉陷了下去，凹成了两个小坑，好似酒盅那么深。她呼吸艰难，脖子上的血管显得很突出。“你完了，不幸的姑姑！”马托·格鲁达在想。

扎拉站在一边，注视着丈夫，感觉到了马托的内心之痛。是埃斯玛娅姑姑把他养大的，他把她当作母亲。

“不说话吗？”马托·格鲁达问道。

“有时说话还好，有时说胡话。”扎拉说。

“好可怜！”马托·格鲁达感叹地说道。

这时候，埃斯玛娅姑姑哼哼了几声，动了一下身子。

“埃斯玛娅姑姑！”马托·格鲁达呼唤她。

埃斯玛娅姑姑从枕头上抬起头，竭力想起来。马托·格鲁达向她伸出双臂，把她扶了起来。然后，把枕头拉到她身后，让她靠一靠。她的两眼在屋子里转了一圈，说道：

“瞧，我来啦，我的小兄弟，你为什么不高兴？尤苏菲，我在跟你说话。靠近点！你也等我很久了，齐古里。过来，萨迪库，你也到姐姐那里去！那么你，捷马利，姐姐不幸，你是不是累了呀？那么，塞尔瓦蒂呢，他在哪儿？来呀，捷米莉娅，来呀，新娘子，我们挤羊奶去！我来啦！你们没听说吗？马托向梅雷老头子开炮了，现在在他的废墟上猫头鹰在歌唱。你们要看一看那火是怎样燃烧的！多少武器库都空了，我说那些好人呐！啊，你，希塞尼爷爷，你都听说了！瞧瞧，我把话扯到哪儿去了，你的孙子马托·格鲁达为所有的人报了仇！他是用大炮报的仇。他把炮弹投射到了菲泽家族人的家里……我来了，告诉您这件事，我还要去。我要稍等一等，等一见到塞尔瓦蒂，我就去。可是，这个塞尔瓦蒂怎么迟到了呢？他在树林里吗？没关系，让他迟到吧。梅雷老头子不在世上了，没有谁能杀塞尔瓦蒂了！……"

埃斯玛娅姑姑躺在褥子上说道，说得清清楚楚，说得漂漂亮亮。

马托·格鲁达、扎拉和齐古里一声不响地听她讲。

"姑姑是在和死人说话。"扎拉说道。

"也说大炮的事！"马托·格鲁达说道。

"真是不幸啊！"扎拉说道。

"为什么不幸？"埃斯玛娅姑姑问道，让大家都感到奇怪。

扎拉眨巴眨巴眼睛。

"躺着吧，埃斯玛娅姑姑，你累了！"扎拉说道。

埃斯玛娅姑姑清醒过来了，她转了一下头，看到坐在她身边的马托。

于是她伸手去抚摸马托的头发。

"马托，我的孩子！你要关心孩子们和扎拉，姑姑就要死了。"这会儿她慢悠悠地用一种软绵绵的疲倦的声音说道。

"不，姑姑，你会好起来的，我会弄到药的，我还要进城请克里斯托福尔·博绍来。稍躺一会儿，好好歇着……”

埃斯玛娅姑姑躺着。默不作声停了好长一会儿，感叹地说：

“医生对我也没法子，做不了什么。马托，我说孩子！”

就在家里人在屋子里跟埃斯玛娅姑姑说话的时候，院子里传来敲门声，狗也大声地叫起来。扎拉和马托·格鲁达互相看了看。

“是大门响？”马托·格鲁达问道。

“是大门响！”扎拉说道。

马托·格鲁达站了起来，扎拉制止他出去。

“我去开门。”她说道。

扎拉出去了，院子里传来一个男人的声音，问马托·格鲁达在不在家。

马托·格鲁达一听到这个声音，就从屋里出去了。

“是谁？”马托·格鲁达问道。

在大门口，在黑暗之中，马托·格鲁达看清楚了梅雷老头的重孙子巴弗蒂亚里的脸庞。

“是穆拉特派我来的。”巴弗蒂亚里说，“明天德国人来，全村的人都应该到山上去，这件事要在天亮前做完。”

“是这样？”马托·格鲁达问道。

“游击分队将在村头的梧桐树下，克拉克河拐弯的地方集合，我们兄弟们今天晚上就到游击队营那边去。穆拉特没让我去，对我说，我应当和游击分队在一起待些时候。如果愿意，把家里人也送到山上去。然后就过来，到克拉克河拐弯处同游击分队在一起。假如你没有武器，我有一杆旧的‘奥地利’步枪。”巴弗蒂亚里说道。

巴弗蒂亚里的到来，一开始让马托·格鲁达感到奇怪，巴弗蒂亚里怎么敢到他家里来？谁跟马托·格鲁达说过游击分队和旧的‘奥地利’步枪的事！他想起了清真寺前面的广场，当时后悔不已的巴弗蒂亚里在托松·巴奇面前哭泣。“这个人是什么时候决定重新回到穆拉特·什塔加一边的？或者是时而当着托松·巴奇的面哭哭啼啼，时而在穆拉特·什塔加面前变成勇士？……”

“你怎么说？”马托·格鲁达问巴弗蒂亚里。

“我是说你要去参加游击分队，如果你没有枪，我给你一支旧的‘奥地利’枪。”巴弗蒂亚里说道。

“噢。巴弗蒂亚里·菲泽，我等你在托松·巴奇面前流的眼泪都干了的时候，就去拿你的‘奥地利’枪……你可要听清楚。菲泽家族的人将不会教我怎样扛枪打仗，跟谁去打仗，你听清楚……我不愿意跟你……”马托·格鲁达的话没说完，扎拉扯了一下他的胳膊。

巴弗蒂亚里·菲泽叹了一口气，他不愿意搞坏同马托·格鲁达的关系。

“我对你说的那些话是穆拉特嘱咐我要说的。”巴弗蒂亚里说完这句话转身就走了。

马托·格鲁达关上了大门。扎拉早就叉起双手，站在院子里。

“要在我面前摆臭架子！”马托·格鲁达说道。

“嗐，马托，你是白生气，瞎发火！”扎拉说道。

他没有回答妻子的话，进了牲口圈，妻子跟在他后边。他解开缰绳，把骡子牵到院子里。然后走到犍牛跟前，用手摩挲它的脊梁骨，慢腾腾地说：

“唉，卡齐尔，到了我们上山的时候了，你给我养活大了两个孩子齐古里和萨迪库，我不能把你扔下，让你落到德国人手里。”

“马托，我们要干什么呢？”在黑漆漆的牲口圈里，扎拉问道。

“你没听到他说什么吗？德国人要来，我们到山洞里去……”

“可埃斯玛娅姑姑怎么办？……”

“我们把她也带上。”

“可路上她会死的呀。”扎拉说道。

“我们相信会这样！快去给埃斯玛娅姑姑穿衣服……”

扎拉去做准备。与此同时，马托·格鲁达也进到草屋子里看怀着牛犊的母牛拉拉。母牛有可能就在这个晚上生下牛犊，他像爱护眼睛一样看护着它。全家人的心思都在拉拉身上，都在这条漂亮的脑门儿上生有白花的母牛身上。

“可怜的拉拉，对于你来说，很艰难的时刻来到了，拉拉，你别害怕！你心里一害怕，一受惊吓，就要流产，我说你这个小可怜儿。机关枪将要嗒嗒响，炮弹也要隆隆响，但你不要担惊受怕。我把你留在这儿，因为你肚子大，登不了山。我会把你藏起来，不叫德国人找到你。”可就在这时候，母牛开始哞哞地叫起来了。

然后，马托·格鲁达开始考虑应该往山洞里带些什么东西。肯定要带，应该带面包、面粉、黄油、食盐、葱头、胡椒面……一句话，生活的必需品都应该带上，但不能把全部东西一次都带到山洞里，需要来回带几次。

马托·格鲁达走到屋子的窗户前边，喊道：

“扎拉！”

“唉！”

“现有的面包装在袋子里，锅、煎锅、盆放到另一个袋子里。还有别的一些我们要用的东西也带上。”马托·格鲁达叮嘱着。

“这么多东西往哪儿装，怎么运得了！”扎拉说道。

“没关系嘛！有些用骡子驮，有些我们背在身上。”马托·格鲁达说道。

然后，他把鞍子在骡背上放好，准备好了绳子。

狗在院子里转来转去，在牲口旁边撒欢儿奔跑，跟它们玩耍嬉闹，马托·格鲁达嘟囔说：

“你还有工夫闹着玩！玩吧，巴洛，玩吧！”

巴洛汪汪汪地叫唤了几声，仿佛是对主人做出了回答。

“这所有闹哄哄的声音，让你觉得是在做游戏，因为你的脑子就只能想那么多事。”马托·格鲁达慢吞吞地说道。

当他给骡子系好肚带和绳索的时候，齐古里和萨迪库拿着袋子来了。

“放在沙发上吧。扎拉给埃斯玛娅姑姑穿好衣服了吗？”

“穿好了，可她喘气很费力。”齐古里说道。

马托·格鲁达没吭声。他已经感觉到埃斯玛娅姑姑的死就在眼前，他的心在流血。她不应该在一个凶险的时候死在山洞里。他的母亲和父亲被活活烧死了，姑姑要是死在山洞里，格鲁达家里的人要遭受怎样一种厄运？

两个儿子又拿来另一个袋子。

“爸爸，来吧，我们把姑奶奶扶起来！”齐古里说道。

这些话让马托·格鲁达心里痛苦不已，他觉得孩子们请他扶起和顺着台阶抬下去的是一个死人的尸体。马托·格鲁达慢慢地登上台阶，还没进屋就听到了姑姑痛苦的呻吟声。

“你们把我往哪儿送？……放下我，让我死在这儿得了，我不想死在半道儿上……”

他失魂落魄地站在门槛处，眼巴巴地看着姑母。她穿的是黑色服装，她倒在褥子上，完全干瘪了。腿脚瘦得皮包骨头，整个身子蜷缩着，像拳头一样。

马托·格鲁达走到她跟前，在她面前跪下来，说道：

“姑姑，我们得走了。德国人见谁杀谁，见什么杀什么。我们不会在山洞里待很长时间，我们还要再回来。”

埃斯玛娅姑姑没把脸从孙子那边转过来，说道：

“德国人想把我怎么样！我就是一个死人了，让我死在这儿吧！……”

“全村的人都要走！”马托·格鲁达说道。

“让他们走吧。请在我枕头旁边放一杯水，够我润润嘴唇就行了。”

“埃斯玛娅姑姑，你有整整一家子人，我们将会在一起的。大伙儿会往哪儿去呢，还有你……”扎拉把手抱在胸前说道。齐古里和萨迪库低着头，站在她的前面。萨迪库用手捂着脸，为了不让别人看见他在流泪。他们的眼睛都看着埃斯玛娅姑姑。她深深地叹了口气，说道：

“别哭，姑奶奶的孩子们。姑奶奶说过呀，姑奶奶早晚是要去的。马托，把我扶起来。”

马托·格鲁达拉住埃斯玛娅姑姑，像抱一个小孩似的把她抱起来。她的双腿软弱无力地耷拉着，身体很轻，好像是用麦秸制作的玩具娃娃。此时，马托·格鲁达控制不住眼泪的流淌了……

一个孙子把埃斯玛娅姑奶奶安放在骡鞍子的花毯子上，扎拉还在她身上盖了棉被。老太太躺在铺着褥子和毯子的鞍子上。

“扎拉，你把好她的胳膊，我要背好装着厨具和食品的袋子。齐古里，你握紧缰绳，牵好骡子。萨迪库，你在后头赶好公牛卡齐尔。”

“我也拿一个小袋子吧。”齐古里说道。

穿过茫茫的寒夜，马托·格鲁达一家五口人宛如流浪者一般向山上出发了。扎拉把着姑姑的胳膊，齐古里背着袋子、牵着骡子，马托·格鲁达肩扛袋子，胳膊上挂着包，萨迪库赶着公牛，一起朝山上走去。天气寒冷，大风在一棵棵柞树上发出呼呼的响声。远处传来狗叫声，阿龙村人正在离家而去……

马托·格鲁达向前走着，心里盘算起许多事情。人们离家而走，把那些旧仇新恨，为一些鸡毛蒜皮的小事彼此间发生的争吵全部置之一边。可是，他们是否感觉到，面对一个巨大的灾难，大家都是一律平等的呢？马托·格鲁达跟菲泽家族的人有一桩血仇的事，算得了什么呢？德国人如果抓到马托·格鲁达，那是要杀死他的；如果抓到巴弗蒂亚里，同样也将会杀死他……

穆拉特的话浮现在马托·格鲁达的脑海里：“我们怀有共同的仇恨，我们都仇恨敌人！”事情就是这样。如果叫马托·格鲁达同巴弗蒂亚里坐在一个沙发上，他心里痛快吗？嗬！对这事你说什么好呢，在这个夜里他们平等了吗？

树林里的路满是烂泥，十分难走。埃斯玛娅姑姑在骡鞍子上痛苦地呻吟着，咒骂自己怎么一周之前没有死。狗走在前面，时不时地叫唤几声。

“歇着去，歇着去！”马托·格鲁达不时地对狗说道，在烂泥中踩一脚、拔一脚，费劲地朝前走。

他们赶着牲口，带着东西，一路上累得筋疲力尽，向山洞靠近，现在只剩下这一段爬坡的路了。

当他们爬完这段上坡路的时候，便向左边拐去，一直走到山洞前面。于是，在洞口处，他们便把埃斯玛娅姑姑从骡子上抱了下来。老太太好不容易坚持活了下来，她感到身上发冷，尽管盖着一床厚被。

马托·格鲁达将她抱在怀里，这会儿，她的身体比在家里时更轻了，似乎一路上的颠簸把她变成了空壳。他怀里抱着姑姑，向洞口走去。走进洞里时，他发现在洞深处的角落里亮着一盏小油灯。灯旁边好不容易看出来是一个人的一动也不动的一张脸。走在丈夫身后的扎拉，一看见小油灯和那张僵硬的脸，下意识地叫了一声，她咬着手，以免再次惊叫出来。

“嘘。”马托·格鲁达制止她出声。

于是，扎拉点着了她的灯，他们周围的黑暗被驱散了，仿佛在黑暗里凿开了一个闪亮的大洞。在灯光的照耀下，他们看到山洞的一角铺着秸秆。她丈夫把埃斯玛娅姑姑慢慢地放到铺着秸秆的角落里，长长地舒了一口气。

扎拉的眼睛没有离开油灯和那张毫无生气的脸。

“是梅雷老头！”

“是他！”她丈夫说道。

马托·格鲁达走出山洞，从骡子身上卸下来装着褥子的袋子，然后把褥子搭在胳膊上，最后放到埃斯玛娅姑姑旁边。

“把褥子铺在那儿！”他说道。

扎拉一个人铺褥子时，一家人都进到山洞里了。他们站在埃斯玛娅姑姑前面，谁也不说话。齐古里和萨迪库瞟着远处角落里的小油灯，互相递着眼色。

“你们都坐下，因为你们都累了。”马托・格鲁达说道。

“爸爸，那边那个人是谁？”萨迪库指着那张僵硬的脸问道。

“人，跟咱们一样的人。”他说。

从亮着小油灯的角落里，传来梅雷老头干咳的声音。

“好厉害呀！”扎拉身体抖了一下，说道。

“他不吃人，他也避开了德国人！”她丈夫说道。

“爸爸，他是谁？”萨迪库再次问道。

“梅雷老头子！”齐古里慢慢腾腾地说。

“愿他健康！”马托・格鲁达说道。

这时候，埃斯玛娅姑姑活动了一下，翻了个身。

“马托，在角落里盯着我的两只眼睛是什么人的？”她突然间问道。

马托・格鲁达把手放到她的头发上，在她身旁稍微弯下腰来。

“农民们为避开德国人，都藏起来了。”他说道。

“不，马托，那眼睛不像农民们的眼睛，是其他人的眼睛！……”姑姑说道。

埃斯玛娅姑姑重新安静下来，陷入她的梦幻中。

从角落里，山洞的尽头，传来梅雷老头的声音，这声音仿佛是从一个人干哑的嗓子眼儿里发出来的。此人只靠抽烟和喝咖啡生活，连一滴水都不沾。这声音叫你想起一个人：此人清晨早早就起床，起床之后先抽上半奥卡[①]烟，他说道：

① 奥卡是旧时巴尔干地区的重量单位，1 奥卡大约相当于 1.25 公斤或 1.5 公斤。

“Avyçka kurtfa-ka ersimig！”然后又补充说，“Kudreti birle ufan kadir jumardi barça syn。”

这些话在山洞里传开了，可是，获得的效果是谁也听不懂。

只有那些后来者弄懂了它的意思：

“大灾大难正在来临。那些迄今为止我们所看到的灾难，都不算什么！主啊！”

令人窒息的声音在山洞里四处传播，扎拉为了不喊出声又咬起手来。

马托·格鲁达无意间用手摸了一下别在腰上的意大利手枪，那是他在树林里同大炮一起捡到的。手枪和大炮他都想射在梅雷老头身上和他的家里，进行反对他们的斗争。在这个漆黑的夜晚，马托·格鲁达和梅雷老头两个人同在一个山洞里，两个人共同拥有同一个屋檐下的家。事情怎么到了这一步！两盏油灯闪着亮光：一盏灯在这儿，另一盏灯在那儿。假如有一盏大灯，放置在山洞中间，就不需要两盏油灯了。那盏大灯的光既能满足梅雷老头，也能满足马托·格鲁达。人们曾经跟他说过，将来会有一天，两户有冤仇的人家将要坐在一起。他会相信这个话吗？“假如埃斯玛娅姑姑知道，梅雷老头就坐在她的身旁，会怎么样？算了吧，不说这个了。”马托·格鲁达在思量，“在这样的灾难中，血仇也可以被原谅，可是，一旦灾难结束，血仇依然还是血仇。”

他把手从手枪上挪开了。外面传来公牛哞哞的叫声，马托·格鲁达在想：

“不幸的卡齐尔，你可不要着凉。现在拉拉在草屋子里干什么呢？如果它流产了的话，我可就没奶喝了，冬天没有奶，夏天没有奶！……”

“齐古里，”他转向儿子说，“你把牲口都拴好了吗？”

“都拴好了！”儿子回答说。

“我们要是把卡齐尔拴在这儿，在山洞里，怎么样？”

“你说得好，外边天冷。”扎拉说道。

“我怕从村里还要来另外一些人。”马托·格鲁达在思考。

“我们等着他们来。”扎拉说道。

“我和齐古里再去村里一趟，给牲口带些草，再带一些我们需要的另外几样东西。不知道我们在这儿要待多久。”马托·格鲁达说道。

马托·格鲁达还没把话说完，从山洞外边就传来妇女们的讲话声和孩子们的哭声。

“这个山洞把所有的人全集中起来了，全集中起来了！……”梅雷老头在山洞的尽头说道。

阿龙村所有的妇女和孩子都在向山洞赶来，男人们把她们一直送到洞口，放下她们就不声不响地离开了。阿龙村的居民们从来都没有像这一次这样聚集在一起。孩子们一起哭，妇女们一起喧闹。黑暗和山洞的亮光汇成一体，阿龙村的五个家族，就像五个手指，连成一个手掌。

马托·格鲁达见到了阿利，他是来送妻子和孩子以及弟兄们的妻子与孩子的。稍远处，平召亚家族的一个人送来了孩子们和老妪们。靠近洞口处，是穆拉特·什塔加的妈妈、妻子以及两个小姑娘待的地方。

从洞口看得到一个个小萤火虫似的小油灯闪动着微弱的光。

“那个人是谁？”阿利的妻子一边指着山洞尽头的油灯，一边问道。

“是梅雷老头！”扎拉慢条斯理地说道。

“哦，好像死了似的。过了二百年了，可是仍叫人心里疼痛！”奈弗扎蒂的妻子插嘴说。

“姑姑怎样？”佩尔泰菲的妻子问道。

“不好！”扎拉回答道。

马托·格鲁达准备要走。

“马托，我也跟你去！”扎拉说。

“那姑姑谁来照顾？”他问道。

“好说，让巴娅米亚关照一下。”她冲着奈弗扎蒂的妻子巴娅米亚说道，“要给我们带点吃的来，我们都要饿死了。”

“呜，就是嘛，去吧！”巴娅米亚说道。

“当心，巴娅米亚，还要照顾好小儿子！”扎拉说道。

“不要担心！”

马托·格鲁达解开骡子，牵着它，同妻子和大儿子齐古里，顺着丛林向坡下走去。

已经是后半夜了……

第二十三章

村里多数的儿童、妇女和老翁都去了山洞，留在村里的男人和那些老翁、老妪，像人们所说的，都是眼看就要死的人了。山洞里的那些人，留在村里的那些人，都时刻等着德国人来。但是，他们迟迟未来，人们的心里燃起了希望的火星：也许是德国人改变了主意；还可能是游击队第一旅在那边的深山里抢占了所有的山路，拦截了敌人。这个旅的大名如同闪电一般传遍了每个山口和山岭。有些人说，这个旅的一两个营甚至到了这里，占据了阿龙村全部的丘陵。德国人如果胆敢到那里爬坡登高，游击队员们定将把他们打个落花流水、灰飞烟灭。“好家伙，我们根本不用离开村子！这里有当地游击队营，那边有第一旅，在村里有我们的分队，毫无问题，看他们能把我们怎么样！”阿龙村留在家里的最忠诚老实的男人们如是说。

这些消息给马托·格鲁达的心里添了一种温暖的希望，然而，无论如何，对灾难的日子他还是有所准备的。他往山洞里送了许多食品，给穆拉特和奈弗扎蒂的孩子也送了许多。在此之后，他还开始藏衣物和家具，假如家被烧了，他也要有个投宿之地。不过，让他最担心的是母牛拉拉，它的肚子大得要触地了，可是一直不生。“最好是别怀孕，真是不幸！不论是对牲口崽子，还是对人的孩子，战争都是很不吉利的！当子弹飕飕作响的时候，这头不幸的母牛带着一头小牛犊往哪儿走？好大的罪孽呀！好家伙！”马托·格鲁达在草屋子里一边亲昵地抚摸拉拉，一边想。

透过草屋子围墙的豁口射进来一束光线，照在母牛拉拉的鼻子尖上。拉拉开始摇头，如同一头小牛犊般嬉耍起来。马托·格鲁达目睹了此情此景，欣慰地一笑。“哎呀，多贪玩的孩子啊！哎呀，多贪玩的孩子啊！带着这么个大肚子，这肚子都要碰到蹄子跟儿了，玩起来还像个一岁的小牛崽呢！”

一看到拉拉这么喜欢阳光，马托就给它解开了缰绳，把它牵到草屋后边的草地上。“让天仙般的美人高兴去吧。”他说道，把它独自撂在了那里。

他走进屋里，告诉扎拉和齐古里，母牛喜欢阳光，于是就把它牵到草地上了。

“不要叫它走得太远，因为它闻得到离开村里的别的牲口的味道。”扎拉说道。

“带着那么个肚子它活动不了。”马托·格鲁达说道。

随后，马托·格鲁达领着妻子扎拉和儿子齐古里往一个木桶里装满了玉米，往四五个陶罐里装满了面粉，这些器皿是他早已放在院子的一个坑里准备好了的。马托·格鲁达在木桶和陶罐上面盖上了几块木板，在木板上面又盖上了秸秆，然后拿起铁锹，开始用新挖的土埋坑。

“再往上面放几块石头和随便一块长草的土块，叫德国人想不到这里边有东西。”齐古里说道，像个挺有经验的大人似的。

马托·格鲁达抬起头，拄着铁锹，笑了。“孩子长大喽。”他想，“这个机灵的孩子！战争叫孩子也迅速地成长起来了！”

“扎拉，你觉得齐古里说得对吗？”他冲着妻子说道。

“齐古里是家里的台柱子之一。”扎拉笑着说道。

齐古里拿起尖锹到草地上切草皮去了，马托·格鲁达惬意地目送着儿子。

“他也能发射炮弹开火！”他没冲着人，自言自语。

“你的心就是想着那个可怜巴巴的大炮。”扎拉说道。

马托·格鲁达没搭腔。在棚子下边，在埋着灾难日子里用的食品的坑旁边，冬季里微弱的阳光还挺暖和，夫妻俩站在这阳光下，思考着家里的事情，思虑着孩子、村子、大炮和在山洞里躺在褥子上的埃斯玛娅姑姑。

这时候，有人敲大门了。马托·格鲁达跑过去开了门，胡子拉碴的阿乌古斯托亚突然出现在他的面前，肩上还背着一支意大利短式步枪。

“阿古什！”马托·格鲁达对他喊道，拥抱了他。

“马托，我来看看你们！”阿乌古斯托亚说道。

扎拉熟悉阿乌古斯托亚的声音，她的脸上掠过一种异样的风韵，宛如在一座山坡上掠过一道美妙的风景。这个命运不佳的人干吗回来了？莫非是游击队员们没留他？

“我来看看你们！”阿乌古斯托亚一边往院子里走，一边说。

“阿古什，山上情况怎么样？”马托·格鲁达问道。

“很好，马托！”他说着，转过身面对扎拉，跟她握了手，脸上绽放出微微的笑容。

“阿古什，你想家了吗？”扎拉说道。

“想啊，扎拉！”他笑容可掬地说道。

在谈论上述这些事情的时候，齐古里拎着尖锹跑来了。

“爸爸！”他欢天喜地地喊道，“爸爸！拉拉下小牛崽啦！嘿！嘿！下了个多么大的小牛崽啊！”

“愿它吉利兴旺！”马托·格鲁达喊道。

“大喜事啊！”扎拉高兴地说道。

“拉拉，漂亮！（拉拉，你干得好漂亮！）”阿乌古斯托亚说道，拍起巴掌来。

为了拉起拉拉，照管好刚生下来的小牛犊，四个人匆匆忙活起来。狗跟在后面，一边叫唤，一边跑来跑去地转悠。

小牛犊坐在地上，拉拉伸着长舌头舔着它。马托·格鲁达亲吻着拉拉的额头和呈三角形的白脑门。

“愿你康健长寿，拉拉，万幸的是你安然无恙！”马托·格鲁达说道。

然后，他坐下来，如同抱孩子似的伸出双臂，将小牛犊抱了起来。

“噢，小胖墩儿，你冻僵多久了！”他对小牛犊亲昵地说道。然后，冲着扎拉和齐古里说：“把胎盘收拾起来，埋进土里！”说完又转身对阿乌古斯托亚说，“阿古什，你说对不，那张床，也就是肉质的挺大的带血的胎盘，它在母牛体内包裹着小牛犊，应当用土把它埋好，因为发生过母牛吃胎盘的事。母牛一旦吃了胎盘，就不会再怀胎生子了。这事你知道还是不知道？”

“知道。”阿乌古斯托亚说道。

“你们看到了吧？意大利人也有这个风俗讲究。”马托·格鲁达抱着牛犊说道。

他走在前边，母牛跟在他的后头，眼睛一直盯着它生下来的小牛犊。马托·格鲁达停下了，将牛犊轻轻地放到草地上。拉拉又开始舔它，四个人脸上带着一种喜悦与爱怜之情细细看着。

“应该有优良的牤牛。”马托·格鲁达望着牛犊说道。

“有个什么？”扎拉问道。

“说不定在我们选择好那个优良品种为它交配之前它就怀胎了。”马托·格鲁达说道，眼睛紧盯在小牛犊身上。

“你没看这个牛犊有多壮实，全身有多丰满吗？”扎拉说道。

“你说得对，这个小家伙个头真大。应该有那样的牤牛，拉拉不懂我们的心意。”

拉拉抬起头来，望着主人。牛犊伸出两条前腿，凭着两条后腿的支撑，全身一使劲，猛地站了起来。站起来很费劲，四条腿叉开站着，没有靠紧。母牛拉拉走到孩子跟前，轻轻地、轻轻地舔它，担心会把它给舔倒。马托·格鲁达的脸上露出微微的笑容。

“站起来了！事情成功了。现在它可以靠自己的腿走路了！你们都看见了吗？牛犊站起来了。”马托·格鲁达说道。

“行了吧，你！像小孩子似的！”扎拉说道。

“站起来了！”稍停一会儿，阿乌古斯托亚喊道。他一边习惯性地拍着手，一边向坡上走去。

牛犊走到母牛旁边，母牛把乳房靠近它。于是，马托·格鲁达喊道：

“扎拉，给母牛挤奶。乳房里的乳汁混浊，有血混合在里面。把这种奶水挤出来扔掉，因为这种奶不能喝。阿古什，你听到了吗？”

他回头对意大利兵说道。

“马托人伟大！（马托是个大人物！）”意大利兵说道。

“这个我知道。”马托·格鲁达说道。

扎拉坐下来，把手放在母牛的乳房上。乳房硬邦邦的，积满了乳汁，不用温水稍微洗一洗是不能挤的，因此，她便叫齐古里打一小锅温水来。与此同时，阿乌古斯托亚正抚摸着牛犊，表达对它的喜爱之情。小牛犊站在那里，对它周围发生的一切都很冷淡，毫不在意。这个草地上的两个生灵顷刻间让人们忘记了在群山之间正在发生的令人焦虑不安的事情和悲剧。

马托·格鲁达的妻子端起儿子给她打来的一小锅温水，洗了一下母牛的乳房，然后便握住乳房挤奶。奶汁很浓，时而发黄，时而显出浅红色，流得很不顺畅，挺费劲。

“你们看见了吧？牛犊不能吸这个奶，奶里还有血。”马托·格鲁达说道。

“血”这个词立刻将他们的注意力夺走了，又重新转移到了战争的事情上。“真是的，我这是在干什么事啊！”马托·格鲁达心里琢磨着，脸上又卷起阴云，心思飞到了大炮身上，然后又飞到了穆拉特·什塔加身边和藏着村里人的山洞里。

“阿古什，你再也不想回意大利了吗？”马托·格鲁达问他。

“啊？你说什么？”阿乌古斯托亚没听懂马托的话。

“我是说，你将待在这儿，还是……”马托·格鲁达问道。阿乌古斯托亚沉思起来。

“游击队指挥员山上留我。（游击队指挥员留我在山上干事。）”他说道。

“孩子，你不回去了。”马托·格鲁达说道。

“我是来看看，还要走。”意大利兵回答说。

马托·格鲁达皱皱眉头，似乎他不喜欢这种话。“他一定在想，好像我整整一辈子都在这里。噢，我的意大利兄弟，你再稍等等，你会看到我要做什么！”他在思量。

“你说会怎么样，潮湿对大炮会有什么损伤吗？”马托·格鲁达立刻问道。

“在草屋里放久了，会有损伤，打不着火。”阿乌古斯托亚说道。

马托·格鲁达听到此话为之发抖，仿佛踩在了荆棘上。

“你待在桥那儿吗？阿古什？”马托·格鲁达向他问道，把大炮的事搁在一边了。

“待在桥那儿，德国人迟迟没来。我来送货，现在我要到桥那边去，导火线正等着呢。”

“你听见炮响，就要想到那就是我！”马托·格鲁达若有所思地说。

“马托，你说什么来着！”扎拉说道，手从母牛的乳房上松开了。

“说什么来着，就是我的那个嘛！”马托·格鲁达的火气又上来了。

“目的大，马托。民族英雄，马托！（马托，你有远大的目标。马托，你是个民族英雄！）”意大利兵说道。

“这个我知道！”马托·格鲁达说道，用胳膊将牛犊抱了起来。

牛奶把草给染黄了，扎拉让奶直接流到草上，这让马托·格鲁达不高兴。

“你应该把奶往锅里挤。净瞎干，把奶弄到草上了。齐古里，撮点土把奶盖上，人不能去踩，要是德国人来了踩上去，那就更糟糕了！要么你就是想叫事情不吉利。”马托·格鲁达说道，抱着牛犊朝草屋走去。

母牛跟在马托·格鲁达后头，昂着头，志得意满，俨然一副贵妇人的架势。走进院子里的时候，拉拉开始哞哞地叫唤起来，它害怕，人们可不要把牛犊给藏起来。主人安慰它，小声跟它说话，让它安静下来，它心里明白主人的意思，因为它熟悉主人的话语。

在草屋子里，主人没拴它，放开它，让它自由自在地待着。他给它抱来一捆干苜蓿草，抚摸它的腰背。小牛犊走到母亲的乳房旁边，开始吸吮奶汁。小家伙一边吸吮着奶，一边摇晃着小尾巴。这时候，马托·格鲁达注意到牛犊的尾巴尖的毛是白色的。

“像那个优良品种的犍牛。”马托·格鲁达心满意足，“现在，我们就把这母子俩单独放在这儿了。”

他们走出去，关上了草屋的门。

阿乌古斯托亚跟在后头，他想跟马托·格鲁达再说点别的事情，可是，刚准备要说，又把话憋住，咽了下去，低下了头。马托·格鲁达觉察到意大利兵的这一惴惴不安的心绪，但是并没有挑明，让他把心里的事情说出来，相反还稍远离开了一点；只要能看到他正在靠近自己，就行了。最后，马托·格鲁达对意大利兵的步步紧跟终于不耐烦了，回过身来，把手揣进兜里，面对面同他说：

“阿古什，你有什么事？干吗像个听话的小羊羔似的跟着我？”

意大利兵了解马托的脾气，低下头，松开手指，说道：

“马托，我来是为了点事，我把那个厚笔记本忘在这儿了。那是我的日记本，马托！”

马托·格鲁达从兜里把手掏出来，刹那间皱了一下眉头，望望远处的科卡勒山。他看了这个笔记本，而且逐页地翻阅过。但是，写的什么，一点都不明白，因为里边的话全是用意大利文写的。在字里行间他看到了自己和扎拉的名字，然后依次是梅雷老头、埃斯玛娅姑姑、穆拉特的名字，但只是这些名字，对这些名字都说了什么，他全然不知！马托·格鲁达甚至还数过这些名字在本子里反复出现了多少次。他的名字“马托”重复出现 103 次，他妻子的名字“扎拉”是 81 次。

“本子我不想给你！本子里你在说我。我要看，要弄明白在那里你都写了些什么，然后再给你……我不愿意你把我的事传遍整个意大利！”马托·格鲁达说道。

意大利兵目瞪口呆，顿时僵在那儿了。

“在本子里，关于你，马托，说得可好了，关于扎拉，说得也好，你给我吧！”

“不！”马托·格鲁达说道，把胳膊转了过去。然后，他后悔了，因为说得过分了。于是便补充说：“你不要犯愁，阿古什，我一看完就给你把本子寄去，或者寄到游击队营里，或者寄到意大利！……”

“寄到意大利！”阿乌古斯托亚欣喜地笑了，本子的事暂搁一边。

这是白说一遍，马托·格鲁达没把本子给他……

阿乌古斯托亚说他应该回到桥那边去，因为时间在流逝，同志们正着急地等着他。可是，马托·格鲁达想留他吃午饭，他们要用刚挤出的奶制成可以喝的奶。

“不能，马托！”阿乌古斯托亚说道。

马托·格鲁达因为找不到别的话说服他，急得挠起头来。

“不要忘了宣誓的事，阿古什！”他说。

意大利兵面对这些未预料到的话不知所措，张口结舌。每当马托·格鲁达提醒他宣誓的事，他都感到惊奇。

“目的大，马托！（马托有远大的目标！）”意大利兵说着，拥抱了主人，犹如原来肩挎短式步枪时那样。

一种嫉妒之情攫取了齐古里的心。“这个意大利兵挎枪上山，我父亲却跟在一头母牛和一个牛犊后面转悠。”他心里在嘀咕，“你怎能受得了。”心里产生了用话刺激一下父亲的念头。

“爸爸，我也跟阿古什一起去。”齐古里说，脸上好像烧着一个火炭。

扎拉把他抱在怀里，他父亲感到不舒服。

“小（你小）。”阿乌古斯托亚说。

“我不小。”齐古里说，“你们所有的人都说我小……我既不想闷在家中，也不想憋在山洞里。”

马托·格鲁达火气上来了。

“别讲话，你应该在这儿！”

“我不应该这样！”儿子说道。

“这个我知道！”马托·格鲁达说道。

“阿古什有枪，你……”齐古里顶撞父亲。

“我有大炮，对那两巴掌半长的枪我连唾沫都不吐一口，因为唾沫是报不了仇的。”马托·格鲁达抬高嗓门儿喊道。

“马托发火了。”意大利兵害怕了，转身对扎拉说，“扎拉，叫齐古里把嘴闭上。这会儿马托没兴趣讲话……”

马托·格鲁达用轻蔑的眼光扫了他一下，因为他不愿意让一个外国人乱掺和他和孩子的事情。

“别作声，阿古什！”他又喊道。

“歇着吧，马托，我走了。”阿乌古斯托亚脸色通红。

大家都静下来不说话了。马托·格鲁达开始在院子里捡石头，扔在坑上面，然后命令别人也像他那样干。看样子他不打算抬眼去看阿乌古斯托亚，阿乌古斯托亚不晓得自己该做什么，心神不安地站在一旁，准备要走。

“马托，我走了！”阿乌古斯托亚说道。

当意大利兵要走出大门的时候，马托·格鲁达喊他等等，于是，阿乌古斯托亚明白了：主人的态度已经缓和。

“阿古什，祝你一路平安！”马托·格鲁达说道，并且拥抱了他。

阿乌古斯托亚立刻就眼泪汪汪，用衣袖擦起眼睛来。

“好吧，好吧，我发了一点火。”马托·格鲁达语气温柔起来。

“马托人伟大。（马托是个大人物。）”阿乌古斯托亚由衷地称赞。

“这个我知道。”马托·格鲁达说道，然后他们就分开了。

“你爸爸真是个怪人！”扎拉对她的儿子说道。

“啊？”她的丈夫转回身问她。

“什么事都没有，马托，啥事都没有！”扎拉说。

院子里一片静悄悄。

第二十四章

阿乌古斯托亚走了以后，马托・格鲁达想，为了送食品，也为了看看埃斯玛娅姑姑，他还要翻山越岭，再去一次山洞。他吩咐妻子装一袋子颗粒面[1]，因为这种颗粒面煮起来容易，不用费很大劲。可是，就在扎拉准备袋子时，听到了一两声枪响，马托・格鲁达为之一怔。

“德国人来了。”他想。

“咱们的活儿怎样进行？”扎拉问丈夫。

“像大家干活儿那样干。”马托・格鲁达打断她的话。

这时候，又传来轰隆声，响声过后升起一大团烟雾，打击声是如此强烈，如同炮弹落在了院子里一样。扎拉用手捂住耳朵，齐古里脸色都变白了。

“这是怎么回事？”扎拉问道。

“桥被炸飞了！德国人来了！”马托・格鲁达说道。

“马托，我们走吧！”扎拉请求说。

一串串急骤的机关枪哒哒哒的声音和几次手榴弹的爆炸声穿过清

① 颗粒面：阿尔巴尼亚富有特色的食品，通常在面粉里面加鸡蛋，做成糊状食用。

晨冷飕飕的天空。

他想起了巴弗蒂亚里·菲泽的话："村游击分队要占领克拉克河拐弯的一带地方。"

机关枪急遽的哒哒哒的响声和手榴弹的爆炸声继续响个不停，还能听到步枪的响声。"这是游击分队的枪声。"他琢磨着。

"你们到地下室藏起来，我走。"马托·格鲁达说道。

扎拉惊诧地瞅着他。

"往哪儿走？"

"巴弗蒂亚里不是通知我去游击分队吗？"他说。

扎拉觉得丈夫说巴弗蒂亚里的名字带着一种异样的重音。

在那边，在村子的深处起了大火。

"哎呀呀！"

"我不相信他们往这儿来，我们家离村里远着呢。"马托·格鲁达这样想。

"快藏起来，我就走。"马托说。

他转过身，向大门走去，然后又站住叮嘱说：

"在我回来之前你们不要动！"

马托·格鲁达走出院子的大门，在到处都是黑石头的小道上奔跑起来。耳边鸣响着隆隆的炮声和机关枪哒哒哒的声音；这些声音响得越来越猛烈、越来越尖锐。"我要弄清楚德国人是从哪儿来的，是不是从我们的人那边来的！"他对自己说。

稍微站了一会儿，他又开始跑起来，沿着一些宅旁园地的篱笆墙和空荡荡的人家的院子跑，直向村子中心奔去。在清真寺前面广场中间高大的柞树那里，他看到一群男子和老妪，这是一些没来得及去山洞的农民。在这群人的周围站着一些手持武器、戴白毡帽的人[1]，一看到他们，马托·格鲁达便停下了。

“过来！站在那儿干吗？”持武器的一个人喊道。

“喂，你说什么？”马托·格鲁达问道。

“站到那里去！”这个国民阵线分子用头指着那边的人群说道。

“出什么事了？他们想干什么？”当他看到在人们前面躺着一个血迹斑斑，伤势惨重的人的时候，恐慌地抖了一下。在躺着的这个人的前面站着一个德国人，他后面是一个瘦瘦的留着八字胡的男人。马托·格鲁达一眼就认出了他，原来是托松·巴奇。

“被杀害的人是谁？”马托·格鲁达向一个人问道。

“穆拉特！”被问的人小声说道。

马托·格鲁达的头嗡的一声晕了，差点儿摔倒在地上。群山和人们在他面前晃荡起来，他们是怎么杀害穆拉特的？

发生了什么事情？德国人和国民阵线分子在一个离村里挺远的山脚下的孤独人家找到了他。和他在一起，负责看管他的游击队员放了几枪，但是，德国人和国民阵线分子太多，游击队员无法抵挡。于是游击队员便给了穆拉特两颗手榴弹。尽管游击队员还在看管穆拉特，但是，为挣脱德国人和国民阵线分子的包围，他还是离开了。穆拉特·什塔加留着这两颗手榴弹，以便在最紧急与危难的时刻使用。当德国人和国民阵线分子逼近他的时候，他把手榴弹向他们甩了出去，炸死了一个德国人和两个国民阵线分子。最后，在冲出这户人家的时候，自己也倒下了。他们把他打死了，就地拖着他，把他送到村中心示众。

---

① 男人戴白毡帽是阿尔巴尼亚民俗。国民阵线分子标榜自己是人民利益的代表者，故命令其成员一律佩戴白毡帽。

这一刻，马托·格鲁达失魂落魄地站在混杂着德国人和国民阵线分子的人群中间，在这一群人中躺着穆拉特沾满血污、伤势惨重的尸体。

一个德国人贴着托松·巴奇的耳朵说了点什么。这个托松·巴奇猛地往高一蹿，好像是被赶牛棍抽了似的。

“德国先生，你说什么？”他问道。

“你就说让大家去讲这个被打死的匪徒是谁！”德国人对托松·巴奇说道。

托松·巴奇转身对农民们问道：

“你们知道这个死了的人是什么人吗？啊？”

所有人都没回答。

于是，他便冲着一个上了年纪的男人问道：

“他是什么人？我在问你呐！”

“你们把他打死的，你们知道！”那个男人回答说。

托松·巴奇用轻蔑的眼神瞟了这个男人一下，然后又转向另一个人，就是阿德南·平召亚，对他发问：

“阿德南，你来说说这是个什么人？”

“共产党员穆拉特·什塔加！”阿德南说道。

“太好啦！”德国人说道。

托松·巴奇恫吓上了年纪的男人：

“那你，这个老笨蛋，为什么不回答？”

“回答，还是不回答，反正都一样，您很清楚！”

“那么你就跨上一跨！”托松·巴奇说道。

“我不懂你是什么意思。”上了年纪的男人说。

“你要跨，就这样跨……”托松·巴奇还走到穆拉特的尸体跟前，亲自从上面跨了过去，仿佛做了一个体操训练的动作表演。

“先生，你比我聪明得多，但是，请问，你从一个死人的身上跨过去意味着什么？”上了年纪的男人问道。

托松·巴奇直跺脚。

“意味着什么？我的理解是，只要你这么一跨，那就是说你既没爱过穆拉特，也没爱过共产党员！”他说道。

“否定共产党人！”德国人说道。

“我不跨！”上了年纪的男人坚决地说道。

托松·巴奇在人群中张望寻找，马托·格鲁达气得血上头顶。国民阵线分子把目光落在了阿德南·平召亚身上。

“阿德南，你从穆拉特身上跨一下，给这个笨老头子看看！”

汗水淋淋的阿德南·平召亚走出人群，朝着穆拉特的尸体向前迈出一步。他脸色发黄，眼睛低垂看着地面，站在尸体旁边。人们憋得喘不过气来，马托·格鲁达目不转睛地盯着这一场景。阿德南·平召亚又慢吞吞地向前迈了半步。

“他要去跨？这个下流鬼！”马托·格鲁达小声说道。

可是，阿德南·平召亚停下了脚步。

“阿德南！”托松·巴奇喊道。

“我觉得……难受！”阿德南难以启齿，说不下去。

“阿德南！”托松·巴奇再次喊道。

阿德南·平召亚闭上眼睛，非常奇怪、急速地猛然一跳，越了过去，倒在地上了。在人死后的安静中[1]，他把脸藏在胳膊下，躲到场地上离穆拉特几步远的地方。

“阿德南！”托松·巴奇喊道。

阿德南慢慢腾腾地站起来，停了一会儿，向人们张望，人们早就把头低下了。于是，他推开人群撒腿便跑，顺着广场的斜坡朝下面奔去。德国人放声狂笑，然后停下了，命令托松·巴奇把跑掉的人抓住。

两个国民阵线分子开始顺着广场的斜坡去追捕阿德南。德国人点头示意托松·巴奇继续施展淫威，于是，这个家伙便又放眼在人群里搜索。国民阵线分子的眼睛盯在一个身材高高、满脸阴云的男人身上了，这个男人是法赫雷穆迪纳利。

“法赫雷穆迪纳利！”托松·巴奇喊道，“我知道你会从穆拉特身上跨过去，因为这个人对菲泽家族干了许多坏事。他开炮向你们家射击，破坏兄弟团结，侮辱你的妹妹。流传的关于你妹妹的那些话不是空口无凭白说的……你不要跨他的身子，你要抓住他的头发，把他的头往地上撞，死人也要受到羞辱……”

所有的人都发出哀叹声，开始骚动起来。德国人冷漠地在一旁观看，似乎只是发生了一点平常事。法赫雷穆迪纳利身材很高，犹如一棵高大的杨树。他紧皱眉头，盯着托松·巴奇，默不作声。

“法赫雷穆迪纳利！”托松·巴奇喊道。

法赫雷穆迪纳利用胳膊肘推开挡在他前面的两个老妪，来到穆拉特·什塔加尸体躺着的地方。女人们掏出手帕，晃头晃脑地痛哭着。

---

① 阿尔巴尼亚民俗。人死后，死者周围需保持安静。

“可耻！可耻！”

法赫雷穆迪纳利靠近尸体，两条长腿牢牢地站立在地上，不说一句话。

法赫雷穆迪纳利跪下了，人群中鸦雀无声，只能听到女人们抽抽搭搭的哭泣声，马托·格鲁达伸手擦了一下汗水津津的额头。

“往地上撞击他的头！”托松·巴奇喊道。

法赫雷穆迪纳利跪着挪动到穆拉特的尸体旁边，把一只胳膊伸到他的肩膀下边，将穆拉特托了起来，给他摆好坐着的姿势，将他靠近自己，拥抱了他。

“穆拉特·什塔加，请你原谅我吧！在此之前我是一个死人，一个死了的人。现在，我是一个活人，你也是一个活人，一个活人对着一个活人说话！”

然后，他把穆拉特的头转向德国人和托松一边，说道：

“你是一个活人，所以他们要害怕！请允许我对他们吐一次唾沫！”

于是，法赫雷穆迪纳利，梅雷·菲泽的长重孙，冲着德国人和托松·巴奇吐了一口唾沫：

“呸！”

这时候，德国人拔出手枪，向法赫雷穆迪纳利射去。法赫雷穆迪纳利轻轻地放下穆拉特·什塔加的身子，站了起来。他迈开脚步，向德国人走去。德国人再次向他开枪，法赫雷穆迪纳利凭着长腿的支撑晃了晃，但是，并没有倒下。

“呸！”他又吐了一口。

人群中喊叫起来，有些人开始往外跑，有的人相互推推搡搡。马托·格鲁达站在那儿，心里受到强烈的震撼，全然不知所措了。

德国人开了最后一枪，法赫雷穆迪纳利，倒在穆拉特·什塔加旁边，倒在了血泊之中。他把头又抬起一次，然后便停止了呼吸。

人们开始在四面八方吵吵嚷嚷，奔跑起来，不知往何处去。德国人、托松·巴奇和国民阵线分子们大声地拼命地叫喊，开枪射击。

就在这个时候，从广场的山坡顶上传来了冲锋枪和步枪的嗒嗒声，枪声过后又传来熟悉的游击队员们的喊声，是村游击分队的人来了。

德国人和国民阵线分子们，为了占领他们的阵地，扔下人群狼狈逃窜。马托·格鲁达顺着广场的斜坡向下面跑去，进入光秃秃的李子树林和低矮的荆棘丛林中的羊肠小道。他使出全部力气跑得飞快，爱犬巴洛跟在他后头，低声、哀怜地叫唤。马托·格鲁达只顾跑，无论是石头，还是篱笆、荆棘丛，全都顾不上看了。在他的生活中，他从来没经历过如此严酷惨烈、紧张不安、震撼心灵的时刻。正在发生什么事情？正在发生什么事情？……

马托·格鲁达向他那远离村庄、孤零零的家里跑去，灌木丛林就是从那里开始的。

枪声在这边和河对岸鸣响，他站在柞树林中一个隐蔽的地方，向高地投去关切的目光，弯弯曲曲的公路从那里经过，他看见德国汽车在慢腾腾地向上爬。德国人建了一座临时桥，让汽车能开到河的那边去。那些装载着炸药的汽车后边拖着大炮，继续在山坡上攀登着。

马托·格鲁达又开始朝前跑……仿佛发了疯一般。他推开了院子的大门，一头钻进地下室里，那里藏着他的妻子和儿子。

当他进到地下室的时候，他妻子费了很大劲，好不容易认出了他。他脸色像土一样灰白，双腿都站不住了。他回来了，在阴冷的地方，全身筋疲力尽，如同一个人走了整整一个星期的路，没睡觉、没吃东西似的。扎拉和齐古里吓了一跳，赶忙来关心他、照顾他，以为他是受了伤。

“马托，你怎么了？遇到什么事了，马托？”妻子问道。

“爸爸！”儿子叫道。

他振作一下精神，站了起来，一种羞愧之情攫取了他的心。站在地下室空地中间，仿佛犯下了什么重罪似的，在黑乎乎的充满湿气的地下室里，他呆呆地站着，一声不吭。扎拉和齐古里不敢跟他讲话。突然他说道：

“跟我来！”

扎拉和齐古里你看看我，我看看你。

“马托，好好歇歇！”扎拉说道。

马托·格鲁达不讲话，打开地下室的门，出去了，他的妻子和儿子跟在他后边。他迈着大步走过院子，来到狗舍的前面。他站在那里，扎拉和齐古里也站在那里。他抬头，眼睛向山坡上望去，汽车在继续懒洋洋地攀爬着。在山丘底下、河岸边鸣响着步枪和机关枪哒哒哒的响声。

“你们看见了吗？”马托·格鲁达用手指着说。

“哎呀！”扎拉说，“我们多倒霉呀！”

齐古里没说话，把头抬得高高的，望着公路上沉重的汽车；那里传来令人窒息的汽车的喧闹声，恰似苍蝇嗡嗡地叫唤。它们一辆接着一辆向高处攀爬，仿佛硕大的灰乌龟在慢慢腾腾地爬动。把汽车说成乌龟，这个比喻还是齐古里想到的。

“你看见了吗？”他父亲说道。

“看见了！”

说完这些话，汽车对面的远处开始显现出科卡勒山，那里鸣响着密集的步枪和机关枪的声音。汽车停了片刻，上面飞舞起一些小黑点。

“像些跳蚤！”齐古里说道。

马托·格鲁达微微一笑。那些黑点抛起来，又从山坡上往下滚，消失在红棘丛和柞树林中，于是，在柞树林中和红棘丛里便响起了机关枪和迫击炮的声音。

“开始了！”马托·格鲁达说道。

齐古里轻蔑地瞥了他父亲一眼，闭上嘴唇，在小鼻子两边形成两道深深的皱纹。

“你为什么离开了村游击分队？”他用一种成年人的冷静的语气问他父亲。

扎拉感到暴风雨正在来临，她儿子对父亲不声不响暗暗地生气已经有些时间了。他自己到游击分队那里去，把他们留在地下室里。可他又回来了，这会儿站在狗舍门前，指着德国汽车要他们看，好像他们没看见似的。扎拉抓了一下儿子的头发，勉强地笑了笑，为了把交谈拉回到轻松的氛围里。可是，马托·格鲁达的脸刷的一下子变红了，表情也显得很忧郁，宛如科卡勒山尖上的云雾一般阴森难看。他朝着儿子迈了两步，抓住他的下巴，抬起他的头，生气地凝视着他。儿子站在那里，一动也不动，扎拉也没挪一步。马托·格鲁达气哼哼地瞅着他们母子俩，对他们的沉默不语，他感到不痛快。他转过身子，面对狗舍站着，狗舍里藏着大炮。他抓住蒙在冷冰冰的炮口上的棉被的一角，用力往下拽。大炮不情愿把自己露出来。马托·格鲁达回想起来了，那天夜里天下着雨，他用绳子把被子拴在了炮上，他还把阿乌古斯托亚给叫醒了，还担心可不要叫大炮受潮。现在，他把手伸进兜里，掏出刀子，寻找绳扣儿。绳扣儿找到了，他用刀子把扣儿割断，然后命令妻子说：

“把被子拿下来！”

扎拉拿下旧被，被子散发着潮湿的气味，光秃秃的大炮展现在她的面前。妻子心里明白，他醒悟的时候已经到了。她腋下夹着被，非常近地看着大炮。她在草屋子里已经看它许多次了，真相是怎么回事呢？她丈夫一直把一件可怕的事情隐藏在心里，这一精神负担不允许她用心地端详它、琢磨它，如今这个铁家伙却有了另外的意义。

马托·格鲁达抓住炮座的底边，把它往上擎。然后，他摆了摆头向妻子和儿子示意，说道：

“推！”

扎拉和齐古里走到大炮后边，把手放到冷冰冰的铁器上。马托·格鲁达向前拉炮座，于是，隐藏在狗舍里的武器便在轮子上抖动起来，慢悠悠地来到先祖们留在土丘平地上的家园。大炮在草屋子里秸秆下边藏着，在狗舍里蒙着被子，给扎拉造成了很重的精神负担，这一负担折磨她整整一个月了。而现在，这一负担从她的胸中卸掉了，跟大炮一起卸掉了。她晓得这一过程是很艰难、很辛苦的，而比一切都重要的，对于他们的生命来说，是此事的危险性。这次拉出大炮，不能与那个可怕的夜晚她丈夫拉出大炮向菲泽家族的人开火射击相比。扎拉觉得那个夜晚是很不幸的，她觉得打出那两发炮弹之后，魂灵和法则都将复活，坏人坏事都将集结起来，被清除。

马托·格鲁达和妻子、儿子到了草地的尽头，他把大炮撂在那里了。

“我们把母牛拉拉给忘了。”马托·格鲁达喊道。

“你把拉拉给扔下了，你想干点什么？”他妻子说。

“为一滴水它都要渴死的，我要去把牛槽和铁锅都打满水，什么时候它渴了想喝水，就让它喝。母牛刚生完牛崽要喝很多水，因为水能变成奶。”马托·格鲁达说道，说完就向母牛那里跑去了。

爱犬一边叫，一边跟在他的后头。

“歇着去，巴洛！”马托·格鲁达对爱犬命令道。

他带上牛槽和铁锅，把它们送到草屋里。然后，他提着小水桶到井边，开始用水桶汲水往锅里灌。他用一双很有劲儿的手打水，往草屋那边送，再把水倒进牛槽里。

从井边到草屋那条路，他来回跑了好几次，直到把所有的器皿都打满了水为止。拉拉一见到水，立即跑过来，开始贪婪地喝起来，它的喉头像水龙头那样发出咕噜咕噜的响声。

“你真是要渴死了，可怜的伙伴。”马托·格鲁达说道。

拉拉喝了半锅水，于是，马托·格鲁达又去灌水，因为需要给拉拉储备充足的水。

“愿你自己拯救自己，我回来之前，这里的水够你喝的。我感到遗憾，可是，我要扔下你，我说拉拉。为了在灾难的日子里你生下的这个胖宝贝，你要自己做主。”马托·格鲁达一边把脸贴到拉拉的肚子上，一边说。

就这样，他把脸贴在母牛的肚子上，停了一会儿，似乎是想要在幻梦和艰难中歇息一下。此刻，他察觉到扎拉在喊他。谁晓得马托·格鲁达的妻子是什么时候在远远的草地上挨着大炮喊他的！

“我就来！”他喊道，脸并没有从母牛的肚子上挪开。

拉拉惊慌地一怔，往上挣了一下。

“没事。”马托·格鲁达说，“是扎拉的声音，你要呵护好自己，当心德国人。”

马托·格鲁达用钥匙锁上草屋的门，然后急急忙忙向大炮奔去。

他再次把铁座往上抬，开始顺着草地的斜坡往下拉大炮。

“我们差点儿犯了大错。因为缺水，拉拉的嘴唇就要干裂，那样的话，它是肯定要死的。”他一边拖着大炮一边说。

草地的斜坡越来越陡，三个人在后面推着一门大炮，狗跟随在他们后头。

“这会儿不要往前面推了，要在后面拉住它，不让它滑下去，因为是往下坡走。”马托·格鲁达到大炮前面说道。

他采取曲折的路线，指挥大炮在丘坡上前进，在野梨树和刺树丛旁边赶路，以免被德国人发现。甚至为了不暴露目标，他还命令妻子和儿子弯腰前行。

大炮顺着丘坡往下走，速度一会儿快，一会儿慢。在没有刺树丛和光秃的地方，马托·格鲁达犹如一个机敏的训练有素的炮兵奔跑起来；在树木阻碍德国人视线的地方，他就放慢脚步。在到达小河前的一段路上，驾驭大炮是容易的。在河边上，拉起大炮开始变得困难了，因为路上有石头和树丛。大炮的轮子总是受阻，走起来很困难。树丛的枝条划破了鞋，马托的脚上开始流血。扎拉的小腿出了血，被枝条刚破了裙子。齐古里走路一瘸一瘸的，因为脚上扎了好几根刺。

“马托，我们把炮送到什么地方？”扎拉问丈夫。

“送到两座山崖中间的地方。”马托·格鲁达抬头指着山崖说。

扎拉看见了两座孪生兄弟一般的山崖，山崖中间有一小片的草地，那里常常都被青草覆盖。她当姑娘的时候，经常和伙伴们在这块小小的草地上玩耍。那时候，她有时爬上这座山崖，有时登上另一座，然后躺在草地上。她还在那座山崖上见到了马托·格鲁达，当时人们说，马托将成为她的丈夫。难道就在这块草地上，她将与马托永别？她没有感觉到在她身边将发生什么事情？看得出来，对面的山坡上在着火，发出嘎巴嘎巴的响声，如同湿玉米粒儿在咖啡锅里发出的声音一样。扎拉觉得身体在发抖，她一边推着大炮，一边端详着马托·格鲁达。他身材高大、体格强壮、长相很帅，在她前面拉着大炮。"噢，天呐！"她说道，"好像是？……"

"再稍微推一下！"马托·格鲁达说道。

大炮在小河上面的斜坡上攀爬，轮子在石头上发出干巴巴的响声，仿佛是牛车轮子咯吱咯吱响。马托·格鲁达对自己发笑："我从树林里弄到大炮时，扎拉是怎么说的？不是说我们只拆下轮子，做个牛车吗？现在，大炮不能做牛车了……那死去的倒霉的穆拉特呢？难道他将会了解关于我的大炮的事吗？穆拉特，如果你看到今天的我，你会感到奇怪的！那个法赫雷穆迪纳利呢？还要想到谁呢？穆拉特，你可是干了许多大事啊！"

"哎，穆拉特！"他无意中大声说道。

扎拉把手从大炮上放下来，注视着丈夫。

"你为什么又想起了穆拉特？"她问丈夫。

"他们把他带到清真寺前面的广场上，要人们走到他跟前，从他身上跳过去，把他的头往地上撞。是几个德国人和几个国民阵线分子……"马托·格鲁达一边拉着大炮，一边说。

“马托，你说什么？人是怎样从穆拉特身上跳过去的？”扎拉灰心丧气地问道。

“扎拉，他们打死了穆拉特！不提这个，我没法说。”马托·格鲁达说道。他把大炮放下，停了一会儿。

“他们打死了穆拉特？穆拉特被人打死了？”扎拉喊道。为了听得清楚，她走到马托身旁。

“他们把他给打死了，扎拉！法赫雷穆迪纳利也被打死了。”马托·格鲁达说道。

“法赫雷穆迪纳利也被打死了？他们和他有什么过不去的？”

“扎拉，不说这个了！几个德国人和托松·巴奇等着法赫雷穆迪纳利把穆拉特的头往地上撞。可是，他却拥抱了被打死的穆拉特，然后，他们就把法赫雷穆迪纳利给打死了！”马托·格鲁达说道。

扎拉像冻僵了一般站在那里，这一刻，无论是腿脚，还是双手，统统都指挥不动了。

“马托，当时你在那儿吗？”

“在那儿！”

“那你跨了吗？”

“你糊涂了？”

“没糊涂！”

“我在前面拉，你们在后面推！”他说道，又往前拉炮。

一块大石头在前面挡住了大炮的轮子，大炮停了下来。马托·格鲁达整个身体朝前使劲儿，倾斜着，但是大炮就是不动。

“使劲儿推呀！”他命令道。

“一块石头把轮子挡住了。”齐古里说。

“孩子，把石头挪开！”

齐古里哈腰把石头搬开了。

大炮又重新动了起来，他们向两座山崖中间的小块草地靠近。马托·格鲁达搁下大炮，到草地上看了看。在那边远一些的地方，仿佛在云雾中影影绰绰地显现出一些德国汽车，看不到人。他把一只手放在额头上搭个眼罩儿，遥望着，俨然一副炮兵司令的架势。“嗬！”马托·格鲁达思忖着，“阿乌古斯托亚是怎么说的来着？民族英雄！是个大人物！”马托·格鲁达对自己发笑，“那么，菲泽家族的人呢，难道还像以前那样打着主意吗？好家伙，还会打一点主意的。以后嘛，事情会解决的。有什么理由要产生流血复仇？可怜的穆拉特说过，流血复仇是古代出现的，是作为吵架斗殴的自卫手段出现的。家族为了保护它的一个人免受他人欺侮，就产生了流血复仇。如同司空见惯的那样，它曾是一种法则，你杀一个，我杀一个！假如我们争斗起来了，那就是唯一的法律。那么人为什么只用流血复仇的方式从不公正中求得公正？人能为区区小事就遭受杀害吗？母牛到了你的田地里，毁坏了麦子，你就出来咒骂牛的主人。母牛的主人忍受不了咒骂，于是就杀人。不能用点别的办法解决这种不公道吗？为了一点咒骂燃起一场大火，一场延续不息的火！这种事情有朝一日会解决吗？哎！遭难的穆拉特曾经说过这种事情将会解决！”马托·格鲁达在小块草地上思考着。

在左面的山下，显现出菲泽家族的房子，他的心怦怦直跳。哼！他在打着主意。德国汽车露出头了，菲泽家族的房子也显现出来了。

马托·格鲁达转身向大炮那边喊道：

“在这儿！”

第二十五章

他们把大炮安置在两座山崖中间，然后滚着两块大石头推到大炮轮子前面。这是一个天然的战壕，理想的阵地。马托·格鲁达又望了望汽车；那些汽车依然停在那里，战斗进行得更加激烈了。游击队营切断了德国人前进的道路，继续向他们射击。

“他们是在清真寺前面的广场上打死穆拉特的吗？”扎拉问道。

扎拉的话又让鲜血淋淋的穆拉特出现在马托·格鲁达的面前。

“是在此之前被他们打死的。农民们说，敌人把他包围了，然后把死者带到了广场上，他被打得伤势非常惨重。算了，算了，不说了！”

“他们为什么想叫人从他的身体上跳过去呢？”扎拉问道。

“他们想看看谁爱他，谁不爱他。”马托·格鲁达说道，“同时也为了恐吓所有的人！算了，算了，不说了！”

“有人跳吗？”

“阿德南！”马托·格鲁达说。

“真是下流无耻！”

“他跳了，不过，他那是发疯。”马托·格鲁达说。

“怎么说？”

“他跑了，吓得惊慌失措，吓疯了。如果他没有被打死，那也会成为一个疯子……算了，算了，不说这个了。”马托·格鲁达说道。

“炮弹，爸爸！”齐古里提醒爸爸。

“快跑，我们耽误的工夫太多了！”马托·格鲁达说道。

三人跑着，向坡下奔去，一直来到小溪边，然后又向丘坡走去。

马托·格鲁达第一个进了狗舍，推出一个木箱，拿到外边，交给了扎拉和齐古里。

“两个人抬！”他说道。

他自己又钻进狗舍，用肩膀扛起另一个木箱。箱子很重，比一大笼葡萄还重。他想起了葡萄，暗自笑了笑。

马托·格鲁达弯着腰，走在丘坡下面，炮声和枪声更加密集了。他回想起战斗在科卡勒山上的营长，还回想起那天夜里打的那两炮给他和游击队员们造成的焦虑不安。“不幸的他挺烦恼。真相是怎么回事？我也是一样，假如我处在他的位置上，我也会烦恼。可现在他将会知晓那天夜里是谁开的炮了。今天，我将要开炮，而且那天夜里也是我开的炮，事情就是如此！”马托·格鲁达一边走近大炮，一边对自己说。

扎拉和齐古里是在马托·格鲁达之前到了大炮跟前的，她和儿子坐在云杉树下等待着他。他从肩上卸下木箱，将它放到草地上。狗舍里这会儿还剩下一个箱子，可是，他再也搬不动了。

马托·格鲁达把手掌放到额头上搭个眼罩儿，向科卡勒山左边张望。在公路边，菲泽家族房顶上的红瓦隐隐约约地泛出红光。然后，他哈腰把身子弯向大炮，将炮筒向左边调整了几度。齐古里眼睛盯着父亲，可是，他不明白父亲为什么改变了炮筒的方向。

“你为什么把大炮从这面转到了另一面，改变了方向？”他问父亲。

“这个我知道！”马托·格鲁达说道，对儿子不屑一顾。

他弯下腰，看了一下瞄准星，拉了一下点火钩，大炮轰的一声响了起来，响声撞击着科卡勒山的山坡。马托·格鲁达再次把手掌放在额头上，向远处望去。过了一会儿，在远处，在菲泽家族的房顶上升起了火焰，还夹杂着黑烟，传来闷声闷气、难以听清的枪声。

“火，喂，火！”马托·格鲁达喊道，“德国人的汽车着火了，梅雷·菲泽家整个房屋着火了。喂，梅雷·菲泽你出来，从洞里出来看看你家里的火呀！埃斯玛娅姑姑你也出来啊，死之前让你动动嘴唇笑一笑！……火！喂，火！”

“爸爸，你干什么呀！”齐古里看到菲泽家着火了的时候喊道。他用脚踢炮筒，为的是改变方向，而扎拉却几乎是冷淡地说：

“哎，有什么大不了的！……”

马托·格鲁达体会到了扎拉嘴里说出的这个“哎”和“有什么大不了的”是什么意思，心情立刻由沾沾自喜变为灰心丧气。他的大炮击中梅雷的家没有对扎拉造成什么深刻的印象。这种射击无声无息地过去了。现在，这种射击很多：德国人射击，国民阵线分子射击，游击队员射击……梅雷·菲泽跟妇女、儿童、老翁和老妪、病人和残疾人一起藏在山洞里，大炮对他家的射击没产生任何效应，也没引起轩然大波……家里空空如也，连狗和猫也都离家出走了。

心中酸溜溜的马托·格鲁达也不敢正面看扎拉的眼神，她说的话“有什么大不了的”犹如几百发炮弹在他的耳畔发出轰鸣。这是不出声响，带有冷淡和疲惫意味的话。于是，马托·格鲁达再次弯下腰来，把炮筒对向德国汽车，再次对准了瞄准星，开始发射炮弹。炮弹飕飕地飞出去，稍过一会儿，在科卡勒山脚下的公路上显现出黄色的火焰，响起了枪声，汽车着火了。

马托·格鲁达表情抑郁，时而看看扎拉，时而看看齐古里，感叹道：

“扎拉，我的胸膛里缠着一个乱线团，积存着一发装满黑炸药的炮弹，一直在折磨我，叫我受苦。这个装着黑炸药的乱线团掺和着许多东西，它还叫可怜的穆拉特受侮辱，而且杀死了他。现在，我把这个乱线团从胸膛里掏了出来，投到菲泽家族人的家里。在那里，乱线团被烧毁了，我被解放了……”马托·格鲁达转身对齐古里说，“齐古里，爸爸的好儿子，操起大炮，放！你看见我怎样上炮弹，怎样发射了，给我放！……”

齐古里二话没说就去向德国汽车瞄准、射击。这些汽车惊恐万状，乱成一团，公路上再度出现乱糟糟的局面。汽车时而向前开，时而往后逃，士兵们从汽车上往公路上跳，跑到山上的乱树丛里，抢占作战的阵地。

扎拉用手捂住耳朵，带着一种疼爱的目光注视着她的丈夫，她觉得他是个吃苦耐劳的人，是个好人。

“哈乌弗曼，”马托·格鲁达对大炮说话，“我在丛林中得到了你，把你送到草屋里，用秸秆遮掩你，用棉被蒙住你，现在，我们一起走出来了。哈乌弗曼，为了我和扎拉所受的全部苦难，为了我们村的全部苦难，为了我们国家的全部灾难，为了穆拉特和他的同志们流下的鲜血，我，马托·格鲁达在报仇，让这一切成为一个正确的报仇行动！……”

德国人还没弄明白炮弹是从什么地方打过来的，这支隐蔽的未曾预料到的炮兵队伍是在什么地方。他们弄不清楚，在群山中间，在这些偏僻的山村，除了曲剑、手枪、步枪和自动枪之外，还隐藏着大炮。这真是有点令人难以置信。

游击队的枪炮声这会儿更加密集、更加尖锐起来，显然，游击队营好像是在丛林里靠近了公路的一侧，狠狠地射击，猛烈地打击敌人。

德国人只靠炮声辨别方向，为了冲出突围，他们开始使用迫击炮，以为这样可以逃命。对于他们来说，这一包围是事先未料到的。但是，桥梁被炸，灰飞烟灭，“炮兵队伍”发出轰隆声，使他们怀疑游击队具有更多更大的力量。他们估算着发射迫击炮，炮弹落在马托·格鲁达的大炮周围，但离它挺远。马托·格鲁达命令扎拉和齐古里躲藏到山崖下边去，他要在这儿等到德国迫击炮停止射击时再行动。停了片刻，他又站起来打炮，炮声和游击队的枪声混合在一起了。

马托·格鲁达明白，大炮将被发现，从迫击炮的炸弹声向他跟前靠近时，他就察觉到了这一点。他望着藏在山崖下面的扎拉，用扎拉从未听过的声音说道：

“扎拉，瞧，游击队看到我了，看到我在这块草地上……我早就注意到了，你想看到我成为游击队员，以便叫我远离我想干的发疯的事情……”

“扎拉，你到游击队营那里去一下，去对他们说，我马托·格鲁达正在打炮！我早就藏起了大炮，如果他们愿意，就让他们惩处我吧！……我在此之前还向菲泽家族打炮射击过！……但愿我能得救活下来，让他们把我交到游击队法庭！告诉扎比尔特派员，我就是藏炮的人……去，扎拉！……”马托·格鲁达眼睛里噙着泪水说道。

“马托，我不能把你一个人孤孤单单地留在这儿……”扎拉边哭边请求他。

“去，扎拉，去，我有齐古里！……”马托·格鲁达说道，再一次把她拥在怀里，仿佛是害怕永远也见不到她了……

齐古里从来没有看见过爸爸和妈妈在他眼前拥抱，因此便低下了头。他注意到妈妈的脚上流着血，那是在经过荆棘丛时被划破的。

“去，扎拉！”马托·格鲁达再次催促她。

“马托，可不要出……”她吞吞吐吐地说。

“我有齐古里呢，齐古里长大了……”马托·格鲁达说道，炮弹炸药的烟尘弄得他灰头土脸。

扎拉脱离开丈夫的怀抱，胸前的衣服被撕破了，脚也被划破了，她在这样的情况下出发了，穿过柞树林和荆棘丛，向丘坡下走去。她再一次回头望了一眼丈夫和儿子，然后就不见人影了。马托·格鲁达深深地叹了一口气。

“事情就是这样，齐古里，就是这样！”他手上抱着炮弹慢慢地说道，“你看见了吧，事情是怎么发生的？齐古里，你说是不是？我，马托·格鲁达难道有兴趣看着他们乘汽车到这儿来？呃？事情就是这样。可是，你没看到穆拉特……你，假如看到他，你就要长成大人，在年龄上变得比我还要大……你立刻就会长成大人！……我怕的是炮弹要打完了……事情就是这样！……”

父亲和儿子孤独地留在两座山崖中间的大炮旁边，山崖坡上看上去似乎着过火。一切都在隆隆作响，发出呼啸声。

他打出了第七发炮弹，这一回他对儿子说：

“靠近些，齐古里！”

齐古里靠近了。

“拉动引火钩！”父亲说，“瞧，就拉动这个！”

齐古里拉动了引火钩，大炮又轰地响了一声。

周围散发出浓浓的火药味。天阴沉沉的，刮着风，阴云遮住了科卡勒山的山巅。

沉寂了片刻，德国人的迫击炮又隆隆地响起来。马托·格鲁达命令儿子躲避一下，自己又装上了一发炮弹。

“是这样，哈乌弗曼，他们在德国把你制造出来，从你身上他们将找到死亡！我把你放在草屋里很长时间，又把你弄到狗舍里，还给你蒙上了棉被，现在把你很健康地亮出来！”马托·格鲁达说着，又射出一发炮弹。

就在这一时刻，飕的一声飞来了一发炮弹，在他的大炮前面爆炸了。马托·格鲁达用胳膊挡住脸，可是，他感觉到胸前有一点东西。他咳嗽一声，头晕得厉害，觉得天旋地转。他用手抓住炮口，扶着它站着，朝齐古里走了两步就倒下了，齐古里惊恐地扑到父亲身上。

“爸爸，爸爸！”他叫着，拽着上衣领子摇动父亲。

马托·格鲁达的脸色变得苍白可怕，好似秋天里的一片杨树叶子。作战的枪炮声停息了片刻，柞树林子里刮起凄凉的风。马托·格鲁达倒在发蓝的云杉树下，鲜血从胸部流了出来。

“齐古里，儿子，拿块石头放在我头下面！”马托·格鲁达声音微弱地说道。

失魂落魄的齐古里几乎都要哭了，捡起一块石头，然后脱掉粗呢上衣，把石头包起来，像是枕头，放到父亲的头下边。

柞树被风吹得飒飒响，云彩在天上奔跑着，两只初冬时节出现的大鹏鸟在云彩下面高高飞翔。马托·格鲁达回想起自己像齐古里那么大的时候经常逮画眉鸟的情景；然后回想起在橡树洞里抓住两只斑鸠并且把它们放飞的趣事；又想起年轻的扎拉……

"当时我对穆拉特说，"马托·格鲁达在思量，"生命？你记得丛林上边我们的那个山洞吗？我们小的时候，常常站在洞口的正对面，喊道：'喂，山洞，祝你永驻人间！'它对我们回答说：'喂，山洞，祝你永驻人间！'然后我们又冲着它喊道：'喂，山洞，真该死！'它对我们回答说：'喂，山洞，真该死！'生命就像这个山洞一样。你对它说：'愿你长命百岁！'它回答你说：'愿你长命百岁！'瞧，事情就是这样，如同你所说的。穆拉特对我说：'在一定程度上你说的是对的。但是，生命的意义在于你如何对待它。'"

"齐古里！"马托·格鲁达说，"对你我不是一个欠债的人，对国家也不是个欠债的人……你已经注意到我是怎样上的炮弹吧？到炮身后边装炮弹……然后关闭炮栓，猛拽火线……在那儿……没关系。齐古里，我在云杉树下歇歇，你放炮！……"

马托·格鲁达注意到，丛林和科卡勒山巅都染成了橘黄色，一切的一切都变成了橘黄色。然后，他感觉到了一声炮响。他抬起头来，在这样一种橘黄色中看到齐古里就站在大炮旁边。

"儿子长大了……他在打炮……"马托·格鲁达在两座灰蒙蒙的山崖脚下说道。

他的爱犬巴洛盘着尾巴，头挨着他的脸坐着，那脸正在干瘪、萎缩；它拖着长音凄惨地叫着，那声音就像啼哭一样……

1973—1974

京权图字：01-2016-7244

图书在版编目（CIP）数据

藏炮的人 /（阿尔巴）德里特洛 · 阿果里著；郑恩波译．-- 北京：外语教学与研究出版社，2019.6
中国—阿尔巴尼亚经典图书互译出版项目
ISBN 978-7-5213-1173-0

Ⅰ．①藏… Ⅱ．①德… ②郑… Ⅲ．①长篇小说－阿尔巴尼亚－现代 Ⅳ．①I541.45

中国版本图书馆 CIP 数据核字（2019）第 192174 号

出 版 人　徐建忠
项目策划　彭冬林
项目统筹　徐晓丹
责任编辑　于　辉
责任校对　徐晓丹
装帧设计　孙莉明
出版发行　外语教学与研究出版社
社　　址　北京市西三环北路 19 号（100089）
网　　址　http://www.fltrp.com
印　　刷　北京尚唐印刷包装有限公司
开　　本　650×980　1/16
印　　张　21
版　　次　2019 年 9 月第 1 版　2019 年 9 月第 1 次印刷
书　　号　ISBN 978-7-5213-1173-0
定　　价　59.00 元

购书咨询：（010）88819926　电子邮箱：club@fltrp.com
外研书店：https://waiyants.tmall.com
凡印刷、装订质量问题，请联系我社印制部
联系电话：（010）61207896　电子邮箱：zhijian@fltrp.com
凡侵权、盗版书籍线索，请联系我社法律事务部
举报电话：（010）88817519　电子邮箱：banquan@fltrp.com
物料号：311730001

《藏炮的人》是德里特洛·阿果里描写反法西斯民族解放战争的优秀长篇小说，用传统的现实主义手法描述了农民马托·格鲁达在二战意大利战败撤军之际私藏一门大炮企图炮击仇人，后被共产党员的民族大义感染，投入到反抗法西斯的斗争中，并最终牺牲的故事。

小说以崭新的角度反映战争，展现前后两代阿尔巴尼亚人与武器的关系，其中夹杂着对血仇、战争和民族大义的理解。本书在阿尔巴尼亚有非常高的文学地位，1977年为小说拍摄了同名电影。

记载人类文明
沟通世界文化
www.fltrp.com

项目策划：彭冬林
项目统筹：徐晓丹
责任编辑：于 辉
责任校对：徐晓丹
装帧设计：孙莉明

ISBN 978-7-5213-1173-0

定价：59.00元